O CLUBE MARY SHELLEY

Goldy Moldavsky

Tradução
Augusto Iriarte

Editora Melhoramentos

Dados Internacionais de Catalogação na Publicação (CIP)
(Câmara Brasileira do Livro, SP, Brasil)

Moldavsky, Goldy
O Clube Mary Shelley / Goldy Moldavsky; tradução Augusto Iriarte. – 1. ed. – São Paulo: Editora Melhoramentos, 2022.

Título original: The Mary Shelley Club
ISBN: 978-65-5539-503-7

1. Ficção norte-americana I. Título.

22-118114 CDD-813

Índice para catálogo sistemático:
1. Ficção: Literatura norte-americana 813
Eliete Marques da Silva – Bibliotecária – CRB-8/9380

Título original: *The Mary Shelley Club*

Tradução: Augusto Iriarte
Preparação: Isabel Ferrazoli
Revisão: Laila Guilherme e Elisabete Franczak Branco
Diagramação: Johannes Christian Bergmann
Capa: Vanessa Lima
Imagens de capa: Shutterstock/Alexander A Kochkin

Direitos de publicação:

1ª edição, setembro de 2022
ISBN: 978-65-5539-503-7

Atendimento ao consumidor:
Caixa Postal 169 – CEP 01031-970
São Paulo – SP – Brasil
Tel.: (11) 3874-0880
www.editoramelhoramentos.com.br
sac@melhoramentos.com.br

Siga a Editora Melhoramentos nas redes sociais:
/editoramelhoramentos

Impresso no Brasil

Para minha irmã, Yasmin, minha companhia
favorita para ver filmes de terror

"Cuidado; pois sou destemido e, portanto, poderoso."
Frankenstein, Mary Shelley

Prólogo

Apoiada sobre os joelhos, com os calcanhares formando um xis, Rachel parecia um pretzel sentada na madeira dura. Embora seus olhos estivessem fixos na página da Wikipédia sobre Nellie Bly – a personagem histórica sobre a qual deveria estar escrevendo –, ela tinha perdido totalmente o foco no texto. Não que Nellie Bly fosse desinteressante; Rachel curtia uma jornalista fodona com um nome maneiro, as distrações é que eram muitas.

O último single da Taylor tocava alto no Spotify, e, não importava quantas vezes Rachel largasse o celular determinada a ler sobre Nellie, era obrigada a pegá-lo de novo, pois o aparelho não parava de apitar com as mensagens de Amy. Como agora.

o q será q ele tá fazendo, hein? vamos até a casa dele ESPIAR?

eu ñ vou stalkear, miga, Rachel respondeu antes de largar o celular definitivamente.

No entanto, nem a intrigante biografia de Nellie era capaz de prender sua atenção.

Ela não iria espionar, mas… o que será que ele estava fazendo? Dando uma volta com os amigos, jogando videogame, se dedicando à lição de casa, ao contrário dela? O que quer que fosse, não estaria pensando em Rachel, isso ela sabia. Ele mal tinha consciência de sua existência. Exceto naquela manhã, quando rolou, tipo, uma conversa de verdade entre os dois. Não durou nem três minutos, mas aconteceu. Com sorrisos e tal. Sorrisos recíprocos foram dados.

A simples lembrança fez os lábios de Rachel se distenderem. Mesmo estando sozinha, ela enterrou a cara idiota nas mãos.

Uma sequência de mensagens soou furiosamente no celular, que Rachel pegou de imediato – quem era mesmo Nellie Bly?

Vc gosta dele!!1, escreveu Amy.

Vc ama ele!!!

Vc quer casar e ter filhinhos com ele!!!111!

Soltando o ar pelo nariz, Rachel tacou o celular na cama e depois o meteu embaixo do travesseiro. Não queria ter *filhinhos* com ele coisa nenhuma, nem devia ter contado a Amy sobre ser a fim dele. De volta a Nellie, Rachel se ajeitou na cadeira e ajustou o laptop, como se o problema até então fosse o ângulo da tela.

Ignorando com obstinação o celular, percebeu com o canto do olho alguém do lado de fora da casa. A escrivaninha ficava logo abaixo da janela e tinha vista para o jardim de entrada. Embora não fosse absurdo ver um ou outro passante, já eram mais de nove da noite, e ninguém saía depois desse horário nos subúrbios.

Mas não foi isso que a surpreendeu, e sim o fato de que o indivíduo estava parado como estátua bem em frente à sua casa. Vestia uma calça escura e uma jaqueta preta e, mesmo a jovem não conseguindo distinguir seu rosto, parecia extraordinariamente pálido.

Os pelos dos braços de Rachel se arrepiaram sem que ela compreendesse o motivo; a parte de seu cérebro responsável pela lógica lhe dizia que era apenas uma pessoa na rua, um vizinho, nada mais.

Um som abafado pelo travesseiro se fez ouvir. Rachel pegou o celular e olhou a última mensagem de Amy.

QUEM NÃO STALKEIA NÃO PETISCA GAROTA

Do outro lado da janela, o homem havia partido. Rachel respirou aliviada.

A voz de Taylor se dissipou aos poucos, o celular parou de apitar, e a garota então decidiu retomar a tarefa. Porém ouviu outro ruído que não viera de nenhum aparelho, mas do andar de baixo.

Um ruído pesado, decidido, uma pisada.

Impossível. Ela estava sozinha. A próxima música fez menção de tocar, mas Rachel rapidamente a colocou no mudo. Ela se empertigou, parecia um filhotinho de cachorro vigiando a porta. Aguçou os ouvidos para a longa nota silenciosa que se arrastava interminavelmente.

Até que um barulho preencheu o quarto. O susto com o aviso estridente de uma nova mensagem quase a derrubou da cadeira. Dessa vez Amy enviara apenas o GIF de um barbudo Chris Evans rindo deliciosamente, e Rachel teria rido junto não fosse a inquietação que fazia os pelos de sua nuca se eriçarem. De fato, dadas as circunstâncias, quanto mais olhava para o GIF – uma gargalhada silenciosa em looping –, mais ela ficava com medo.

Quando estava prestes a responder à mensagem, escutou o ruído novamente, dessa vez mais alto, ruído de passos, sem dúvida. Alguém tinha pisado na tábua frouxa entre o sofá e a mesa de centro.

Rachel puxou o ar.

– Mãe…?

A mãe deveria estar no centro da cidade com as amigas. Não fazia nem uma hora que tinha saído, não teria como já estar de volta. Talvez tivesse vindo buscar algo.

Rachel se agarrou a essa hipótese, a despeito do coração acelerado. Entretanto, no fundo de sua mente, sabia que teria escutado a mãe parar o carro na garagem, despejar ruidosamente o molho de chaves na mesa e se livrar desengonçadamente das botas antes de anunciar que estava de volta, como sempre fazia.

Rachel largou o telefone e se aproximou da porta, abrindo-a devagar.

– Mãe? – chamou de novo.

Sem resposta, saiu do quarto e caminhou na ponta dos pés até a escada. Com passos aveludados graças à meia, desceu os degraus acarpetados e pisou na sala de estar.

Havia alguém ali, e não era sua mãe.

Do outro lado do aposento estava o homem que ela vira pela janela, vestido inteiramente de preto, inclusive com luvas. Entendeu por que seu rosto lhe parecera tão pálido: não era seu rosto, e sim uma máscara branca.

Foi então que Rachel notou o segundo homem, próximo à TV, vestido como o primeiro. Ambos a encararam em suas rugosas máscaras de borracha.

O cérebro se comporta de um jeito curioso quando se depara com uma cena que não é capaz de compreender. O primeiro pensamento de Rachel, um reflexo, foi oferecer água aos homens, como lhe ensinaram a fazer quando recebesse alguém em casa. Mas, tão instantaneamente quanto, ela se deu conta de que não eram visitantes.

O impulso seguinte foi gritar por socorro, mas as palavras que por um momento pretenderam sair ficaram presas em sua garganta, petrificadas como o restante do corpo. Sua sensação era a de estar afundando em areia movediça, e qualquer movimento apenas aceleraria o processo.

Duas coisas aconteceram muito rapidamente e ao mesmo tempo. Um dos homens disparou em direção à porta e a atravessou bruscamente como se tivesse sido sugado pelo vão. O outro também se moveu, porém não para a porta: investiu contra Rachel, que se livrou da paralisia e correu. Não lhe veio outra visão senão a porta dos fundos: imaginou-se abrindo-a, invadindo o ar fresco do quintal e escapando. Num instante, já não era imaginação: estava na cozinha, o braço esticado, os dedos a centímetros da maçaneta.

E então, tal qual um torno, a mão do homem se fechou ao redor de seu braço. Fora pega.

1

Um ano depois

Ao abrir a porta, vi Saundra com seu sorriso e suas roupas cintilantes.

– Vai já se vestir, Rachel, a gente vai pra uma festa.

Não fazia nem três semanas que eu conhecia a garota, o que não a impedira de aparecer sem avisar no meu apartamento, como se fôssemos amigas desde sempre.

– Não posso, desculpa. – Estava de pijama, prontíssima para relaxar com meu *comfort movie* preferido de todos os tempos, *A noite dos mortos-vivos*. E também tinha o fato de que odiava festas. – Minha mãe não me deixa sair em dia de aula.

Como uma aparição no espelho do banheiro, minha mãe surgiu atrás de mim.

– Domingo não é dia de aula, Jamonada, e você sabe.

"Jamonada" era o apelido que minha avó me dera quando eu nasci, por eu ser um bebê gordinho. Eu até tentara recusar o mimo, mas pelo visto não aceitavam devolução, e minha mãe o adorava. Significa "presunto" em espanhol; tipo, não tem outro significado fofinho, é a carne mesmo. E Saundra agora sabia. Bacana.

– Oi, senhora Chavez! – cumprimentou.

– Amanhã tem aula – resmunguei. – Então, por extensão, pode ser considerado dia de aula, sim.

– Mas você não teve aula hoje – rebateu minha mãe. – Eu diria que ainda não chegamos a um veredito.

Saundra concordou com um gesto de cabeça; já eu olhei para minha mãe como se ela não fosse a pessoa que tinha me criado por dezesseis anos. Demorei uns segundos para entender qual era a dela: minha própria mãe estava preocupada que eu fosse patética demais, solitária demais, com amigos de menos.

– Com certeza você quer que a sua filhinha acorde descansada e bem-disposta para a escola amanhã, *não é*, mãe? – Contraí a mandíbula, na tentativa de dar uma indireta.

Minha mãe abriu um sorriso cara de pau de quem finge que não percebeu nada.

– Você teve o fim de semana inteiro pra ficar descansada e bem-disposta, meu amor.

Estávamos em um impasse: eu queria curtir a noite com os mortos-vivos, minha mãe queria que eu curtisse a noite com os vivos de fato. Hora de usar a artilharia pesada.

– Saundra, diz pra minha mãe onde vai ser a festa.

Era uma jogada arriscada. Até onde eu sabia, Saundra bem poderia estar me chamando para uma reuniãozinha com o prefeito de Nova York na residência oficial – o que, considerando os círculos que ela frequentava, não era tão absurdo –, porém me agarrei à possibilidade de que o paradeiro da festa fosse mais reprovável.

Saundra hesitou, e eu a incentivei:

– Pode falar.

– Numa casa abandonada em Williamsburg.

Brilhando de triunfo, como um troféu que acabou de ser polido, girei e fitei minha mãe.

– *Uma casa abandonada em Williamsburg*. Ouviu, mãe?

Minha mãe e eu nos encaramos fixamente, numa disputa que só terminaria quando uma das duas cedesse.

– Divirta-se! – disse ela.

Meus planos frustrados pela minha própria mãe. Quando nos mudamos para Nova York, ela estabelecera apenas duas regras: 1) mantenha as notas boas e 2) faça amigos. A simples presença de Saundra deveria bastar para provar que eu tinha feito amigos. Tá, uma amiga. O importante é que eu havia sido bem-sucedida na impossível missão de fazer um amigo no penúltimo ano do Ensino Médio em uma escola nova. Para minha mãe, contudo, uma festa significava a possibilidade de mais amizades, o que, por sua vez, significava que eu seria arrastada para Williamsburg.

Troquei de roupa (apesar dos protestos de Saundra, me recusei a tirar a camiseta tie-dye do pijama, mas dei uma melhorada no visual com uma calça cargo e uma jaqueta), e saímos.

– Vamos a pé – sugeri.

Greenpoint ficava perto de Williamsburg, e o tempo estava agradável. Saundra exalou o ar pelo nariz.

– E morrer assassinadas? Você perdeu o juízo?

– Aqui não é perigoso.

Em completo desdém por mim e pela distrital do Brooklyn, ela riu e sacou o celular.

– A-hã, *claro*.

O carro do aplicativo chegou em menos de três minutos.

No banco de trás, Saundra exibiu toda a sua capacidade multitarefa tirando selfies, atualizando as redes sociais e me informando sobre quem estaria na festa. Exatamente como em nosso ritual de almoço na escola, quando ela me contava as fofocas sobre aqueles rostos que eu mal reconhecia nos corredores da Manchester Prep.

Saundra decidira que nós duas seríamos amigas no instante em que pisei na aula de História do sr. Inzlo. Ela se inclinou para mim assim que me sentei e pediu um lápis emprestado – um pretexto esfarrapado, já que eu tinha notado o lápis no bolso aberto da sua mochila Herschel cor de lavanda.

A princípio, não entendi por que ela quis ser minha amiga, mas logo ficou claro que puxou conversa porque não suportava a ideia de existir em sua classe uma pessoa sobre quem não soubesse nada. O traço mais marcante de Saundra Clairmont, como eu descobriria depois, era a compulsão implacável por saber absolutamente tudo sobre absolutamente todos.

Assim, naquele dia, ofereci algumas migalhas sobre mim. Antes da Manchester, eu tinha estudado numa escola pública em Long Island, onde eu e minha mãe morávamos até a decisão de mudarmos para Nova York.

Diferentemente da maioria dos alunos, eu não estava ali por ser rica, nem por ter contatos, nem, rigorosamente falando, por ter bolsa de estudo. Só fui aceita porque minha mãe dava aulas de História Americana para os primeiros anos do Ensino Médio. Sim, podemos dizer que minha mãe era mestre em me mandar para onde eu não queria estar.

Mas agora, no caminho para Williamsburg, a falta de vontade de ir para a festa tinha dado lugar ao pavor: só de pensar em encontrar todas aquelas pessoas que iriam me ignorar solenemente, minha garganta secou. Pior ainda era saber que teria que fingir – fingir fazer parte daquele mundo, fingir ser igual a elas. Estava prestes a inventar um mal-estar quando paramos em frente ao local da festa. Saundra saltou do carro, e eu fui atrás.

Caminhamos até a casa abandonada, saída direto de um filme de terror do fim dos anos oitenta. Painéis de madeira desgastados e pichados cobriam as janelas, e na porta havia incontáveis adesivos com avisos cujas letras miúdas certamente advertiam para manter distância. A construção se esmagava entre um galpão fechado e um terreno baldio com uma placa de VENDE-SE presa no alambrado.

Um ponto brilhava, porém. Uma garota vestida toda de preto estava sentada na varanda, seu rosto fantasmagórico pairando sobre um livro. Os dedos cobriam o título, mas as letras pontudas do nome de Stephen King se revelavam na capa. Eu gostava dos filmes dele; talvez conseguisse puxar assunto com a menina. Talvez fosse meu tipo de festa, afinal de contas.

– E aí, Felicity! – disse Saundra.

Felicity levantou a cabeça e lançou um olhar fuzilante sob a franja curtinha. Não retribuiu o cumprimento.

– Então tá, né? Tchau. – Saundra entrelaçou um braço no meu e me conduziu pela escada. – Só a Felicity Chu mesmo pra trazer um livro pra uma festa.

A sala estava abarrotada de adolescentes rindo, se zoando e derramando bebida. A condição do interior não era muito melhor do que a da fachada. Parte do papel de parede estava mofada; parte, descascando. O piso era de linóleo pegajoso, a única iluminação vinha de refletores de obras e praticamente se podia sentir o cheiro de amianto. E ninguém estava nem aí.

Eu não sabia bem o que esperar de uma festa de mauricinhos, mas certamente não era aquilo. Havia certa ironia no fato de que, para se divertir, eles tinham trocado o conforto palaciano por uma casa caindo aos pedaços.

– Vou pegar uma bebida! – Saundra gritou mais alto do que a música.

– Vou com você.

No entanto, quando me virei, ela já tinha sido engolida pela multidão. Existe apenas uma coisa pior do que ir obrigada a uma festa: ficar sozinha nessa mesma festa. Eu não ia ser a boia solitária num mar de amigos; a solução era uma só: me esconder no banheiro.

Subir a escada foi como atravessar um portal. O som das garrafas e da música ruim foi sendo eclipsado pela escuridão úmida que se adensava a cada passo. Normalmente, bastava eu sair da multidão e encontrar um canto tranquilo para me livrar da ansiedade. Era uma maneira instantânea de me acalmar, como respirar dentro de um saco de papel. Não foi o caso.

Eu me detive no patamar para que meus olhos se acostumassem ao breu e as sombrias silhuetas se fizessem visíveis. Acionei o celular para iluminar um pouco o corredor e notei que a estampa do papel de parede era floral. Conforme avancei cautelosamente, porém, as pétalas desbotadas foram adquirindo a feição assustadora de rostos enrugados de bruxas.

Segurei a respiração quando deparei com uma porta entreaberta. Estava tão escuro do lado de dentro que era impossível saber o que havia no aposento, e de nada adiantou apontar o celular. Se tivesse alguém ali me observando, eu jamais saberia. O lugar começou a me dar nos nervos.

Devia ter dado meia-volta e me afastado, mas estava numa festa: queria me permitir ser despreocupada, normal, idiota, e não ficar desconfiando de cada sombra. Afastei o medo e empurrei a porta.

Era o banheiro. Sem observadores. Nem a luz nem a torneira funcionavam, mas era um canto tranquilo. Ergui o celular, abri o Instagram. Nada de bom vinha de visitar o perfil dele, mas não resisti. Sabia que ia me fazer mal e entornei o frasco de veneno mesmo assim.

Cliquei na foto dele e do melhor amigo, vestidos com o uniforme do time de futebol. Meu olhar percorreu as mechas de cabelo, os olhos quase fechados de tanta alegria. As covinhas! O sorriso largo e marcado era um soco no estômago. Abaixo do post havia centenas de comentários de amigos. Li cada um deles, repetidas vezes. Agora mesmo seria capaz de perder horas lendo-os novamente.

E então escutei uma voz. Embora fosse indistinguível de início, ela tinha uma cadência agressiva.

Definitivamente, eu não estava sozinha no andar de cima. Em silêncio, saí do banheiro e segui a voz até o aposento ao lado. Percebi que na verdade era uma conversa sufocada e obstinada entre duas pessoas. Uma discussão.

A porta se escancarou de repente, e mal tive tempo de sair do caminho de Bram Wilding, que passou como um furacão, a pele clara tingida de vermelho. Ele não me viu, mas, ao me virar, trombei em Lux McCray. Embora eu não conhecesse oficialmente nenhum dos dois, eles eram a realeza da escola, do tipo que você não precisa conhecer para saber tudo a respeito. Lux e Bram eram o casal mais poderoso da Manchester Prep.

Deixei cair o celular, que tombou no piso acarpetado e iluminou Lux – a luz sempre parecia ser atraída para ela –, ressaltando o rosto anguloso de modo a fazê-la parecer uma heroína na capa de um livro de V. C. Andrews. Seus olhos se arregalaram em surpresa, porém logo se estreitaram.

– Que porra é essa? Você estava *espiando*?

– Não...

– Não sei o que você acha que escutou...

– Não escutei nada.

Seu olhar foi dos meus sapatos, um slip on da Zappos, até o coque bagunçado de grossos cabelos castanhos, antes de se fixar em meu rosto. Talvez Lux estivesse se perguntando por que eu não tinha ido atrás de um tutorial de beleza para esconder aquele tanto de sarda.

Encarei-a de volta. Para Lux, minhas sardas deviam parecer sujeira em comparação com as dela, falsas. Eram obviamente falsas: perfeitamente redondas, espaçadas e pequenas, desenhadas com muito cuidado com o lápis de olho marrom. Deslizavam desde a ponte do nariz e então se espalhavam nas maçãs do rosto, numa linda constelação.

Senti seu perfume: Miss Dior, o preferido das desventuradas futuras esposas de políticos. Macia e firme, sua pele de pêssego reluzia sob as alças da blusinha da Brandy Melville, e os cabelos eram da cor de manteiga: a típica personagem loira e perfeitinha que morre nos primeiros minutos de um filme de terror.

O olhar de Lux se desviou para o meu celular, que ela então apanhou do chão e observou pelo tempo necessário para ver o post no Instagram e o nome de usuário.

– Que tal olhar por onde anda em vez de stalkear o *Matthew Marshall*?

Uma enorme bola de ansiedade se formou em meu peito e ameaçou se espalhar para o restante do corpo. Quando o medo me dominava, acontecia rápido assim: em um instante era tomada por uma inquietação, uma angústia, um formigamento desconfortável nos dedos das mãos e dos pés. Não era para ela saber o nome de Matthew. Nem ela nem ninguém. Avancei na direção dela para recuperar o celular, e Lux teve uma reação chocada e ofendida, como se o aparelho fosse *dela*. Consegui pegá-lo de suas mãos.

– Sua aberração – sussurrou antes de passar por mim e desaparecer no corredor escuro.

Um lembrete do que eu era. Anormal. Aberração. Uma realidade óbvia para todos, inclusive para Lux. Aquela festa tinha dado pra mim.

Comecei a andar em direção à escada para encontrar Saundra e ir embora; o breu inquietante e o estranho encontro com Lux iam no meu encalço como uma toalha presa no cós da calça. Não era para ninguém descobrir sobre Matthew. Eu sabia que não era uma boa ideia ir àquela festa. Eu sabia.

Minha mente foi invadida por pensamentos confusos, e a sensação era de estar descendo a escada muito rápido e ao mesmo tempo muito devagar. Abri caminho na multidão, mirando estritamente a porta da casa.

De repente, me achava no frescor da noite. Precisava colocar a cabeça no lugar, fazer qualquer coisa, menos pensar no que tinha acabado de acontecer. Alguma coisa estúpida. Irracional.

Meus olhos se fincaram na única pessoa do lado de fora. Caminhei até ele e toquei seu ombro. Nesses momentos, eu era capaz de agir como a personagem possuída de um filme de exorcismo, de perder totalmente o controle e me deixar ser dominada. O garoto mal teve tempo de virar antes que eu o puxasse pela camiseta até a minha boca.

Eu odiava a parte de mim que agia assim.

De maneira irracional, errada.

Mas funcionava. Assim que nossos lábios se tocaram, quaisquer pensamentos sobre Matthew Marshall ou sobre Lux ou sobre a sensação sufocante provocada pela casa foram varridos. Eu já não ligava para nada. Podia botar na conta da zoeira da festa, fingir que estava bêbada, agir desvairadamente, mandar qualquer moral para o inferno. Era assim que adolescentes normais se comportavam em festas normais, não era?

Conforme minha mente se esvaziava, os sentidos se aguçavam. O som de sua respiração, cortante ao inspirar pelo nariz, suave ao expirar; o cheiro algo amadeirado e cítrico do xampu. Até que essas sensações se esvaíram e sobraram apenas duas: o toque e o gosto de seus lábios.

Foi só quando nos separamos, ofegantes, que descobri quem eu tinha acabado de beijar.

Minha mente – serenamente vazia até um segundo atrás – foi tomada por um estrondoso e resignado "merda".

– Rachel? – gritou Saundra, que descia a escada.

Eu não sabia dizer se Bram Wilding tinha ficado horrorizado ou repugnado com a minha atitude, pois ele teve a cortesia de não expressar emoção nenhuma. Isso era bom. Bram, namorado-da-Lux-que-eu-tinha--acabado-de-atacar-porque-eu-era-uma-maníaca-bizarra-exatamente-como-Lux-me-acusara-de-ser, foi civilizado; se virou e se afastou antes que Saundra pudesse vê-lo.

– Quem era? – perguntou ela ao me alcançar.

– Ninguém.

Ela arqueou uma sobrancelha.

– Acabei de ver você conversando com alguém.

– Não era ninguém. Era um fantasma.

– Engraçado você falar isso – Saundra batia as pontas dos dedos umas contra as outras –, porque vai rolar uma sessão espírita!

2

SAUNDRA ME CONDUZIU pela casa com um braço firmemente entrelaçado no meu, para evitar qualquer tentativa de fuga.

– Por que a gente está fazendo isso? – perguntei.

– É uma sessão espírita – ela e eu falamos ao mesmo tempo, mas com entonações completamente opostas. – O que poderia acontecer de tão ruim? – perguntou Saundra.

– É evidente que você nunca viu *A noite dos demônios*.

Saundra se deteve, virou-se para mim, pousou as mãos nos meus ombros e me encarou com muita seriedade.

– Rachel, ninguém entende as suas referências.

Soltei um suspiro. Não podia contestar.

– Vai ser legal – disse ela. – E outra, é assim que você marca presença na Manchester. E é assim que conhece os alunos mais influentes. – Suas mãos deslizaram para apertar meus cotovelos. – É assim que você descobre a sua tribo.

Tudo o que precisava fazer para descobrir minha tribo era conjurar o espírito de uns mortos? Ora, quem diria! No chão da sala, um grupo de pessoas já formava um círculo. A festa tinha diminuído, estávamos em umas quinze pessoas, mais ou menos. Uma delas era Lux, infelizmente. Meu estômago deu um nó quando ela olhou para mim; já não tinha caído nas graças da menina, só me restava torcer para ela não descobrir que eu havia beijado seu namorado.

Os refletores tinham sido desligados, e a única luz vinha do centro da roda, onde um garoto acendia as grossas velas dispostas no chão. Com a atmosfera devidamente macabra graças à iluminação bruxuleante e com todos a postos, ele se levantou e disse:

– Acho bom não dar merda, porque a casa é do meu pai.

– Rodrigo, seu pai comprou este lugar pra demolir e construir um prédio de luxo – comentou alguém. – Vamos tocar o terror logo!

Ouvi algumas risadas, porém não entendi a graça. Uma menina levantou a mão; não parecia a mesma pessoa sem o uniforme da escola, mas a reconheci de imediato pelo braço assertivamente erguido nas aulas de Geociências. Exatamente como agora.

– Que tipo de sessão espírita vai ser?

– De vidas passadas – sugeriu Thayer Turner.

Ele era filho do procurador-geral do Estado, e, segundo Saundra me dissera, os Turner eram basicamente os Obama da vez. Admirados, amados, perfeitos em todos os sentidos. Mesmo agora, nessa festa, Thayer estava vestido de maneira impecável, com um blazer roxo que ficava ótimo contra sua pele marrom.

– Como é uma sessão de vidas passadas? – perguntou a Sabe-Tudo.

– Você olha no espelho e enxerga sua reencarnação passada – expliquei.

Thayer se virou para mim. Aliás, todos os presentes se viraram para mim. Acho que foi a maior sequência de palavras que eles me ouviram dizer desde que eu me infiltrara em seu colégio. A menção à sessão espírita em *A noite dos demônios* fora uma piada, mas agora, à visão daqueles rostos fantasmagoricamente iluminados, parecia ter sido uma profecia.

– Isso – falou silabicamente Thayer, examinando-me por mais tempo que o necessário. – O que a Garota Nova disse. Pra nossa sorte, vi um espelho no armário!

– O que você estava fazendo no armário? – perguntou uma voz.

Franzi o cenho para o garoto que perguntou. Havia certa ironia em seu tom, a qual não passou despercebida por Thayer, que estufou o peito a caminho do corredor e disse:

– Ha, ha, que engraçado, Devon.

Quando retornou à sala, Thayer trazia um espelho de corpo inteiro, que posicionou contra a lareira. O vidro estava turvado pelo desgaste do tempo. Todos se reacomodaram para se ver melhor no reflexo.

– Às vezes demora um pouco – comentou Thayer. – Tem que se concentrar.

Se fosse como no filme, um demônio ossudo surgiria a qualquer momento. Entretanto, tudo o que havia era um grupo de adolescentes entediados virando a cabeça para exibir seus melhores ângulos.

Obviamente eu sabia que não seríamos surpreendidos por um demônio, nem veríamos nossas encarnações passadas; mas ainda assim eu experimentava aquela conhecida sensação de arrepio na nuca. Não acreditava em vidas passadas, mas eu mesma tinha um passado. E se meu reflexo mostrasse aos outros meu verdadeiro eu?

– Não está acontecendo nada – reclamou a Sabe-Tudo.

– O que nos diz que você não tem uma vida passada – falou Thayer.

– Para combinar com sua vida sexual inexistente – zombou Devon, o babaca.

Novamente, pessoas riram, o que me fez indagar se o que estava vendo no espelho não era mesmo um grupo de demônios, afinal de contas.

– Acalmem-se, crianças – disse Thayer. – Que tal a gente parar de tentar ver nossas vidas passadas e invocar espíritos *de verdade*?

– Tipo nossos tataravôs? – alguém perguntou.

– Tipo as pessoas que moravam nesta casa – respondeu Thayer.

– Achei que ela fosse abandonada – provocou Devon.

– Alguém teve que morar nela pra poder abandoná-la, otário. – Thayer se inclinou para a frente e, embora tenha sido um gesto sutil, incitou todos a se calarem e a também se inclinarem. – Um casal morava aqui, Frank e Greta. Completamente hipsters... Queijo de castanha vegano, roupas horríveis, nesse nível. Tudo ia bem na Hipsterlândia até que Greta começou a escutar um zumbido.

– Zumbido? – perguntaram.

– O barulho que a mosca faz no seu ouvido, sabe? Acontecia só de vez em quando, como se um inseto às vezes ficasse preso na janela da cozinha e não conseguisse sair. Mas foi se tornando mais constante. Persistente. Greta notou que o barulho era mais alto quando Frank estava em casa. Sempre que os dois estavam juntos, ela escutava o zumbido. Perguntou pra ele se estava fazendo o barulho de propósito, e Frank respondeu que não tinha escutado nada fora do comum. Greta continuou escutando o som até que o zumbido se tornou insuportável. Ela não aguentou e implorou que ele parasse de fazer o barulho, mas Frank olhou bem nos olhos da mulher e disse que não tinha ideia do que ela estava falando.

"Greta não acreditou. O zumbido era perceptível demais. Não tinha como ele não ouvir. Em sua piração, Greta passou a acreditar não apenas que o marido estava mentindo sobre o barulho, mas que *ele* era o barulho. Ficou convencida de que a pele de Frank era na verdade um traje e que por baixo havia milhões de moscas zunindo e se preparando para pegá-la."

Houve quem (Devon) soltasse uma risadinha debochada, mas todos aguardaram atentamente a continuação da história. Eu também me inclinei para a frente, igualmente ávida para que Thayer continuasse.

– Frank tentou conversar com ela, claro, mas Greta não conseguia nem ficar perto dele por causa do zumbido. Às vezes, quando ele tomava o café da manhã, ela via uma mosca caminhando no lóbulo da orelha dele sem que o marido desse a mínima. E ela não conseguia pegar no sono à noite porque ele dormia de boca aberta, e, sempre que fechava os olhos, Greta imaginava as moscas saindo dali.

Thayer abriu a boca até o maxilar se esticar ao máximo. Nenhum enxame de moscas escapou, obviamente, mas ele manteve a pose enquanto nos fitava um a um. Saundra se contorceu desconfortavelmente ao meu lado. Quando a boca de Thayer se fechou com um estalo, alguns se sobressaltaram.

– Greta não suportou – continuou. – Um dia, ela simplesmente pegou o cutelo e o meteu no pescoço de Frank.

Saundra dramaticamente suprimiu um grito.

– Ela fez isso porque queria soltar as moscas, mas acabou matando Frank. Ao se dar conta de que não existia mosca nenhuma, Greta se matou. E a pior parte da história é que Frank e Greta eram – Thayer arregalou os olhos e reduziu a voz a um sussurro – republicanos de carteirinha.

Eu ri pelo nariz, mas fui a única. Ninguém mais viu graça.

– Tá, o final foi uma piada, mas o restante é totalmente verídico! – Thayer continuou: – Demorou uma semana para os cadáveres serem descobertos. Os vizinhos não paravam de ouvir um zumbido, que ficava cada vez mais alto, até que um deles finalmente decidiu chamar a polícia. Quando os policiais arrombaram a porta, o que encontraram? – Pausa dramática. – Moscas. Centenas de milhares, rastejando pela casa inteira… e pelos corpos.

– Você é muito mentiroso – falou uma garota, enquanto o garoto a seu lado estremecia, dando uns tapas na própria nuca.

– Tá, e agora a gente vai, tipo, tentar se comunicar com as pessoas que morreram aqui? – perguntou Lux. – A gente não precisa de um tabuleiro de Ouija ou algo assim?

Outra garota, Sienna Qualquer Coisa, pigarreou.

– Já participei de outras sessões espíritas, sei como fazer. – Teatralmente, ela empertigou a coluna e tomou a mão de cada uma das pessoas a seu lado.

Eu não sabia se devia ficar impressionada ou preocupada com o "sessões", no plural. Mas não tive muito tempo para pensar sobre isso, porque a garota ao lado agarrou a minha mão.

– E agora? – desafiou Thayer, divertindo-se. – O que a gente faz?

– A gente tem que se concentrar no nada, mas manter a mente e o espírito abertos para todas as possibilidades que o Universo tem a nos oferecer – explicou Sienna, tal qual um guru do YouTube. Ela ergueu o rosto para o lustre quebrado no centro do teto e inspirou o ar profundamente. – Greta, nos colocamos diante de você com os corações cheios de amor e preocupação. Sua morte foi prematura e, tipo, totalmente brutal e tal, uma merda mesmo. E a gente tá ligado que teve a pequena questão envolvendo o Frank, enfim, mas eu sou totalmente a favor de sempre dar o benefício da dúvida pra mulher, e *sei* que ele estava fazendo o zumbido pra mexer com a sua cabeça. Estamos aqui por você, amamos você. Se estiver escutando, nos dê um sinal.

Minha mente e meu espírito até estavam abertos, mas entre minhas sobrancelhas se formou um vinco profundo. O único fato que eu sabia sobre Greta é que ela era uma personagem cem por cento fictícia pertencente a uma história fictícia, entretanto esse detalhe parecia não importar para ninguém além de mim.

O restante da roda cerrou os olhos; os únicos sons agora provinham do esforço contido das pessoas para se manterem imóveis ou prenderem a respiração. Nenhum sinal de Greta. Ainda assim, aguardamos por um tempo que me pareceu exageradamente longo. Considerei sair de fininho, porém não queria ser acusada de quebrar o encanto. Certamente não era o tipo de atitude que Saundra tinha em mente quando me falara sobre encontrar minha tribo. Por sorte não precisei tomar atitude nenhuma, pois alguém se pronunciou:

– Gente, tá na cara que isso…

Foi interrompido por um baque vindo do teto, e todas as cabeças imediatamente se viraram na direção do barulho, alto e reverberante, a ponto de fazer retinir os cristais do lustre, como se estivéssemos numa varanda em meio à brisa do mar, e não dentro de uma casa abandonada em Williamsburg.

– Tem alguém lá em cima? – sussurrou uma voz.

– É a Greeeeetaaaaa – disse Thayer de um jeito bem macabro.

– Greta, é você? – perguntou Sienna. – Dê uma batida para sim e duas para não.

Todos aguçamos o ouvido para possíveis sons. Após alguns instantes, uma batida.

– Greta – continuou Sienna. – Você está bem?

Outra espera, outro baque. E então, para fazer o sorriso se apagar do rosto de Sienna, o baque derradeiro. Duas batidas.

– Ela não está bem – murmurou Saundra.

Sob um silêncio perturbador, todos trocamos olhares sorrateiros para verificar quem estava com medo e quem estava acreditando.

– Greta, o que podemos fazer para ajudar? – indagou Sienna.

– Essa não é uma pergunta de "sim" ou "não". Como ela vai responder? – questionou Lux, revirando os olhos.

Um novo barulho veio do alto, não um baque surdo, mas o som de um objeto em movimento sobre o piso, como uma bola de boliche. Choveu poeira do teto texturizado. De repente, e ao mesmo tempo, começaram outros fenômenos não apenas no teto, mas também nas paredes: batidas, pancadas, a casa parecia estar ganhando vida. As velas se apagaram, houve um barulho estridente: o espelho caíra, dispersando cacos em nossa direção.

Os gritos que se seguiram competiam em intensidade com a cacofonia do edifício em ruína. O berro mais agudo foi o de Saundra, que puxou a minha mão tão de repente que pisei em falso ao tentar desajeitadamente me levantar. O som da correria desembestada no escuro se mesclou aos estrondos emanados pelo teto e pelas paredes. E por fim se metamorfoseou num outro ruído.

Muito mais próximo.

Um enxame.

Um zumbido.

Como se centenas de milhares de moscas pairassem sobre nós.

Os berros se intensificaram, em especial os de uma pessoa.

– *Saiam de mim!* – gritava. – *Saiam!*

Os refletores piscaram até retornarem à vida e revelarem uma sala completamente transformada. Uma aglomeração desesperada para sair obstruía o corredor, criando um gargalo. A maioria de nós, no entanto, tinha os olhos em Lux, que em absoluto pânico puxava com violência as lindas mechas loiras e gritava histericamente para que alguém a ajudasse a tirar as moscas do cabelo.

Só que não havia mosca nenhuma. A iluminação trouxe uma quietude, e com o canto de olho notei a única pessoa além de mim que não tinha se desesperado. Nenhum fio do cabelo ondulado estava fora do lugar; os óculos de armação grossa estavam perfeitamente retos. Percebi que ele pressionou uma caixa de som portátil antes de deslizá-la para dentro do bolso da calça. E o zumbido cessou completamente.

Mordi os lábios com força para não deixar escapar. Enquanto os demais xingavam e recuperavam o fôlego, algo se avolumava dentro de mim, até que não pude mais segurar.

Gargalhei. Forte. Tão alto que não demorou para as pessoas me fitarem como se eu fosse o que de mais estranho havia naquela casa supostamente assombrada.

O olhar de Lux laçou o meu. Ela resfolegava, e os feixes loiros em suas mãos eram como tristes ramalhetes. Primeiro, pensei que tinha arrancado tufos do próprio cabelo, mas então notei os clipes numa das extremidades. Extensão capilar.

– Foi você! – Ela apontou o dedo para mim como se fosse eu a culpada por sua calvície.

Neguei com a cabeça, mas, por mais que tentasse, não conseguia conter as risadinhas em soluço.

– Foi você que pregou essa peça estúpida!

Olhei em volta, em busca do garoto com o som portátil, mas ele não tinha ficado para ver Lux me comendo viva. Já os demais estavam paralisados.

Da garganta de Lux subiu um som gutural, raivoso, e a garota lançou as extensões ao chão.

– Aproveita pra rir agora, porque sua história nesse colégio *chegou ao fim*. – Depois de dizer isso, ela avançou furiosamente em direção à porta e saiu.

Nesse ponto, eu já tinha parado de rir. Me virei para Saundra, cujo rosto estava petrificado numa careta. Esperei que ela dissesse algo. Algo encorajador como quando tentara me convencer de que a festa seria "totalmente demais" ou de que eu "encontraria minha galera". Entretanto, tudo o que ela disse foi:

– Isso não é nada bom.

3

PERCEBI QUE A minha situação não era nada boa assim que pisei na escola na manhã seguinte.

A Manchester Prep era uma escola particular cuja localização por si só dava a completa noção de sua exclusividade. Manhattan. Upper East Side. Praticamente no Museum Mile. A fachada do edifício de quatro andares exibia o tipo de intrincado ornamento gótico que atrai turistas e suas câmeras. Lindo por fora, mas desconfortável por dentro.

Éramos obrigados a usar uniforme. Camisa oxford e blazer cinza com o brasão da escola. Os garotos trajavam calça e as garotas, saia plissada, também cinza, que, embora devessem beijar castamente os joelhos, muitas vezes mal roçavam as coxas. No meu caso, que tinha feito a besteira de comprar o uniforme pela internet em vez de fazê-lo sob medida como todo mundo, a bainha tocava as canelas. Engomado, raspando nas regiões macias da minha cintura, ele era uma grande metáfora da minha inadequação àquele lugar.

Parte da qual se devia à grana. No sentido de que eles tinham e eu, não. Alguém poderia pensar não se tratar de um fator tão determinante, já que usávamos as mesmas roupas e estudávamos os mesmos assuntos, porém bastava eles abrirem a boca para ficar bem claro que pertencíamos a mundos diferentes. Só falavam de suas coisas: que eram muito caras e que possuíam aos montes. Tinham cartão de crédito sem limite, usavam joias da Cartier e, por algum motivo que jamais vou entender, exibiam a mesma bolsa da

Celine Nano. Certa vez, testemunhei uma das minhas colegas de classe tentando comprar uma barra de Twix numa mercearia na Segunda Avenida com uma nota de cem.

Então, sim, havia *eu* de um lado e *eles* do outro, e um abismo do tamanho de Manhattan entre nós.

Agora, ao fazer o trajeto habitual para chegar ao armário, a inadequação que senti se deveu a uma razão completamente diferente: as pessoas estavam me olhando. Tipo, parando para me olhar. Algumas faziam piadinhas, outras cochichavam com o amigo do lado, os olhares fixos em mim.

Não precisei escutar para saber o que diziam. "É a garota que mexeu com a Lux."

Tinha me esforçado tanto para não atrair a atenção nesse colégio, para me misturar ao cenário, que, quando me percebi alvo dos olhares gerais, fui acometida por uma sensação tão aguda quanto uma mudança brusca de temperatura.

O frio tomou conta de mim. Até mesmo os ex-alunos nos retratos que decoravam as altas paredes pareciam me fitar – uns caras sisudos dos tempos em que a Manchester era frequentada exclusivamente por caras sisudos. O colégio só se tornou misto nos anos oitenta, e meu armário ficava exatamente embaixo dos retratos em tecnicolor de duas alunas com o cabelo arrepiado, uma das quais virara astronauta e a outra, atriz de seriados toscos. Ambas demonstravam uma grande curiosidade por minha recém-adquirida condição de pária social.

Embora não visse Lux por perto, sua presença me assombrava como um fantasma. Essa sensação ficou mais forte na aula de Literatura de Autoria Feminina, assim que avistei Bram em sua carteira. Nossos olhares se engancharam por um instante infinito que me remeteu à lembrança do beijo. Com o rosto quente, me perguntei se ele teria contado a Lux e se eu deveria me preparar para uma exponencial piora na minha já arruinada existência na Manchester. Contudo, ele desviou o olhar e eu também, os dois fingindo que nada tinha acontecido.

Tentei arduamente afastar Bram dos pensamentos, porém, para meu infortúnio, ele era o assunto preferido de Saundra.

– Na sua escola anterior, tinha algum cara tão maravilhoso quanto Bram Wilding? – perguntou ela assim que nos sentamos no refeitório.

Senti um desconforto repentino no estômago e pus de lado o sanduíche. Saundra não notou minha falta de apetite, concentrada que estava no centro do salão. Aquele terreno era o condomínio de luxo do colégio, ocupado pelo primeiro escalão do corpo discente. Saundra observava Bram e seus amigos como se eles estivessem realizando um feito extraordinário, e não simplesmente comendo como o restante de nós, meros plebeus.

Por causa de Saundra, eu sabia o que jamais tivera a curiosidade de saber sobre Bram. Era o fruto de Andrew e Delilah Wilding, respectivamente um magnata da área editorial, de ascendência escocesa, e uma ex-modelo nascida no Cairo. Mas eu conhecia algo que Saundra não fazia ideia: o toque dos lábios de Bram.

– Na minha escola antiga só tinha ogro – falei. Embora Saundra estivesse me fazendo a cortesia de não mencionar o elefante na sala (minha súbita notoriedade e ostracismo social), eu precisava desesperadamente mudar de assunto. – Será que a gente pode falar sobre qualquer outra coisa?

– Tá, vamos falar da festa, porque eu definitivamente não superei. Então os cachos lendários da Lux são extensões? Oi? – Saundra olhou para o teto e soltou um suspiro. – A gente reza aos deuses do bafão, mas nunca acha que eles vão escutar, sabe?

– Você não acha que foi uma pegadinha? – perguntei.

– Não vai me dizer que você acredita nos boatos.

– Boatos?

A expressão de Saundra se iluminou. Era o único tema sobre o qual ela gostava de falar mais do que de Bram Wilding.

– Esqueci que você é nova e não sabe de todos os podres da Manchester. – Ela afastou o prato como se para abrir espaço para a enormidade do que iria contar. – A galera acha que tem alguém por trás das maiores humilhações vividas por alguns alunos. Uma vez, a Erica Belcott foi trancada na piscina do subsolo da Associação Cristã de Moços, e a encontraram em posição fetal no trampolim. Segundo ela, alguém ficou acendendo e apagando as luzes sem parar. Também teve a vez que o Jonathan Calden acordou numa lixeira nos fundos de um Red Lobster sem fazer a menor ideia de como tinha ido parar lá. E a Julia Mahoney jura de pés juntos que achou vários bilhetes bizarros escritos com batom vermelho, aí um dia ela encontrou um batom na mochila durante a aula de Química e ficou tão descontrolada que derrubou o bico de Bunsen, quase colocando fogo no laboratório.

"Daí a teoria de que tem alguém por trás de tudo. As pessoas acham que esses acontecimentos estão conectados. E elas dizem 'o FDP me pegou', mas não, não. Se responsabilizar pelas próprias atitudes você não quer, não é, Jonathan? A culpa de ter acordado numa lixeira é sua, e somente sua, por ter ido ao Red Lobster em Jersey."

Essas pencas de nomes que Saundra costumava despejar sobre mim sempre tinham o efeito de um ruído branco, me mandando para o mundo da lua. Mas uma ameaça pairando sobre as pessoas, virando a vida delas de cabeça para baixo...?

– Conta mais.

– Faz muito tempo que isso está rolando. Eu ouvi falar sobre essa história antes de entrar aqui. Mas é só lenda urbana.

Imediatamente pensei no garoto que vi quando as luzes se reacenderam na casa abandonada. Aquele que se aproveitou da distração geral para discretamente desligar a caixa de som portátil. Descobri seu nome: Freddie Martinez. Olhei ao redor do refeitório e o avistei em um grupo de amigos; os cachos ondulados sobre a testa marrom-clara eram inconfundíveis.

– Quem são aqueles ali? – perguntei a Saundra.

– Afe. Os Tisch. Fazem parte do Clube de Cinema. Vão todos estudar filme, ops, *cinema* na Tisch, a Faculdade de Artes da Universidade de Nova York. Um deles é de fato da família Tisch. Aliás, cuidado, porque eles bem podem tentar te recrutar, já que o clube não tem nenhuma garota, e isso não é nada bom pra imagem do grupo. Uma vez, o Pruit Pusivic ficou meio que me paquerando e eu dei bola, até que me toquei: cara, você está a fim de mim mesmo ou só está tentando me fazer entrar para o Clube de Cinema? Minha autoestima ficou abalada.

– Ah...

– Exato. Eles se acham os caras, mas não passam de nerds metidos.

Freddie não me pareceu esse nerd todo. Ok, usava os óculos de armação grossa, mas eu até gostava deles. Além do que tinha um jeito relaxado e um sorriso fácil, típicos de quem é confiante na medida certa. E o maxilar... Tão retilíneo que dava para acender um fósforo. As roupas eram meio desalinhadas: a camisa do uniforme não estava impecavelmente passada como a dos demais garotos, e os sapatos eram gastos e imploravam por uma graxa, porém fiquei com a impressão de que o visual era proposital, cultivado.

– E aquele garoto? – perguntei, apontando o queixo na direção de Freddie.

– Freddie Martinez? Por quê?

– Curiosidade.

Embora sua expressão dissesse que havia indivíduos muito mais interessantes na escola sobre quem fofocar, Saundra não perdia a oportunidade de despejar seu conhecimento enciclopédico sobre o corpo estudantil, ainda que fosse a respeito do simplório Freddie Martinez. Ela tomou fôlego e depois desandou a enumerar com bastante entusiasmo as informações sobre o rapaz.

Soube que eu e ele tínhamos uma particularidade em comum: na escola dos um por cento mais ricos, pertencíamos aos outros noventa e nove. Ele era bolsista. Sua mãe era dona de um bufê no qual Freddie trabalhava em alguns fins de semana; além disso, ele vendia colas de provas e trabalhos de fim de semestre. Pelo preço certo, ele até responderia aos exames de múltipla escolha alheios, o que era um trabalho extraoficial bastante lucrativo no colégio.

– Em resumo, o cara faz qualquer coisa por uns trocados, o que acho meio vulgar, mas pode ser útil para quem é péssimo em álgebra e tal. – Saundra inspirou o ar. – Dizem até que ele vende drogas, mas acho esses rumores bem racistas.

Bom que ela não espalhava isso por aí, não é mesmo? Freddie estava concentrado na conversa com o garoto ao lado. Pensei se a pegadinha de terror tinha sido planejada pelos dois, ou somente por Freddie. E pensei se Saundra talvez não estivesse enganada e houvesse, sim, alguém atormentando os alunos da Manchester Prep.

O que seria horrível.

E também o fato mais interessante desde que eu chegara.

4

ASSISTIR A FILMES de terror era uma válvula de escape para mim. Uma espécie de terapia de exposição – o que era irônico, pois minha última psicóloga não gostava nada da ideia. Contudo, o terror tinha um efeito calmante sobre mim, quase catártico. Talvez fosse o fato de saber que tudo era de mentirinha e acabaria perfeitamente dentro de duas horas. Talvez, se eu treinasse para suportar os filmes, para não virar o rosto para os vários horrores, conseguisse alcançar uma versão mais calma e serena de mim mesma.

Era o intuito, pelo menos. Passei a assistir a filmes de terror depois do ataque, no ano passado. No começo, ficava completamente perturbada: desviava o olhar em cada tomada fechada na cara cheia de baba e veias de Linda Blair em *O exorcista* e, depois de *O chamado*, fiquei uma semana sem atender ao telefone.

Filmes de terror provocavam em mim todas as reações que filmes de terror são feitos para provocar. Ficava aterrorizada, em seguida aliviada: qualquer arrepio sempre acabava explodindo sobre minha pele como um jorro de água gelada. Podia até pular na cadeira no começo, mas no fim me sentia leve e renovada por ter encarado o desafio.

Com o tempo, entretanto, fui me viciando na sensação e, após assistir à maioria dos títulos mais conhecidos, enveredei pelas subcategorias do gênero, que são mais toscas do que assustadoras, com maquiagens ridículas e diálogos piores. Não que eu tivesse me tornado imune ao horror nem nada disso, mas ultimamente os filmes de terror não estavam cumprindo a função.

Inclusive o de hoje, *Rabid*. O fato de que não conseguia parar de olhar o celular não estava colaborando. Eu achava que tinha superado a bizarra situação na escola, mas era ingenuidade da minha parte. O incidente com Lux e suas extensões capilares continuava se desdobrando nas redes sociais, em vários tipos de iteração. As pessoas me marcavam em posts do Instagram nos quais desenhavam um xis em meus olhos ou então escreviam um textão prolixo para me acusar de ser a pior pessoa do mundo pelo que tinha causado a Lux. Rolando resignadamente as notificações, passei por um TikTok em que um garoto fantasiado de Lux (ficou claro pela peruca loira) se engalfinhava com outro garoto fantasiado de mim (a cara cheia de sardas descomunais).

E tudo porque ousei rir de uma brincadeira idiota. Claro, para as outras pessoas, pareceu que eu estava rindo de Lux. E uma parte de mim talvez estivesse mesmo, deleitada com seu medo, satisfeita com seu sofrimento. Apertei o play no TikTok outra vez e dei zoom no rosto risonho da "Rachel".

Um ano atrás, quando o medo e a ansiedade ainda não eram amigos indesejados, meu lado monstruoso tinha dado as caras, e desde então eu fazia de tudo para mantê-lo escondido. No entanto, assim que as luzes se reacenderam na casa abandonada eu fora exposta, e agora o monstro se espalhava nas redes sociais para quem quisesse ver.

Apesar disso, os piores posts – aqueles que me feriam como uma lâmina rasgando minha barriga – eram os que explicitamente ridicularizavam Lux: os maldosos tweets anônimos sobre o cabelo falso, imagens photoshopadas dela careca. Eram esses que prenunciavam que a situação, como Saundra descrevera de maneira sucinta, não era *nada boa*. O temor que abria caminho pela minha garganta não tinha nada a ver com o filme na televisão. Ao mesmo tempo que sentia pena de Lux, tinha a clara impressão, por nossas breves interações, que ela era do tipo que não deixava barato. Lux iria se vingar.

Já o temor da minha mãe, este, sim, era causado pelo filme. Na ponta oposta do sofá, com um maço de provas no colo e o rosto metido entre as mãos, ela espiava de vez em quando para conferir se o derramamento de sangue tinha acabado.

– Mas precisa mostrar esse tanto de... músculo da bochecha? – perguntou.

Rabid era sobre uma mulher que tinha o rosto dilacerado num acidente, e o filme estava na parte em que os médicos lhe mostravam o grau dos ferimentos. Lamentos se fizeram ouvir, tanto da vítima quanto da minha mãe. Eu nunca tinha visto o filme.

– Sim, precisa. – Coloquei de lado o celular e peguei um punhado de pipoca de micro-ondas da tigela equilibrada sobre minhas coxas.

Apesar de eu nunca ter convidado minha mãe para uma sessão de filme que fosse, ela sempre fazia questão de assistir comigo. Com certeza considerava essa atividade nosso momento mãe e filha.

– É muito nojento – falou. – E tão gratuito! Por que esses filmes só mostram mulheres sofrendo violência?

– As diretoras são mulheres, as irmãs Soska.

– Jura?

– Posso assistir no meu quarto, se você quiser.

Como previ, ela negou com um gesto de cabeça. Acho que minha mãe suportava participar do meu hábito de ver filmes de terror porque entendia que era o meu jeito de lidar com o "trauma" do ano anterior. Contudo, isso não significava que ela gostasse – o que fazia questão de deixar bem claro a cada filme.

Em vez de olhar para a tela, concentrou-se nas provas. Com o canto do olho, eu a vi destampar a caneta vermelha e rabiscar três pontos de interrogação na margem de uma das provas. Foi novamente perturbada pelos gritos e se crispou.

– Devo ficar preocupada, Rachel?

Reuni todas as forças para não tombar do sofá enquanto revirava os olhos.

– Temos que parar de ver filme juntas.

– Está acontecendo alguma coisa na escola?

– Não.

– Eu sei que você assiste a esses filmes depois de um dia complicado.

– A escola está indo às mil maravilhas – falei com a boca cheia de pipoca.

– Estou falando sério. Esse filme chega a me dar enjoo, e você está assistindo como se fosse o Desfile de Ação de Graças.

– Acho o filme bem mais interessante do que balões e bandinhas, mãe.

– Exato! Não sei como você consegue comer vendo isso. Está praticamente lambendo a manteiga dos dedos.

Minha mãe era obrigada a me amar incondicionalmente, de acordo com o Manual da Maternidade e tal. Mas às vezes ela pisava na bola, e ficava evidente para mim que me amava *apesar* da inquietação que eu lhe causava. Devia achar que eu tinha vindo com algum defeito. E parte de mim sabia que ela assistia aos filmes comigo por se sentir culpada pelo que ocorrera no ano anterior, por ter me deixado sozinha naquela noite, por não estar presente.

– Você está dizendo que sou incapaz de ter sentimentos? Tipo uma psicopata?

– Rachel...

– É o que está parecendo.

Não queria discutir com minha mãe, mas às vezes era uma solução mais fácil do que responder às perguntas. Às vezes era preciso dobrar a aposta. Mantive um tom de voz inexpressivo. De psicopata.

– Jamonada – falou brandamente. – Não faz assim.

Mordi a língua e peguei o celular novamente. Estava brincando. Ou não. O que quer que fosse, estava arrependida de ter começado uma discussão com a minha mãe.

– Vou colocar em outro filme.

Ela balançou a cabeça. O momento mãe e filha era importante demais.

– Não, não é tão assustador assim.

O celular vibrou. Mensagem de Saundra.

Eeei, só pra dizer pra vc não entrar na net hoje, tá?

O nó em meu estômago dobrou de tamanho. Fiz melhor ainda: deletei minha conta no Instagram. Mal usava mesmo; só a tinha criado após a transferência para a Manchester porque era o protocolo: qualquer adolescente normal tinha um Instagram cheio de selfies. No entanto, sempre que postava uma foto era corroída por um desconforto, como se vestisse uma fantasia apertada demais. Aquelas selfies inúteis me faziam perceber quão forçados eram meus sorrisos.

Em seguida, fiz uma busca por certa pessoa. Freddie Martinez não tinha Instagram, mas não foi difícil encontrar seu Twitter. O último post fora feito nem meia hora antes.

Hoje o Film Forum tá passando um dos meus favoritos no #UmMêsMilSustos. Bora ver #UmaNoiteAlucinante2!

Abri um sorriso. Então, filmes de terror eram outra peculiaridade que tínhamos em comum.

Tomada por um impulso repentino, depositei a tigela de pipoca na mesa lateral.

– Vou sair.

– Pra onde?

– Encontrar uma amiga.

Não gostava de mentir para a minha mãe, mas ela não criaria empecilhos se a justificativa envolvesse amigos. E Freddie era um amigo em potencial. O qual, tecnicamente, eu iria encontrar pela primeira vez. Então não era mentira total.

5

IR AO CINEMA na expectativa de encontrar Freddie tinha, sim, em teoria, algo de stalker, porém esse não era o único motivo: por coincidência, *Uma noite alucinante 2* era um dos meus filmes preferidos.

Peguei um assento no fundo e examinei as fileiras: havia umas dez pessoas na sala, e nenhum sinal de Freddie. Pensei que ele não fosse aparecer e me convenci de que era melhor assim, já que, se aparecesse, eu seria obrigada a puxar conversa e não sabia o que dizer. Na verdade, sabia; o que não sabia era como entrar no assunto. Como se pergunta a um garoto o que o levou a pregar uma peça como aquela? Ele tinha consciência de que Lux ficaria desesperada? Era ele o responsável pelas brincadeiras mirabolantes sobre as quais Saundra comentara?

E o mais importante: ele iria assumir a culpa pela sessão espírita e tirar Lux do meu pé?

As luzes do cinema diminuíram. Freddie tinha furado.

Até que, de repente, ele surgiu na escada lateral. Imaginei que estaria acompanhado de outro Tisch ou de uma garota, mas sua única companhia era um balde de pipoca tamanho família.

Eu tinha certeza de que ele não perceberia minha presença, porém me notou logo de cara.

Fingi estar concentrada na tela. Freddie escolheu a minha fileira e sentou a um assento de distância.

– Oi – sussurrou.

Ao me virar para ele, me deparei com seu perfil, o olhar fixo na projeção.

– Oi.

– Você estuda na Manchester, não estuda?

– Hã?

– É a garota nova, a que riu da Lux.

Minha fama me precedia. Claro que era daí que ele me reconhecia.

No telão, um demônio atacou Bruce Campbell, e um coro de gritos sufocados se fez ouvir de todos os lados. Já o grito da mulher atrás de mim foi tão alto que quase me fez dar um pulo. Me virei e a vi agarrada ao braço do namorado, a cabeça enterrada em seu ombro, mas os olhos no filme. Por isso adoro o gênero terror: é o único que diverte e ao mesmo tempo repele o espectador.

Nem Freddie nem eu mexemos um músculo.

Nunca tinha conhecido outra pessoa da minha idade que pagaria um ingresso para assistir a *Uma noite alucinante 2* no cinema. Por vontade própria, digo. Freddie devia estar pensando o mesmo, pois se inclinou sobre o assento vazio entre nós e sussurrou:

– Cara, o que você está fazendo aqui?

A exclamação abafada que os outros presentes soltaram pareceu uma reação à pergunta, e não ao filme.

Boa pergunta. O que eu estava fazendo ali?

Só sabia que ficar em casa conferindo obsessivamente o celular não era uma opção. A sala de cinema é ótima, porque tem uma regra para esse tipo de conduta. Acabei saindo pela tangente:

– O que *você* está fazendo aqui?

Alguém fez psiu. Freddie se virou com a cara fechada para o sujeito, depois se concentrou no filme, assim como eu. Na terceira fileira, o susto que a pessoa tomou com a mão zumbi irrompendo do piso de madeira foi tão grande que pipocas voaram. O fato pareceu motivar Freddie a me oferecer um pouco da sua. Hesitei, porém ele sacudiu o balde na minha direção. Meti a mão nos grãos amanteigados e agradeci com um sorriso de boca cheia. Freddie devolveu o sorriso. E o cinema soltou gritos.

***

Já era tarde quando o filme terminou. Conforme Freddie e eu nos dirigíamos à saída, fiquei em pânico ao me dar conta de que inevitavelmente teríamos de conversar em breve. Não podia falar que tinha ido ao cinema depois de stalkeá-lo no Twitter; muito menos que sabia que ele provavelmente era o Infame Autor das Pegadinhas da Manchester.

Para minha sorte, Freddie quebrou o gelo:

– Bem *Donnie Darko* da nossa parte, não acha?

Abri um sorrisinho. Era uma referência à cena em que Jake Gyllenhaal e o horripilante coelho sentam lado a lado na escura sala de cinema.

– Espero não ser o coelho Frank nessa versão.

Foi a vez de Freddie sorrir, o que fez de nós sorridentes bobocas numa suja rua nova-iorquina, radiantes após uma sessão de filme de terror. Em comparação às expressões sempre em branco de Saundra, essa breve interação bastou para me dar um quentinho no coração.

– Eu sou o Freddie.

– Rachel.

– Quer dizer então que você é fã de *Uma noite alucinante 2*?

– Sou. Adoro um bom terror pastelão.

– Já viu *Todo mundo quase morto*?

– Claro. Mas esse é bem mais comédia do que outra coisa. *Seres rastejantes* é um bom exemplo de terror pastelão raiz. Ah! E *Casamento sangrento*, que achei surpreendentemente divertido. Mas o mestre do gênero, para mim, continua sendo o Sam Raimi.

Normalmente, quando falava com alguém (tá, minha mãe ou Saundra) sobre filmes de terror, a resposta era uma encarada inexpressiva, como se eu estivesse me comunicando em outra língua. Freddie estava me encarando agora, mas não havia nada de inexpressivo em seu olhar.

Ele abriu um enorme sorriso.

– Mas nada supera um filme de terror que é engraçado sem querer ser.

– Tipo?

– *Jogos mortais*.

– Você não está falando sério! – Soltei uma gargalhada.

Freddie fez que sim com a cabeça.

– O vilão é uma espécie de Pinóquio num triciclo! Onde isso dá medo?

– Oras, o Damien dá medo em *A profecia*? Ele é um simples garotinho...

Nós nos fitamos por um breve instante antes de concordar que, sim, Damien dava medo, dava medo pra caramba.

Já nem lembrava mais como era bom conversar com alguém que gostava das mesmas coisas que eu. Era como pegar um atalho para a amizade, muito embora tivéssemos acabado de nos conhecer.

Fui tomada por uma vontade de passar o resto da noite falando sobre filmes.

No entanto, restávamos apenas nós dois na entrada do cinema, o que foi a deixa para pôr um ponto-final no encontro. Eu não podia ir embora sem fazer a Freddie a pergunta que me levara ali.

– Foi muita coincidência encontrar você aqui, porque queria mesmo falar sobre um negócio – disse num tom informal. – Sabe a casa abandonada? A sessão espírita?

– O que tem?

Talvez eu estivesse prestes a destruir a primeira conexão genuína que fazia em muito tempo, mas precisava correr o risco. A pegadinha na sessão espírita tinha arruinado minha tentativa-de-passar-despercebida-como-apenas-mais-uma-aluna-entre-tantas, e eu precisava da ajuda dele.

– Eu vi você com a caixa de som. Foi você que fez os barulhos, a pegadinha foi coisa sua.

O tom informal que eu pretendia acabou saindo com uma pontinha de acusação. Tinha passado do ponto e provavelmente colocado Freddie na defensiva. Tentei consertar a situação.

– É que a Lux está achando que a culpa foi minha. E pensei que, se é pra ela me acusar, pelo menos quero saber o que rolou.

O rosto de Freddie era do tipo que revelava plenamente cada emoção, porém agora sua expressão se transformara da sorridente e alegre que exibia uns segundos atrás em uma mais fechada. Ele empurrou os óculos, e suas grossas sobrancelhas se uniram.

– Você veio até aqui atrás de mim?

Ele não tinha caído na minha.

– Como? – Meu rosto ficou totalmente vermelho na hora. – Não...

– Veio, né?

– Eu vim porque amo *Uma noite alucinante*… Fica tranquilo, não vou contar pra ninguém que foi você.

– Não sei do que você está falando.

Ele desviou o olhar, mas bancar o desentendido não era uma de suas melhores qualidades. Freddie queria manter segredo, e tudo bem, direito dele. Entretanto, eu não podia deixar a situação assim, sendo que tinha conhecido alguém com os mesmos interesses que os meus, que podiam ser nomeados: filmes de terror e um evidente desprezo por Lux McCray.

– Eu te vi com a caixa de som.

Os olhos de Freddie continuavam fixos no chão.

– Não tive nada a ver com a sessão espírita, foi obra de outra pessoa.

– Ah, é? Quem?

– Greta. Ela claramente ficou chateada de ter sido incomodada.

Revirei os olhos. Quando Freddie ergueu o rosto, sua expressão parecia mais brincalhona do que acuada. Fiquei feliz por não tê-lo repelido de vez.

– Tá, vamos supor, hipoteticamente, que tenha sido eu. Você está me acusando de ter planejado uma brincadeira superelaborada para assustar todo mundo. Por que eu faria isso?

– Porque não gosta deles. Porque não é um deles, e talvez eles mereçam. Porque adora filmes de terror e já viu quase todos e não se assusta mais com nenhum.

Exagerei. Despejei coisas demais num desconhecido. E, agora que as palavras ecoavam, me perguntei se estava falando dele ou de mim mesma. O rosto de Freddie exibia um sorriso outra vez; entretanto, o que antes eu achara fofo passou a ter um efeito exasperador.

– Você tem andado demais com a Saundra Clairmont, Rachel. Essa história de que tem pessoas pregando peças na escola é mentira. Aqueles milionários jamais aceitariam que seus filhos fossem aterrorizados assim.

– Como você sabe que eu ando com a Saundra?

– Reparei em você.

Eu também tinha reparado nele, embora jamais fosse admitir. Já Freddie não parecia nem um pouco tímido enquanto suas palavras pairavam entre nós.

Minha mente então foi fisgada pelo que ele disse um pouco antes.

"Essa história de que tem pessoas pregando peças na escola é mentira."

– Você disse *pessoas*. Plural. E todo mundo acha que é um cara só.

Seu sorriso indecifrável de repente oscilou. Foi quase imperceptível, mas eu notei.

– A gente se vê por aí, Rachel.

Freddie se virou e partiu. Não o segui, mas não foi por falta de vontade.

6

Pregar peças. Um grupo dedicado a fazer isso.

Não tinha passado pela minha cabeça que fosse um grupo. Freddie havia se delatado. Era óbvio que ele não tinha agido sozinho na sessão espírita. Ninguém conseguiria fazer aquilo sem ajuda.

Embora não soubesse o tamanho do grupo nem quem eram seus principais membros, desconfiava seriamente de outro participante. Minha atenção tinha se voltado completamente para Freddie porque o vira controlando os barulhos nos bastidores e acabei deixando de considerar a pessoa no centro do palco.

Thayer Turner e eu éramos colegas na aula de Literatura de Autoria Feminina. A sra. Liu estava tentando nos convencer de que *O morro dos ventos uivantes* era um bom livro, muito embora odiasse todos os personagens. Enquanto ela vociferava, eu observava Thayer. Para a professora, provavelmente parecia que ele estava anotando tudo, mas, do meu assento, uma fileira ao lado e uma carteira para trás, via que na verdade estava desenhando um rosto incrivelmente detalhado: grotescamente exagerado e marcado por cicatrizes, com olhos escuros e cavernosos.

– E por que ele não fez isso? – indagou a sra. Liu. – Tem alguma opinião, senhor Turner?

Thayer ergueu a cabeça bruscamente. Eu não fazia ideia do que a sra. Liu estava falando, e, aparentemente, ele também não. Thayer largou o lápis, fechou o caderno e limpou a garganta.

– Me parece que o que você está perguntando no fundo, senhora Liu, é por qual motivo ele considerou que tinha o *direito* de fazer… aquilo. Por que ele teve a coragem, o ímpeto, a *audácia* de fazer… aquilo que ele fez em relação ao que você estava falando agora mesmo? A resposta, e a senhora há de concordar comigo, é que o tal do Heathcliff é totalmente fabuloso.

– Certo, *obrigada*, Thayer – falou alto a sra. Liu para tentar conter as risadinhas.

– E não é? – disse Thayer. – E as descrições dele no livro? Alto, o olhar profundo e caloroso sobre Cath no alto do monte. Amiga, quem é que não uivaria?

– Eu falei *obrigada*, senhor Turner. Senhorita Chavez, responda à pergunta para nós.

Pega no contrapé, encarei, constrangida, a sra. Liu.

– Quê?

– Sua opinião sobre o desejo de vingança de Heathcliff.

– Ah. É. – Passei ligeiramente a vista sobre meu caderno. Em branco. – Vingança é ruim.

A sra. Liu aguardou que eu discorresse sobre o tema. O silêncio que tomou a sala foi ensurdecedor. Uma garota na fileira de Thayer – amiga de Lux – articulou um "idiota" silencioso para mim. Ao lado dela, Bram me fitou tão fixamente que senti meu corpo murchar. No fundo da sala, alguém expirou o ar pelo nariz em reprovação.

Quanto mais me encaravam, mais eu afundava na sensação de que havia alguém apertando meu pescoço. Já não conseguia lembrar nem de que livro estávamos falando, e minha boca se contorcia hesitante e inútil.

Então o sinal tocou e todos imediatamente começaram a tacar suas coisas dentro da mochila, esquecendo completamente da minha existência. Voltei a respirar.

A sra. Liu ainda tentou passar mais um pouco de conteúdo, porém minha atenção se concentrou em Thayer. Canalizei na perseguição a adrenalina de um instante atrás.

Ao atravessar correndo a porta, quase trombei com ele, que aparentemente estava à minha espera.

– Você estava de olho em mim na aula.

– Como? Claro que não.

– Eu sou muito observador, não adianta mentir.

– Não estou ment…

– Você me seguiu hoje de manhã, Garota Nova. Antes da primeira aula e depois da segunda. Eu entendo que sou apaixonante, e você pode fazer o que bem entender, mas tente não cair de amores por mim, você só vai se decepcionar.

– Ah. – Foi só o que consegui pronunciar.

Ele piscou para mim e bateu o cotovelo no meu, no que me pareceu um convite para acompanhá-lo. Foi o que fiz.

– Vi o desenho – falei. – Belo sombreamento nas… hum… cicatrizes.

– Obrigado! São poucos os artistas que têm seu talento reconhecido em vida.

– Era o Leatherface, certo? Eu amo ele.

Thayer me olhou com a sobrancelha arqueada.

– Seu gosto para caras é bem peculiar, mas quem sou eu para julgar?

– Quero dizer que é meu vilão favorito de todos.

Ele sorriu e passou a caminhar mais rápido.

– Então você curte filmes de terror.

– Sim. – Acelerei o passo também. – Eu sabia que você gostava pelo jeito como contou a história na sessão espírita. Da Greta e do Frank e das moscas saindo da boca dele. Você é bom em contar histórias.

– Olha a senhorita cheia dos elogios! Devia deixar você me acompanhar sempre. Mas aquela história é totalmente verídica.

Deixei escapar uma risada, e Thayer me fitou de canto de olho.

– Eu falei com o Freddie, Thayer.

– Que Freddie?

Assim como Freddie, ele ia bancar o desentendido. Ou seja, eu teria de ir direto ao ponto.

– Freddie Martinez. Ele me contou sobre o grupo.

Thayer se deteve e, quando me encarou, não foi com a expressão cheia de ceticismo, charme ou diversão, mas de surpresa.

– Ele nunca faria isso – murmurou.

– Sabia que tinha um grupo!

– Merda. Merda, merda, merda.

Ele voltou a caminhar, ainda mais rápido do que antes, e o persegui, determinada a saber mais.

Antes, só queria saber o que havia acontecido na sessão com o objetivo de limpar minha barra, porém agora estava fascinada por Freddie e Thayer e convicta de que eles faziam parte de algo grande, algo de que eu também queria participar.

– Vocês pregam peças nas pessoas?

– Não. E fala baixo.

– Tem que ser fã de filme de terror pra participar? Como faz pra participar?

– Só convidados entram no clube, Garota Nova.

– Então é mais do que um grupo, é um clube.

– Merda, merda, merda.

– Vocês registram as reuniões, fazem a tesouraria?

– Pare de falar comigo, estou pedindo.

– Não entendo por que tanto segredo. Qual é o problema?

Thayer parou de súbito, e mais uma vez quase trombei nele. Fez menção de falar, porém um garoto enorme seguido por três capangas surgiu logo atrás e chocou seu ombro de aço contra as costas de Thayer, lançando-o na minha direção. O grandalhão se inclinou e sussurrou algo na orelha de Thayer antes de se afastar aos risos com os comparsas. Embora eu não tenha escutado a palavra, não foi difícil ler seus lábios.

– Ele te chamou de...? – Não tive coragem de dizer.

– Irônico, né? – Thayer esfregou a parte de trás do ombro. – Ainda mais porque é ele quem está sussurrando no meu ouvidinho! – Esta última parte, falou gritando, mas somente quando o garoto estava longe o bastante.

– O Trevor Driggs é um otário. – Thayer expirou pelo nariz.

– Ei! –Eu já estava a meio caminho. Alcancei Trevor e cutuquei seu ombro. – Qual é o seu problema, cara?

Ele se virou.

– O quê?

– O que te dá o direito de falar assim com as pessoas?

Ele hesitou, e então olhou para mim e para Thayer, que havia se aproximado, e gargalhou.

– Vai pedir socorro pra menina nova, Thayer? – Trevor me encarou.

– E você vai fazer o quê, arrancar meu cabelo?

Minha cara ficou quente. Foi um ataque idiota e nada original, mas me atingiu mesmo assim. Minha nova fama tinha pegado.

O último sinal ressoou. Aos risos, Trevor e seu séquito de babacas se afastaram sob nossos olhares.

– Não estou acreditando que ele disse aquilo. Você está bem?

Thayer deu de ombros.

– Você sabe do que o Trevor mais tem medo no mundo?

Neguei com a cabeça.

– Eu sei. – Ele abraçou os livros contra o peito. – Valeu por tentar ajudar. Eu gosto de você, e é por isso que vou fazer um favor: fingir que nós dois nunca nos falamos. Foi um prazer, Garota Nova.

7

Era evidente que Freddie e Thayer não queriam nada comigo. Só que eu não parava de pensar neles.

Mais tarde, no mesmo dia, eu estava na aula de Anatomia Tridimensional, a única optativa que cursava no semestre. A cada semana, recebíamos a tarefa de produzir uma parte do corpo com diferentes materiais; o de hoje era argila, e eu devia ficar mais concentrada no exercício ou, ao menos, prestar atenção em Lux, que me metralhava com o olhar sempre que tinha a oportunidade. Entretanto, meus pensamentos estavam no clube de Freddie e Thayer. Enquanto os outros ocupantes da minha bancada, compenetrados, modelavam mãos, narizes ou orelhas com a massa cinzenta, eu rolava distraidamente a minha sobre a mesa.

Primeiro fora Fred quem dera com a língua nos dentes, depois Thayer. Eles eram membros de um nefasto clube secreto, era tudo o que eu sabia, mas eu já os enxergava como mestres de marionete: mãos invisíveis por trás dos inexplicáveis e assustadores eventos que se passavam com os alunos. Tinha algo de sinistro. Malévolo. E não me saía da cabeça que também tinha algo de… incrível.

A princípio, achei que fossem apenas pegadinhas, até que comecei a perceber uma conexão: havia um elemento de filme de terror no clube. A sessão espírita, por exemplo, era uma perfeita cena de terror adolescente. E os boatos das pegadinhas anteriores tinham algo de familiar, como fórmulas de terror ou lendas urbanas.

Embora ainda não soubesse o real propósito do clube, eu sabia que precisava fazer parte. Queria voltar a sentir a descarga de adrenalina que os filmes de terror costumavam me causar, a excitação elétrica de interagir com o medo, sabendo que ele não poderia me tocar.

Talvez essas peças me proporcionassem isso.

– Rachel? – Me sobressaltei ao escutar Paul.

Era o professor de Artes. Ele reiterara durante a primeira aula do semestre que o tratássemos pelo primeiro nome, como uma forma de enfatizar que era diferente dos demais professores. Como seu cabelo, fino e comprido, na altura dos ombros.

– Sim, Paul?

– O que você está modelando?

Examinei a minha massa de anatomia humana, que eu sem querer havia moldado na forma de um falo tristonho. Espremi a argila entre os dedos para desmanchá-lo imediatamente.

– Ainda não decidi.

Com uma careta, Paul apontou para a saleta da despensa, próxima à janela.

– Acho que vai precisar de mais argila.

– Bem pensado, Paul.

Levantei e caminhei até a despensa, cujas prateleiras estavam cheias de bolas de argila enroladas em plástico. Quando ia pegar uma, ela foi alcançada por outra mão. Irritada, me virei para ver a quem pertencia.

– Ah, perfeito – murmurei.

– Oi pra você também – disse Lux.

Ela diminuiu a distância entre nós, me encurralando contra a prateleira. Como a tinha visto no começo da aula e ela não se lançara no meu pescoço, eu deduzira que estava a salvo, que seu ódio talvez tivesse diminuído um pouco. Aparentemente não. Só queria voltar ao meu lugar, me afastar dela. Estiquei o braço na direção de outra bola de argila, porém Lux pegou essa também.

– Jura mesmo? – falei.

– Estou fazendo uma grande obra de arte. A maior.

– Parabéns.

– Sabe, eu estava pensando sobre você e o que aconteceu na festa.

– Cara, eu sinto muito pelas extens…

– Não isso. Estou falando sobre o garoto no seu celular, Matthew Marshall?

Perdi o ar. Achava que ela tinha se esquecido.

– Matthew Marshall. – Lux me observou com uma expressão triunfante, parecendo sentir um prazer mórbido em pronunciar o nome dele. Ou em ver a minha reação após pronunciá-lo.

– Não fale o nome dele.

– Matthew Marshall Matthew Marshall Matthew Marshall. Eu sabia que você era uma aberração, mas não fazia ideia do quanto até pesquisar sobre ele. – Ela comprimiu a argila na mão e se inclinou em minha direção. – Você está apaixonada por um defunto.

Tudo se transformou num instante, se obscureceu ligeiramente. O oxigênio que tinha me faltado de repente percorreu meu corpo numa rajada violenta.

– Matthew Marshall Matthew Marshall – continuou Lux.

Comecei a me sentir febril, a camisa engomada do uniforme adquiriu a textura de lã de aço. Às vezes a insensatez não era uma escolha; eu simplesmente agia assim, sem que pretendesse. Apanhei o primeiro objeto que vi na prateleira. Só me dei conta de que era uma tesoura quando já a empunhava acima da cabeça.

Minha visão se ofuscou ao precipitar as lâminas brilhantes sobre Lux.

8

– EXPLIQUEM DE NOVO o que aconteceu.

A única outra ocasião em que eu tinha estado no gabinete do diretor-assistente fora no primeiro dia de aula, quando ele me dera as boas-vindas e dissera que eu seria um belo acréscimo às "brilhantes mentes" da Manchester Preparatory.

– Ela me atacou com uma tesoura! – disse Lux, a força de suas palavras impulsionando seu corpo na direção da mesa do homem. – Quase me matou!

Sentada de frente para o diretor, eu fazia um grande esforço para evitar seu olhar reprovador. Fazia um grande esforço para evitar muitas coisas, como me virar para Lux, ou me deixar ser controlada pela ansiedade que, por ora, controlava apenas minhas mãos, que agarravam o braço da cadeira.

O motivo da minha agitação não era simplesmente a consciência do que fizera a Lux, mas do que *poderia* ter feito. Eu tinha me imaginado matando-a. Tinha visualizado a cena claramente. Foi só depois que ela gritou e Paul correu até a despensa para saber o que estava acontecendo que larguei a tesoura e percebi o que quase havia feito.

– Acalme-se, senhorita McCray. Senhorita Chavez, dê-nos a sua versão dos acontecimentos.

A minha versão dos acontecimentos, tal como lembrava, era a seguinte: eu empunhei violentamente uma tesoura e a segurei entre mim e Lux com as duas lâminas apontadas bem para a cara dela. Lembrava da expressão de Lux, os olhos arregalados de medo. Lembrava que o tempo se arrastou entre nós. Lembrava que só não aconteceu o pior porque consegui retomar algum autocontrole. E isso porque a cabeça de Paul surgiu na despensa para saber se estava tudo certo; se ele não tivesse aparecido, muito provavelmente não estaríamos as duas sentadas ali.

Daí as mãos trêmulas. Não era apenas Lux que eu tinha assustado. Tinha *me* assustado.

No entanto, não falei nada disso para o diretor-assistente. O combinado com minha mãe – o qual me desobrigava de mais psicólogos, orientações e intervenções – era que eu manteria as boas notas e faria amigos, e ser convidada a me retirar da escola anularia ambos. Então dei de ombros.

– Fui pegar a tesoura.

– Pra me matar. Ela é louca. Aliás, como ela foi aceita nesta escola, me explica?

– É possível que você tenha se assustado e tido a *impressão* de que a Rachel a ameaçou? – perguntou o diretor-assistente.

– Eu não sou estúpida – respondeu Lux. – Sei muito bem o que ela pretendia. Ela já me atacou antes.

Um vinco se formou entre as sobrancelhas do diretor-assistente.

– É?

– Numa festa – continuou Lux. – Ela pregou uma peça em mim e quase arrancou meu cabelo.

– Eu nem encostei no seu cabelo. – Só que falei isso no tom sussurrado e envergonhado de quem se denuncia.

– A pegadinha foi coisa sua, não finja que não foi! – falou Lux.

O diretor-assistente soltou o ar. Eu não o conhecia o suficiente para deduzir o que se passava em sua cabeça, porém ele parecia pesaroso do que estava prestes a dizer:

– A gente ouve falar sobre esse tipo de coisa em outras escolas da cidade, mas aqui não. Nós não toleramos agressão.

Lux se empertigou e me fitou triunfante. Devo admitir que até quando se deleitava com a desgraça alheia ela parecia uma garota-propaganda da Maybelline. Que irritante.

– Contudo – recomeçou o diretor-assistente –, não há evidência de que houve agressão, o que temos é a impressão de uma ameaça de agressão.

Me permiti relaxar um pouco: eu não seria expulsa, talvez o fato nem afetasse minha mãe.

– *Impressão*? – indagou Lux.

– Você afirma que ela a ameaçou com a tesoura, enquanto a senhorita Chavez diz que só estava pegando o objeto na prateleira. O professor assegurou que viu apenas duas alunas na despensa e nada mais. É a palavra de uma contra a da outra.

– Eu gritei! – disse Lux. – Por que eu gritaria sem motivo?

– Porque me odeia? – sugeri.

– Não estou acreditando – falou Lux. – Ela é louca. Pergunta pra ela sobre a pegadinha na festa. Pergunta!

Para fazer a vontade de Lux, ele se virou para mim e perguntou:

– Me conte sobre essa "pegadinha", senhorita Chavez.

A "pegadinha" era a origem dessa droga de situação. Se eu não tivesse ido àquela festa idiota, não teria trombado em Lux. Se não tivesse rido dela, os comentários e os posts sobre mim não existiriam. Cerrei a mandíbula. Eu sabia quem eram os reais responsáveis pela brincadeira. Poderia dizer na cara de Lux que havia um clube secreto na escola que a fizera de trouxa. Bastava uma palavra para acabar com a diversão deles, me livrar do problema e ainda oferecer um alvo claro e autêntico.

No entanto, o que fiz em seguida mostrava que eu me importava demais com o clube ou me importava pouco comigo mesma.

– Fui eu – falei.

Lux não esperava por essa resposta. O diretor-assistente também parecia surpreso.

– Está vendo só? – disse ela. – Você não vai expulsá-la?

– Não. Como o fato não se deu no espaço escolar, não há nada que possamos fazer. Dito isso, Rachel, penso que você deve um pedido de desculpas a Lux.

– Desculpa, Lux.

Falei com sinceridade. Não tinha nada contra Lux, a não ser que ela parecia me odiar com todas as forças. Não sabia que espírito havia tomado conta de mim na despensa, porém passaria a me policiar para nunca mais ficar daquele jeito. Não podia permitir que acontecesse agora o mesmo que ocorrera no ano passado.

O pedido de desculpas fez Lux se conter, o que me deu um fio de esperança. Talvez fosse o que ela queria escutar. Talvez isso a fizesse baixar o topete (rs!), colocar um ponto-final na situação. Sua expressão não se alterou, no entanto; continuava tensa, me encarando como se eu tivesse acabado de tentar matá-la. O que era justo, suponho.

– Ela acabou de admitir – falou, virando-se para o diretor-assistente. – Sei como as coisas funcionam, meu pai é advogado.

Informação que eu já sabia graças a Saundra, que também me contara que, embora o pai de Lux cobrasse um milhão por hora e sua mãe fosse investidora em Wall Street, a garota se ressentia da profissão sem graça de ambos em comparação a outras com mais crédito cultural, como a de editor-chefe ou estilista de celebridades.

– Vou processar você – disse Lux, levantando-se bruscamente.

– Ok, ok, ninguém vai processar ninguém no meu escritório – falou o diretor-assistente.

Lux o ignorou e, pegando sua minúscula mochila de couro, se dirigiu à porta.

– Creio que ela não falou sério – disse o diretor-assistente, com uma expressão não tão convicta.

– Ela que faça o que bem entender. – Levantei para também deixar a sala, porém ele me conteve perto da porta.

– A escola tem ciência do seu trauma passado, senhorita Chavez.

– Meu trauma passado – repeti silabicamente.

– Sim, sua mãe nos contou o que você sofreu no ano passado, e estamos aqui para dar apoio. Não deve ter sido fácil superar algo tão grave. Apenas... Não quero saber de novas pegadinhas, ok?

Evitei seus olhos para que não percebesse minha cara vermelha. Apenas assenti e passei por ele.

9

O CAMINHO DE volta ao Brooklyn foi longo. No metrô, ensaiei meu discurso, considerei minhas opções na Linha 6, defini minha estratégia de defesa na L, dei os últimos retoques durante a caminhada até o prédio e, no fim, esqueci tudo na escada para o terceiro andar. A porta, que tinha três fechaduras – por um pedido meu –, se escancarou antes que eu alcançasse a segunda. Do outro lado do batente, estava minha mãe com a cara fechada.

– Chegou cedo – falei.

– O senhor Bráulio interrompeu minha aula.

Levei um instante para lembrar que era o nome do diretor-assistente.

– Ah.

Minha mãe deu um passo para o lado, e eu entrei. Nosso apartamento em Greenpoint era uma versão piorada da antiga casa em Long Island: tinha cento e vinte metros quadrados a menos, um só banheiro, e os vizinhos de baixo escutavam rock clássico tão alto que o piso vibrava. Ainda assim, eu gostava dali. Gostava de estar espremida entre apartamentos, do fato de haver som e movimento a qualquer hora da noite e de sentir o cheiro de comida polonesa do restaurante da esquina sempre que abria a janela do quarto.

Agora, contudo, diante da minha mãe, era o último lugar em que eu queria estar.

– Quando disse para viver mais a escola, estava falando para entrar no time de hóquei sobre grama, e não numa disputa jurídica.

– Até parece que eu entraria no time de hóquei, mãe.

– Não estou para brincadeira, Rachel. Meu medo era que você não estivesse fazendo amigos; não sabia que precisava me preocupar com você fazendo inimigos.

– Posso comer primeiro?

Passei rapidamente por ela a caminho da cozinha. Meti a cara na geladeira, na tentativa inútil de evitar a conversa. Confessar a autoria da pegadinha fora uma estupidez, e eu ainda não entendia por que tinha feito aquilo. Não desejava o crédito pela brincadeira. Nem estava tentando proteger um clube do qual não participava e que não me queria. Entretanto, talvez uma parte de mim desejasse ter dado aquele susto em Lux. Porque ela merecia.

– Não vou fazer amigos nessa escola – falei para a geladeira. – As pessoas da Manchester são diferentes.

– Diferentes em que sentido?

Peguei uma garrafa de água e fechei a porta.

– Pra início de conversa, algumas das meninas do último ano já estão na caça pelo vestido de formatura perfeito, e a gente aqui com móveis de segunda mão.

– Achei que você gostasse da cômoda que a gente repintou.

– Eu gosto. – Balancei a cabeça e tentei pensar em um exemplo melhor. – Mãe, alguns dos alunos ainda têm babá.

– Governanta.

– Se a governanta te leva pra escola todo dia e entrega seu lanchinho, sinto informar, mas você tem uma babá. Parece que eu estudo com um monte de alienígenas. Não, na verdade *eu* sou a alienígena.

– Sei o que você está sentindo, Rachel, mas todo adolescente se sente assim.

– Você não está entendendo. – Tentei me afastar, porém o apartamento não permitia ir muito longe. Se eu me refugiasse no quarto, ela me seguiria.

Me joguei no sofá, e minha mãe sentou ao lado, metendo-se no meu campo de visão.

– Certo, não estou entendendo. Então me explica.

Havia tanto que eu queria dizer. As palavras se acumularam em minha boca, como uma porção de saliva prestes a jorrar pelos meus dentes cerrados. No entanto, eu não sabia expressar o que estava errado. Não sabia como explicar que não me sentia eu mesma.

Desde o acontecimento do ano anterior, não me sentia eu mesma.

Não sabia como dizer à minha mãe que, a partir do momento em que o diretor-assistente mencionara meu "trauma passado", me sentia dividida em duas, e uma parte estava em guerra com a outra. Ou eu era uma adolescente comum ou então um monstro, e a parte que eu deveria ser – a garota normal e descontraída – fazia eu me sentir uma impostora.

Vinha tentando fazer o que se esperava que eu fizesse: me obrigava a ir a festas, a conhecer pessoas, a fofocar com Saundra em nosso lugar no refeitório. Em outra escola talvez tivesse dado certo, mas eu não era compatível com a Manchester. Não havia como me enturmar num lugar em que cada indivíduo era um espécime perfeito, meticulosamente selecionado para pertencer ao ambiente tal qual um inestimável item de museu. Depois do ataque, passei a ser chamada de aberração no colégio anterior, e a fama não queria me abandonar.

Entretanto, não consegui dizer nada disso à minha mãe. As palavras que saíram foram:

– Você não sabe quanto me sinto solitária.

Com elas, começou a cair a máscara que eu escolhera usar para sobreviver à Manchester – a que passava para minha mãe a impressão de que tudo ia bem. Senti as lágrimas caírem junto e sequei o rosto antes que ela as visse, porém minha voz me traiu.

– Mãe, aquilo que aconteceu no ano passado… me transformou. Eu me tornei uma…

O nó na garganta me impediu de concluir. E já não havia sentido em esconder as lágrimas. Minha mãe aconchegou meu rosto certamente manchado de vermelho em suas mãos.

– Você passou por uma experiência pela qual ninguém merece passar. Não tem nada de errado com você.

Mordi os lábios para conter as lágrimas e fiz que sim com a cabeça.

Só que tinha algo de errado comigo. Algo que me escalava por dentro, desesperado por sair, por rasgar meu peito. Como em *Alien, o oitavo passageiro*. Ainda não tinha irrompido da minha caixa torácica, porém as pessoas percebiam. Elas notavam por baixo da minha máscara. Lux, mais do que todas.

– Eu sei que mudar de escola é difícil – disse minha mãe. – Mas vai melhorar. Você só não pode ficar arranjando briga.

– Eu sei. Desculpa.

Minha mãe me envolveu com os braços, e eu me entreguei ao abraço. O carinho que fez em meu cabelo me levou imediatamente a me sentir melhor.

– Minha Jamonada querida. – Ela exalou o ar. – Que tal um filme de terror?

Abri um sorriso contra seu ombro.

10

O DIA SEGUINTE no colégio foi um pesadelo.

Sempre que eu entrava na aula, havia uma destas reações: ou as pessoas passavam a cochichar entre si ou paravam de falar imediatamente. Uma coisa era não me aproximar dos outros alunos por vontade própria; outra bem diferente era ser rejeitada por eles. As peças do dominó tinham sido dispostas no escritório do diretor-assistente, e Lux dera uma bicuda nelas com seus mocassins.

Cheguei cedo para a aula de Literatura de Autoria Feminina e me sentei no canto da última fileira. Observei cada aluno entrar, colocar os olhos em mim e escolher o assento mais distante. Até mesmo Thayer, o único com quem eu tivera uma conversa de fato, se manteve longe do meu cantinho da vergonha. Eu era uma ilha, e, enquanto permanecesse vazia, a carteira ao lado berraria o óbvio.

A sra. Liu já estava escrevendo no quadro quando Bram chegou, atrasado. Vi quando ele identificou o assento vazio ao meu lado e examinou o ambiente em busca de outro. Como não havia alternativa, caminhou até mim de maneira resignada.

Quando ele sentou, fui atingida por um aroma amadeirado e cítrico. Seu xampu. Contra minha vontade, o cheiro reavivou a memória do beijo. Se pudesse jogar água benta para exorcizar a lembrança, eu teria feito, pois assim Bram não veria o rubor violento que me tomou. Imaginei se ele sabia o que eu estava pensando e corei. Depois imaginei se alguma vez a lembrança passou por sua cabeça, mesmo que sem querer, e corei ainda mais.

Não, ele provavelmente nunca pensou no beijo. Melhor assim, pois significava que não contara para Lux, o que me dava certo alívio.

– Hora do tema da dissertação! – anunciou a sra. Liu. – E é: escritoras mulheres e seus protagonistas homens.

O braço de Thayer Turner se ergueu de imediato.

– Podemos fazer em dupla?

A sra. Liu deixou escapar um suspiro.

– Certo, vocês podem fazer dupla com a pessoa ao lado.

Baixei a cabeça, o rosto ardendo. A única solução possível para esse dia era o teto desabar sobre mim. Achei que Bram imploraria à pessoa à sua esquerda para formar dupla com ele ou então levantaria a mão e diria à sra. Liu que aquela não era sua carteira, porém, com o canto do olho, eu o vi com o rosto fixo na frente da sala, como se não tivesse escutado a professora. Não parecia que iria reclamar.

O garoto sentado à minha frente nos lançou um olhar por cima do ombro e riu do fato de que eu faria dupla com o namorado da menina que supostamente tentara assassinar na despensa da sala de Artes. Mantive o olhar fixo e tentei ignorar o menino, seguindo o exemplo de Bram; no fundo, estava aliviada por ele não ter criado caso. Quando o sinal tocou, juntei coragem para falar com ele e virei o rosto, mas foi Bram quem disse:

– Eu faço.

Sua voz era mais grave do que eu esperava, como o ronco de um trem em contato com o trilho. Era estranho já tê-lo beijado e jamais ter escutado sua voz.

– E eu não faço nada?

Ele guardou os livros que estavam sobre sua mesa e se levantou.

– Não.

NO INTERVALO DO almoço, eu não parava de receber os novos memes sobre mim no celular. Agora, em vez de arrancar o cabelo de Lux, eu aparecia como uma maníaca enfurecida brandindo uma tesoura. Em um deles, o autor tinha colocado o meu rosto numa foto de Lupita Nyong segurando sua tesoura dourada no filme *Nós* – tive que reconhecer o bom gosto.

Enfiei o celular no bolso e tentei me sentir grata por não estar sendo zoada ao vivo. Com os memes, eu podia lidar. Até que entrei na fila do refeitório.

– Assassina.

Meu sangue gelou, e me virei para ver quem tinha falado aquilo: a franja curtinha me fez identificar a menina da festa na casa abandonada, a que lia um livro na varanda. Agora ela tinha uma expressão enigmática, quase de admiração.

– Como? – falei.

– Você exterminou a Lux McCray. – Ela fez essa afirmação num tom sinistramente calmo.

– Eu não... – Minha voz falhou, precisei recomeçar a frase. – Eu não matei ninguém.

– Não literalmente. Mas a imagem dela. Com uma tesoura, não foi? – O sorriso que ela abriu não combinava com sua boca. – Você é a Artesã da Morte da Manchester. Parabéns.

– Não me chame assim – adverti, porém ela ignorou.

– Mexam-se, meninas – disse uma das funcionárias do outro lado do balcão.

– Você não é paga para me apressar – rosnou a garota.

Paguei o almoço e me afastei o máximo possível dela, mas suas palavras me perseguiram como uma sombra trevosa. Senti o pânico tomar conta do meu corpo. A bandeja tremeu quando tentei soltá-la. Não esperei por Saundra em nossa mesa habitual, fui direto para os fundos do refeitório. Não queria me preocupar se ela desprezaria os olhares tortos e sentaria comigo ou se me evitaria como os demais, por isso tomei a decisão por ela. Escolhi outra mesa, junto à porta para o beco onde ficavam as lixeiras. Ninguém sentava ali, era o lugar perfeito.

Peguei o celular e me esforcei para controlar a respiração. Dos milhares de distrações à disposição, obviamente optei pelo Instagram de Matthew. Meus dedos digitaram seu nome automaticamente, como se o tivessem feito incontáveis vezes antes. Bati com o indicador na fotografia do futebol, a última postada por ele. Não era apenas o sorriso, a alegria estampada: eu gostava de saber se havia comentários novos. Seus amigos tinham deixado mensagens de despedida no post; elas cessaram havia um tempo, mas de vez em quando uma nova surgia. Não hoje.

– Gatinho! – Por cima do meu ombro, Saundra examinava Matthew. – É da sua antiga escola?

Me sobressaltei e desajeitadamente guardei o celular.

– Pode dar licença?

A expressão magoada de Saundra me fez sentir um lixo.

– Desculpa – emendei. – Você me assustou.

– Afe, você está tensa. Enfim, o que você está fazendo nesta mesa?

– Você não precisa sentar comigo. Com certeza soube o que a Lux está falando de mim.

– Que você planejou a pegadinha na sessão espírita? Até parece. Não me leve a mal, Rachel, mas você não tem o ímpeto necessário pra inventar algo tão elaborado. Além disso, eu precisei te arrastar pra festa. Todo mundo sabe que a Lux é uma mentirosa que não merece o lindo namorado que tem, mas esse não é o ponto aqui.

Ou Saundra tinha o nível de atenção de um pernilongo ou estava sendo mais legal comigo do que eu merecia, porque colocou a bandeja ao lado da minha e sentou como se tivesse esquecido minha condição de pária e meu recém-descontrole.

Eu me contraí por dentro. Ela continuava querendo almoçar comigo. Mesmo eu sendo horrível. Era pena o que Saundra sentia, o que me fez ter pena de mim mesma. Precisava colocar um ponto-final nessa compaixão toda antes que a coisa ficasse ainda mais patética.

– É sério, você não precisa sentar aqui. É melhor se afastar, antes que alguém veja você conversando comigo.

Saundra me encarou, confusa e um tanto chateada.

– Rachel…

Levantei.

– Tudo bem, eu saio.

Mal terminei de falar e já me achava com as mãos espalmadas contra a porta dos fundos. Nenhum alarme soou, ninguém tentou me impedir.

A Manchester me queria ali tanto quanto eu queria estar nela.

* * *

NÃO FUI LONGE. O Central Park ficava do outro lado da rua, e o dia estava lindo. Minha ideia era caminhar tranquilamente e sem rumo para esquecer do mundo, mas, antes, parei num dos carrinhos de cachorro-quente da entrada. Não tinha almoçado, afinal.

– Dois, por favor – pediu alguém atrás de mim.

Me virei para olhar o fura-fila.

– Com ketchup? – perguntou Freddie.

Hesitei para responder:

– E mostarda.

Ele fez uma breve careta.

– Um com ketchup e um com ketchup e mostarda, por favor – pediu ao vendedor.

– O que você está fazendo aqui?

– Vi você saindo do refeitório e fiquei curioso.

– E aí decidiu matar aula também?

– U-hum.

Freddie estendeu algumas notas ao vendedor e recebeu os dois lanches enrolados em papel-alumínio. Abriu um, viu a mostarda e me passou o cachorro-quente.

– Obrigada – falei.

– De nada.

Enquanto caminhávamos pelo parque, comi meu cachorro-quente ao mesmo tempo que tentava entender qual era a de Freddie. Não apenas em relação ao motivo de estar ali naquele momento, mas também ao clube ultrassecreto do qual fazia parte. O garoto era um enigma.

Freddie era uma dicotomia ambulante. Magro, mas não magrelo. Definido, talvez. Mas no futebol americano seria facilmente derrubado. Seu cabelo era meticulosamente batido nas laterais, ao passo que no topo era desgrenhado e lhe caía sobre os olhos. Belos olhos. Castanho-escuros e envoltos por tantos cílios que ele parecia usar delineador. Porém o reflexo dos óculos quase sempre os escondia. De certa forma, ele era quase completo, só que não. Quase atraente. Quase perfeito.

– Por que você se mandou? – perguntou Freddie.

– Por que você me seguiu?

– Já falei, curiosidade. Sua vez.

Dei outra mordida no lanche.

– Não está na cara? Queria sair daquele lugar.

Com a boca cheia, ele concordou com um gesto de cabeça.

– É, a Manchester pode ser uma viagem no começo, mas você acaba se acostumando.

– O que você fez pra se acostumar?

– Descobri um jeito de manipular o sistema. Você não tem ideia do quanto aqueles caras estão dispostos a pagar por uma resenha meia-boca de qualquer livro. – Freddie devorou a última bocada do cachorro-quente e ficou com uma pequena gota de ketchup no canto do lábio.

Lembrei de seu esquema extracurricular ilícito e igualmente lucrativo sobre o qual Saundra contara.

– Não sei se manipular o sistema vai ser a solução pra mim.

– Rachel, eu sei que a Lux te acusou pelo que aconteceu na sessão espírita. Sinto muito se isso complicou sua situação na escola, mas vai passar. Alguma outra história vai atrair a atenção de todo mundo e eles vão esquecer isso.

– Por acaso, você e seu misterioso clube vão se encarregar dessa nova história?

– É possível. – Seus olhos reluziram por trás das lentes e seu lábio se curvou, porém era impossível levá-lo a sério com aquela mancha de ketchup na cara.

– Tem um pouco de… – Indiquei no meu próprio lábio, e ele limpou a boca com a mão. – Então, se eu perguntar o que vocês estão planejando, vai me contar?

– Não posso, foi mal.

Abocanhei o cachorro-quente e acelerei o passo, obrigando-o a me alcançar.

– Por que você quer tanto participar? Você nem sabe o que a gente faz.

– Acho que ia gostar.

– Talvez odiasse.

– Acho que preciso.

Colocadas assim, as palavras soaram estranhas. Desesperadas. Meio que vulneráveis. Entretanto, tinham sido ditas, eu não podia voltar atrás.

– Você ficou sabendo que quase matei a Lux McCray com uma tesoura?

– Fiquei. – Freddie riu pelo nariz. – Ela inventa cada coisa.

– É verdade. – Me detive e virei para encará-lo. Freddie era mais alto, o que me obrigou a inclinar a cabeça ligeiramente para fitá-lo nos olhos. – Tipo… Eu não ia matá-la, óbvio, mas a parte do ataque com a tesoura é verdade.

Já não havia nenhum vestígio de sorriso em seu rosto, porém, diferentemente do restante da escola, ele não me olhou como se eu fosse uma aberração.

– Ela te ameaçou?

– Não exatamente. Simplesmente perdi a cabeça.

– Acontece.

– É, mas eu achava que saberia lidar. Só que ultimamente nada está me ajudando. Preciso encontrar algo que me impeça de perder a cabeça de novo. Tipo… uma válvula de escape.

– E você acha que o clube serviria pra isso?

– Gostaria de descobrir.

Lembrei do que Saundra dissera na noite da festa: se eu encontrasse a minha tribo, as coisas melhorariam. Freddie e Thayer e o clube talvez fossem a minha tribo.

Enquanto Freddie me observava, fiquei me perguntando se a conversa terminaria como a última que tivemos, com ele me deixando na expectativa. Dessa vez, porém, havia algo de diferente.

– Me passa seu número – pediu.

11

Conferi o horário no celular, depois novamente as placas.

Poucas horas depois de ter passado meu número para Freddie, recebi uma mensagem misteriosa.

À meia-noite, na esquina do assassino do Acampamento Crystal Lake e quando Cillian Murphy finalmente desperta do coma.

Embora não tivesse tido dificuldade para captar as referências, não fazia a menor ideia de onde ficava a esquina entre Jason Voorhees e *Extermínio*. Então pensei que o tempo do coma, vinte e oito dias, devia se referir a uma rua, em Kips Bay ou Chelsea, em Manhattan. No entanto, o Google Maps não mostrava nenhuma rua chamada Jason. Por fim, pesquisei o termo "Voorhees", e, como em Manhattan não existe nenhuma rua, estrada, bulevar ou avenida com esse nome, o Google me perguntou se eu não queria dizer "Avenida Voorhies".

Bingo.

A Avenida Voorhies cruzava a Rua 28 Leste no extremo sul do Brooklyn, perto da praia. Era inimaginável que alguém da Manchester soubesse sequer da existência desse lugar, quanto mais tivesse pisado ali. Ainda assim, era o único ponto que conferia com a charada.

A não ser que houvesse outra Avenida Voorhies – uma com a grafia certa – nos arredores de Westchester. Contudo, se fosse preciso tomar o metrô no sentido norte, eu estava fora; sair de fininho do apartamento para não acordar minha mãe era uma coisa, perambular por bairros distantes era outra completamente diferente – apavorante em outro nível.

Enquanto observava os minutos passarem no celular, pensei se não estava cometendo um grave erro. Ser atraída para um local distante, sem que ninguém soubesse do meu paradeiro, para encontrar uns estranhos, de repente me pareceu bem inseguro. A rua de casas confinadas era silenciosa demais, e eu odiava ruas silenciosas. Me faziam lembrar de Long Island.

O único som eram as batidas do meu coração, cada vez mais perceptíveis em meus ouvidos, mais aceleradas a cada instante que passava. Até serem abafadas pelo barulho do motor de um carro, ao longe, porém vindo em minha direção.

Vi uma van branca fazer a curva no quarteirão, o primeiro automóvel a surgir nos quinze minutos em que eu estava ali. Quando a van parou na minha frente, pude ler a inscrição na lateral: BUFÊ ROPA VIEJA, as letras sobre uma imagem desgastada do que parecia ser frango e arroz.

Era a minha carona? A incerteza fez meu coração bater ainda mais forte. Tentei enxergar dentro da van, mas a janela era opaca.

– Olá?

Ao som da minha voz, a porta de correr se abriu violentamente.

Duas figuras saltaram tão rápido que vi apenas um borrão, e, antes que eu conseguisse gritar, minha visão ficou completamente escura, como se eu tivesse sido nocauteada.

Só que continuava lúcida, respirando: entendi que tinham colocado um capuz na minha cabeça.

Comecei a berrar, e tentei imediatamente arrancar o capuz, porém alguém empurrou meus braços para baixo. Dei um chute, mas minha bota atingiu somente o ar. Não parei de gritar quando me levantaram, nem quando meus joelhos bateram contra uma superfície dura, nem quando mãos agarraram meus ombros e me obrigaram a sentar. O motor roncou de novo, e o movimento a seguir me fez balançar.

Embora não enxergasse nada além do capuz, as imagens do ataque piscavam como flashes diante de mim: eu, presa contra o chão da cozinha, os braços imobilizados, como agora.

Berrei. O som que saiu de mim foi animalesco, irreconhecível. Uma voz o cortou:

– Está tudo bem, está tudo bem. – Na escuridão absoluta, a voz ressoou claramente em meus ouvidos.

– Freddie?

– Desculpa, Rachel – disse Freddie. – Ei, para o carro.

– Sem essa. É assim que a gente age – falou outra pessoa.

O clube. Inspirei profundamente o ar e tentei me tranquilizar. Meu coração ainda batia alucinadamente, mas já não tanto pelo medo quanto pela adrenalina. Era o que eu costumava sentir com filmes de terror, só que multiplicado por dez agora. Por cem. A adrenalina nem sempre incitava a lutar ou fugir, certo? Oras, ela não podia incitar a ficar e aguardar para ver o que acontece? A adrenalina dos imprudentes.

– Se ela se assusta fácil assim, é melhor deixá-la aqui mesmo – falou uma terceira voz, desta vez feminina.

– Não – repliquei rapidamente. Não ia desistir agora. – Está tudo bem.

– Ótimo – sussurrou Freddie próximo a mim, e sua voz foi como um bálsamo. – Estamos chegando.

Uma nova sensação se manifestou na escuridão: uma mão envolveu delicadamente a minha. Cheia de gratidão, apertei com força a mão de Freddie.

A viagem foi rápida, não pareceu demorar mais do que cinco minutos – talvez porque por dentro eu estivesse absolutamente acelerada. A van parou, e duas mãos me pegaram pelos braços e me colocaram de pé. Caminhamos por uns minutos até entrar num lugar fechado – o cheiro de areia e mar de repente sendo substituído pelo de um aposento úmido. Escutei o retinir de chaves ou de correntes, e então o lamento agudo de uma porta de metal.

– Cuidado onde pisa – alguém falou.

Ergui os joelhos calculadamente. Freddie, ainda de mão dada comigo, me guiava com gentileza.

Finalmente paramos. Um puxão próximo à minha nuca arrancou o capuz da minha cabeça.

Pisquei repetidamente para ajustar a visão ao breu. Eu estava de frente para uma parede pedregosa e cinzenta. Mais algumas piscadas, e descobri que as pedras eram na verdade partes de esqueletos: crânios, costelas e mãos petrificados em sua investida contra mim, como se estivessem tentando se libertar do cimento. Cambaleei para trás, e meus pés se enroscaram num grande trilho de metal que se contorcia na escuridão.

– Calma – disse Freddie, me impedindo de cair.

Me virei e o vi ao lado de três outras pessoas: Thayer; a garota da festa na casa abandonada, a que me chamara de assassina na fila do refeitório; e Bram Wilding. O boyzinho de Lux McCray, o objeto de adoração de Saundra, meu relutante parceiro de dissertação, Bram Wilding.

– Vocês só podem estar de brincadeira.

– Um pouquinho! – disse Thayer, que vestia uma longa túnica vermelha, ou uma capa, talvez. – Sempre estamos de brincadeira, mas só um pouquinho.

Custei a entender o que via: com certeza nunca tinha notado na escola aquela mescla de indivíduos. Observei o ambiente escuro e baixo, que gritava Halloween com seus seres sobrenaturais nas paredes e estranhos trilhos de trem espalhados pelo chão.

E no meio de tudo estava Bram, o elemento que menos fazia sentido. Comecei a me perguntar se na verdade não se tratava de um clube de assassinato e a pensar que tinha sido imensamente burra de ter permitido ser levada para um segundo local. Entretanto, o tempo passou e ninguém sacou nenhuma arma.

Por fim, Thayer deu um passo à frente, e minha reação foi puxar a extremidade das mangas da minha camiseta.

– Quer dizer que você gosta de filmes de terror – disse ele.

Não era bem o que eu estava esperando.

– Hum, sim.

Felicity me fitava irritada, ao passo que a expressão de Thayer se abriu num sorriso.

– De que tipo?

– Como assim?

– Que tipo de filme de terror.

– Ah. Gosto daqueles que são carregados de tensão, sabe? E de matança também.

– Meus preferidos! – disse Thayer, que já demonstrava certa empolgação, o que fez Felicity fechar ainda mais a cara.

Evitei olhar para Bram.

– Desafio relâmpago: quem era o assassino em *Halloween*?

O garoto só podia estar me tirando.

– Michael Myers.

– Certo! E em *A morte convida para dançar*?

– Deixa a garota em paz, Thayer! – cortou Freddie, e se virou para mim: – Foi mal, o Thayer se empolga às vezes. Eu sei que essa situação pode ser meio confusa.

– Sim – disse Thayer. – Você deve estar se questionando: "Por que o Thayer é o único que se deu ao trabalho de se arrumar para esta importante ocasião?". A resposta é que tentei convencer todo mundo a seguir o código de vestimenta, tipo os mantos da sociedade secreta Skull and Bones, sabe? Mas, como sempre, fui o único a me vestir a caráter para o ritual de iniciação. – Ele espanou a poeira imaginária de seu ombro aveludado.

– Ritual de iniciação?

Esquadrinhei os demais em busca de algum indício. Felicity parecia irritada. Bram tinha a expressão de sempre: de quase tédio. Já Freddie sorria, e não pude deixar de sorrir de volta, tranquilizada, apesar da circunstância bizarra.

– Já ouviu falar de Mary Shelley? – perguntou Freddie.

Foi uma pergunta tão aleatória que fiquei sem saber o que dizer. Felicity não deixou barato:

– Ela não sabe nem quem é Mary Shelley.

O escárnio em suas palavras era evidente, mas, muito embora tivesse acabado de ser sequestrada por essas pessoas, eu ainda queria fazer parte. Queria tentar. Ou pelo menos saber o propósito do clube supersecreto e superestranho.

– Eu sei quem é Mary Shelley – falei. – A autora de *Frankenstein*, não é?

– Sabe como ela teve a ideia do livro? – indagou Freddie.

Por mais que odiasse admitir minha ignorância diante de Felicity, que parecia esperar por qualquer chance de me crucificar, tive de negar com a cabeça.

– Ah, mas é uma história tão interessante – falou Thayer, que avançou na minha direção, fazendo o manto ondular.

Previ que seria contemplada com uma dramatização, como nas aulas da sra. Liu. Felicity revirou os olhos.

– Mary Shelley e o parceiro dela, Percy, que, por sinal, era casado, olha o escândalo, foram passar férias num vilarejo na Itália...

– Suíça – corrigiu Felicity.

– Como eu disse, na Suíça. Enfim, estavam atrás de Lord Byron, que foi a primeira celebridade dos tempos modernos, sem falar que era um Adônis pansexual que, alerta de spoiler, pegava a meia-irmã, caso você não saiba. Outro escândalo para o qual as pessoas passam pano.

– Conta logo a história – ordenou Felicity.

– *Relaxa*. Certo, vou pular os pormenores e ir direto para a parte principal. Então, os dois queriam curtir a cidade, mas não podiam, por motivos de: chuva.

Enquanto Thayer falava, Freddie se apoiou na parede, logo abaixo do que parecia ser um zumbi neon. Ele percebeu meu olhar e fez um gesto quase imperceptível com a cabeça, como que me dizendo para deixar o teatrinho de Thayer rolar, que em algum momento chegaria à parte interessante.

– Foi o pior verão de todos os tempos – continuou Thayer. – Tipo, oficialmente. Péssimo em proporções históricas, homéricas. Chovia tanto que, durante toda a viagem, o grupo ficou confinado, e, como não existia internet, você pode imaginar o tédio. Aí o Lord Byron meio que falou: "Que tal isto: vamos ver quem inventa a história mais assustadora!". Ele estava convicto de que ia ganhar, porque era lorde e tal, mas não contava com a dama do terror moderno, Mary Shelley.

– Foi assim que ela teve a ideia do *Frankenstein* – arrematou Freddie.

– E é daí que vem nosso nome – completou Thayer, abrindo os braços. – O Clube Mary Shelley.

– Então vocês são fãs de... *Frankenstein*? – perguntei.

– Não apenas *Frankenstein*. Terror em geral – explicou Felicity.

– E o que vocês fazem?

Meu olhar pousou brevemente em Bram, interessado na tinta lascada no Homem-Lagarto que pairava sobre ele. Thayer, Freddie e Felicity faziam o tipo desajustado com gostos excêntricos; mas o que Bram, o cara mais popular do colégio, o riquinho-rico, estava fazendo ali?

– Você por acaso não ouviu a parte sobre como a Mary Shelley teve a ideia do *Frankenstein*? – retorquiu Felicity. – A gente inventa histórias assustadoras.

– Um outro jeito de dizer "pegadinhas" – falei, soltando o ar pelo nariz.

Um tumulto se instalou conforme Felicity, Thayer e Freddie se atropelavam em suas alegações.

– A gente não é um *bando de criancinhas*.

– Não usamos os termos "pegadinha" ou "pregar peça", eles passam a ideia errada.

– Não é a *única* coisa que fazemos, também fazemos rigorosas sessões de cinema.

Pouco importava o nome que eles davam, porque agora eu só pensava no envolvimento de Bram na sessão espírita. Ele tinha conscientemente colocado a própria namorada naquela situação? Lembrei da primeira ocasião em que o vira naquela noite: no andar de cima, discutindo – ou assim parecia – com Lux. Talvez estivesse tentando fazê-la deixar a festa antes da sessão espírita. Talvez tenha subestimado quanto ela ficaria afetada. Ou talvez tenha ficado bravo com a discussão e decidido atacá-la de propósito.

Meu pensamento seguinte foi que Lux tinha feito da minha vida um inferno nas duas últimas semanas e ele não fizera nada para impedi-la. Os dois talvez se merecessem.

Freddie, Thayer e Felicity falavam tão rápido que suas vozes se fundiam e se cancelavam. Uma frase, no entanto, se destacou de forma bem cristalina:

– O jogo é bem mais complexo do que isso.

– Que jogo? – interroguei.

– Chega – disse Bram, impaciente com as criancinhas brigonas. – Não vamos dizer mais nada antes de saber se você está dentro.

O poder inerente à posição de garoto mais popular do colégio parecia ultrapassar os muros do campus. Acho que ninguém nunca disse não para Bram.

Enquanto Thayer e Freddie aparentavam estar contentes com a minha presença, Felicity e Bram exibiam uma postura indecifrável, mas um tanto hostil. Embora o grupo tivesse tido o trabalho de me levar até aquele lugar esquisito – o que quer que fosse –, a conduta de Bram deixava claro para mim que ele não me queria ali. A expressão em seu rosto permanecia a mesma desde o começo da noite: um desinteresse imperturbável.

Levantei o queixo e disse:

– Estou dentro.

Thayer socou a escuridão em comemoração.

– Eis que nasce um novo membro! No que diz respeito à cerimônia de convocação, acho que a gente arrasou.

– Sim, obrigada pela carona, foi muito atencioso da parte de vocês. A gente pode sair daqui agora? – falei.

– Só falta uma coisa – disse Freddie.

Um sorriso malicioso rasgou o rosto de Felicity.

– A iniciação.

12

Eu estava sentada no chão de cimento, na escuridão. Sentada ao lado dos demais, alguns metros à minha frente, Felicity mirava a luz de uma lanterna em mim. Parecia uma técnica de intimidação, já que o brilho, de tão forte, me impedia de olhar diretamente para ela, para qualquer um deles.

Enquanto esperava o que quer que me aguardasse, repassei os fatos de que tinha conhecimento:

O Clube Mary Shelley era pequeno. Exclusivo.

Eles costumavam assistir a filmes juntos.

Planejavam o que claramente eram pegadinhas, ainda que se recusassem a chamar assim – situações criadas por eles em que elaboravam e executavam minuciosamente peças com tema de terror.

E havia um jogo. Sobre o qual eu só saberia após a iniciação.

Cerrei os olhos ante o brilho da lanterna. Não posso dizer que estava empolgada com a imitação de trote de fraternidade; só esperava que valesse a pena.

– Diga-nos qual é o seu maior medo – ordenou Bram.

Fiquei na dúvida se ria ou se levava o pedido a sério – era difícil saber, considerando que eles não passavam de silhuetas sombrias. Além do que um deles fazia cosplay usando uma túnica.

– Hum. – Pigarreei. – Tenho medo de aranhas.

Novo silêncio. Imaginei-os se encarando, arrependidos de terem me convidado, e senti um leve pânico. Podia ter desperdiçado a minha única chance.

– Tente de novo – disse Bram. – E não nos faça perder tempo.

O alívio se misturou ao pânico num formigamento pelo meu corpo. Poderia falar qualquer coisa. Meus medos eram os medos universais. Temia que algo ruim acontecesse à minha mãe. Temia perder tudo o que possuía. Entretanto, havia um peso que me sobrecarregava mais do que os outros e não saía dos meus pensamentos.

– Tenho medo de mim – desabafei. – Acho que sou um monstro.

Após outro momento de silêncio, Thayer perguntou gentilmente:

– Por que você acha isso?

Tinha calculado que eles me deixariam em paz se eu desse uma resposta sincera; se soubesse que iriam fazer mais perguntas, teria insistido nas aranhas. O brilho da lanterna de Felicity acertou meus olhos novamente, e desviei o rosto.

– Não sei dizer, eu apenas sinto que… E se eu não for normal, sabe? E se eu for capaz de fazer coisas horríveis, e se essa for a verdadeira Rachel?

Tentei ser vaga, transformar uma confissão em um medo mais comum, menos perturbador, porém não funcionou.

– Fale sobre Matthew Marshall – pediu Felicity.

Meu sangue gelou à menção de seu nome.

– Como vocês sabem sobre ele?

– Nós sabemos tudo – afirmou Felicity.

– Os arquivos são sigilosos. Eu sou menor de idade – gaguejei.

– Meu pai é procurador do Estado – disse Thayer, uma nota de culpa na voz. – Não foi tão difícil descobrir.

Meu coração esmurrava minhas costelas, como se implorasse para ser libertado. Eu não conseguia falar, mal conseguia respirar.

– Rachel, você não é obrigada a contar nada – falou Freddie. – Mas nós não podemos deixar você participar se não nos oferecer algo real. A ideia é que não seja fácil mesmo, mas assim você vai se provar para nós. E tomara que a gente possa se provar para você também.

– Você não é obrigada a contar – disse Felicity, menos amigável –, até porque nós já sabemos.

– Você pode se abrir – encorajou Freddie delicadamente. – Não vamos julgar.

Eu tinha sido extremamente cuidadosa em esconder essa parte de mim, em deixar para trás minha vida em Long Island e começar uma nova, e esse grupo de indivíduos estava me pedindo para me expor de peito aberto. O pedido ganhou caráter de provocação. Eles estavam me desafiando a contar, e me senti impelida a devolver na mesma moeda, a desafiá-los a escutar.

– No ano passado, minha casa foi invadida, e eu estava lá – comecei, com a voz firme. – Um cara com uma máscara me perseguiu, ele me atacou na cozinha. Seu nome era Matthew Marshall.

O fato de eu não enxergar o rosto deles fez com que as palavras saíssem com mais facilidade.

– Tentei reagir, mas ele era forte e me agarrou, e nós dois caímos. Ele me segurou contra o chão. Ainda sinto o piso frio.

Inspirei o ar ao senti-lo de novo, tão vividamente como se tivesse voltado ao passado, indefesa. Era como se a luz da lanterna funcionasse como um túnel que levava àquele momento.

– Esperneei e relutei com todas as minhas forças, mas...

As lembranças surgiam rapidamente, e, em vez de apertar os olhos para esvaziar a mente, continuei, apesar da dificuldade crescente para falar, como se um par de mãos em volta da minha garganta fizesse cada vez mais pressão.

– Ele tinha uma faca...

Estava chegando à parte mais difícil, aquela que havia contado apenas à minha mãe, à polícia e à minha psicóloga. Nesse ponto, minhas opções eram engolir as palavras ou despejá-las.

– Me esforcei para afastar a faca de mim, lutei com ele, e ele escorregou e...

Esfreguei o braço, ainda que não houvesse coceira nenhuma. Nem coceira, nem qualquer outra sensação. Esfreguei com mais violência, incontrolavelmente, esperando sentir alguma dor.

– A faca o perfurou. E ele morreu.

Ditas em voz alta, as palavras pareciam inadequadas, porém continham uma história completa. A história de quem eu era, do que eu havia feito.

Da vida à qual pus fim.

Não falei "Eu o matei" com todas as letras. E, no entanto, era o que havia feito. Não conseguia falar, nem mesmo agora, em minha tentativa de me libertar da verdade. Nunca seria capaz de falar.

Era essa a parte que não saía dos meus pensamentos havia um ano, o fantasma que me assombrava.

– Ele estava no último ano do colégio, tinha passado na Brown. – Eu memorizara os fatos de sua vida como fãs de esportes memorizam estatísticas. Masoquista, faminta, devorara cada detalhe de suas redes sociais, até adoecer. – Ele era o irmão do meio de duas garotas. Estava no time de futebol. Tinha uma namorada chamada Ally. Sua comida favorita era sanduíche de geleia com pasta de amendoim, mas a geleia tinha que ser de damasco. Adorava animes e os livros de James Patterson. Ele era...

Fechei os olhos para conter o transbordamento de lágrimas. Tinha acabado de escancarar meu coração, de admitir a pior coisa que jamais fizera, a pior coisa que uma pessoa poderia fazer, e sentia um buraco por dentro.

– Foi legítima defesa – falei baixinho.

A luz da lanterna de Felicity baixou, irradiando pelo piso sujo. Já sem a luz contra o rosto, distingui as feições das pessoas diante de mim; mesmo assim, não sabia dizer se eram feições de julgamento ou de repugnância. Os dois, provavelmente.

Saída do torpor e de volta ao presente, me dei conta com uma clareza lancinante de que tinha acabado de contar a quatro estranhos o meu segredo mais obscuro. Pior: para quatro alunos da Manchester Prep.

E então, da escuridão, veio a voz de Freddie:

– Obrigado por nos confiar isso. A gente te aceita. Se você aceitar a gente, claro.

Pisquei várias vezes, demorando um instante para processar sua fala. Não havia julgamento nela. Não havia repugnância. Ao secar as bochechas, notei que me sentia diferente, mais leve.

– É... tá – falei. – Tá bom.

– Você ainda está em período de experiência – observou Felicity. – Até que a gente diga o *contrário*.

Eles se levantaram. Ao que parecia, a iniciação estava concluída, e eu fora aceita. Me ergui também e limpei a parte de trás da calça jeans. Quando a porta foi aberta, a luz da lua inundou o aposento. Os quatro marcharam em fila, e os segui por entre carrinhos obsoletos presos aos inusitados trilhos que eu não conseguira identificar mais cedo. À nossa volta, havia barracas de jogos vedadas com tábuas e brinquedos de parque de diversão quebrados, e ao fundo, tal como uma montanha, assomavam os cumes e as depressões de um toboágua. Olhando para a fachada do edifício do qual havíamos saído, li: TREM-FANTASMA.

As emoções que eu vinha segurando até então – o medo, a tensão, o desespero – escaparam na forma de uma gargalhada. O lugar não passava de uma boba, de uma idiota atração de terror de parque. Assustador, só que não.

Freddie atrasou o passo para me esperar.

– Eu nunca tinha vindo a Coney Island – falei.

– Que tal a primeira impressão?

– Como é que vocês conseguiram as chaves deste lugar?

Freddie apontou com o queixo para o restante do clube.

– Com dinheiro, você consegue a chave de qualquer lugar.

Fazia sentido.

– Sobre o que você contou... – começou Freddie, empurrando os óculos. – Sinto muito que tenha passado por aquilo.

Entre as muitas coisas que ele poderia ter dito, fiquei feliz de ter escolhido essa. Ele parecia absolutamente sincero.

– Bem-vinda ao Clube Mary Shelley – disse Freddie.

13

QUANDO CHEGUEI AO colégio na manhã seguinte, os acontecimentos da noite anterior pareciam um sonho.

Isso porque A) foram inacreditavelmente esquisitos – a túnica, o sequestro, Coney Island – e se tornavam cada vez mais estranhos conforme eu lembrava.

E B) nenhum dos membros do Clube Mary Shelley dirigiu uma única palavra a mim. Nenhuma mensagem de texto de Freddie com novas instruções, nem um olhar de canto de olho de Bram ao passar por mim no corredor. Embora nesse caso talvez tenha sido porque estava acompanhado de Lux, que provavelmente colocaria a escola abaixo se eu me atrevesse a cruzar olhares com ela.

Pela primeira vez, porém, eu não estava preocupada com Lux nem com o que o restante da Manchester achava de mim, pois em meus pensamentos só havia espaço para o clube. Ainda tentava entender o que motivava aquele grupo. Eles queriam causar, pura e simplesmente? Quem sabe fosse a maneira como os mauricinhos lidavam com o tédio. No entanto, essa alternativa não explicava o jogo, que requeria habilidade, estratégia e incluía um sistema de pontuação. Embora fosse revestido por um elemento de horror, me parecia um tanto inocente. Adolescentes gostam de jogos.

Eu fazia parte do clube – ao que tudo indicava –, porém não sabia quando o jogo começaria. Não que esperasse receber um manual de orientações ou um memorando, mas todo esse sigilo estava passando do ponto.

Quando a primeira aula da manhã terminou, sentia que minha impaciência ia explodir.

Após o segundo período, acelerei o passo ao avistar Felicity, que enfiava os livros em seu armário com o desespero de quem desova um cadáver. Uma brochura de Stephen King caiu no chão, e me agachei para pegar.

– *Doutor Sono* – falei simpaticamente. – Ainda não li esse.

Felicity me lançou um olhar de desprezo e arrancou o livro da minha mão antes de bater a porta do armário e se afastar sem dizer nada.

– Não é de bom tom conversar sobre o clube na escola – disse Thayer, me sobressaltando.

Ele havia surgido de repente e, tão de repente quanto, seguiu seu caminho. Fui em seu encalço e me defendi:

– Mas eu não falei do clube.

– É uma regra tácita. Não confraternizar em público. Pra não levantar suspeitas.

– Anotado. – Não destaquei o fato de que um observador imparcial poderia erroneamente interpretar como confraternização uma conversa ombro a ombro no corredor. – A Felicity por acaso me odeia?

– Óbvio que não. Talvez. Provavelmente. A Felicity é o mal encarnado – disse casualmente Thayer. – Aliás, você está com uma cara péssima.

– Ah, obrigada. Não dormi muito esta noite.

– Por quê?

Ele estava falando sério?

– Fui sequestrada por um bando de psicóticos numa van de bufê.

– Que *safadjenha*, você.

– *Ei*, eu sei que a gente não deve comentar, mas quando vou saber mais sobre o clube?

– Sorry, Garota Nova, não posso dizer nada por enquanto, mas aguarde – sussurrou ele. – Minha Prova do Medo é daqui a dois dias, tenho muita coisa pra fazer. Estou empolgado!

– Prova do Medo?

O nome provocou um arrepio em meu corpo. Thayer não respondeu, apenas entrou na aula da sra. Liu e se acomodou em seu lugar ao passo que eu tentei encontrar uma carteira vazia. Bram estava no fundo. Depois do desconforto com Felicity e Thayer, não sabia como cumprimentá-lo, nem mesmo se devia, e decidi imitá-lo e continuar fingindo que não existíamos um para o outro.

O que funcionou até a sra. Liu começar a passear pela sala perguntando que autora cada dupla tinha escolhido para escrever sobre.

– Patricia Highsm... – começou Bram, porém eu o cortei:

– Mary Shelley.

Do outro lado da sala, Thayer soltou um rugido. As narinas de Bram se inflaram. E a sra. Liu disse que era uma ótima escolha.

No almoço, decidi vasculhar as redes sociais para descobrir mais informações sobre os membros do Clube Mary Shelley. Felicity pelo jeito não tinha Insta. O perfil de Bram era privado, mas o garoto podia ser encontrado no feed de Lux, posando sob filtros, às vezes fazendo carão – um lado seu que eu não conhecia.

Às minhas costas, alguém pigarreou de maneira dramática.

– Saundra! Oi. – Imediatamente guardei o celular no bolso da mochila.

Ela sentou ao meu lado incisivamente, rasgou um pedaço de seu pão de fermentação natural incisivamente, e o mastigou. Incisivamente. Para deixar claro que estava me ignorando. E eu merecia.

– Desculpa por ter agido daquele jeito ontem – falei. – Fui uma escrota. Uma escrota horrível, desagradável e indesculpável.

– Continue.

– Estou passando por uma fase meio estranha. Todo mundo aqui me acha uma lunática, a Lux McCray quer me ver morta, e tenho quase certeza de que não passei no provão de Biologia.

– E...?

– Desculpa por ter perdido a cabeça. Nem acredito que você ainda quer sentar comigo depois do que fiz. Tenho sorte de ter você como amiga.

Notei que Saundra estava amolecendo pelo modo não incisivo como sugou o *kombucha* pelo canudo de aço inox. Ainda assim, para me certificar de que ela voltara a ficar de bem comigo, limpei a garganta e acenei com a cabeça para a mesa dos alunos populares.

– O Bram está… bonito hoje.

Bram tinha a mesma aparência de sempre; a observação era minha bandeira branca.

Simples assim, a expressão de Saundra se iluminou, e qualquer desconforto se desfez. Voltamos à programação normal com o Jornal do Bram, em que Saundra dava as últimas notícias fazendo as vezes tanto de âncora como de comentarista. Nesse momento, ela meditava sobre os melhores traços de sua fisionomia, ao passo que eu, olhando de relance, só enxergava as imperfeições: uma pequena falha entre os dentes da frente, os olhos mais escuros do que um abismo, o tipo de cabelinho castanho que se encontra no mostruário de qualquer barbearia. Tá, era possível que houvesse quem considerasse essas características encantadoras. Sentindo meu olhar, ele ergueu a cabeça, e rapidamente encarei meu sanduíche.

Saundra continuava falando, e, como fazia diante do jornal na TV, eu apenas escutava, maquinalmente. Quando meu cérebro começou a se anestesiar, decidi tomar uma atitude para não cair de cara no queijo quente.

– Nós meio que somos uma dupla em um trabalho – lancei.

Os olhos de Saundra pularam das órbitas.

– Vocês *o quê*?

– Sim. Imagina como vai ser divertido.

– Por que você está falando nesse tom?

– Que tom?

– De que *não* vai ser divertido?

– Porque o Bram é… – Dei uma olhada na mesa dele. – Ele é, tipo, impenetrável. Nunca fala nada e está sempre com cara de bravo.

– O Bram é um amor.

– Certo, tem que existir um motivo específico pra você sempre falar isso dele.

– E existe. – Saundra se recostou na cadeira e ergueu os olhos romanticamente para as luminárias fluorescentes, completamente absorta em lembranças. – Foi numa excursão ao Empire State Building, durante a quinta série. A gente subiu até o mirante, e eu fiquei muito enjoada. Quando estava prestes a vomitar, ou desmaiar, ou me mijar, o Bram apareceu. Fiquei morrendo de vergonha por ele me ver naquele estado deplorável.

– Parece horrível.

– Foi incrível. Ele me levou até um canto tranquilo, segurou minha mão nojenta de suor e me falou pra olhar pra ele e continuar respirando. *Isso na quinta série*. Mesmo naquela época, ele já era calmo e maduro. Não largou minha mão em nenhum momento, só quando o senhor Porsif anunciou que o passeio tinha acabado. Continuo odiando altura, mas voltaria ao topo do Empire State Building se o Bram me convidasse.

Fiz um esforço para encaixar o Bram da quinta série com o que eu conhecia. E a verdade era que não o conhecia. Sabia de um segredo dele, mas todos temos segredos.

– O que você sabe sobre a Felicity Chu? – indaguei.

Já que tinha à disposição o conhecimento enciclopédico de Saundra, por que não usá-lo? Qualquer coisa para fazê-la parar de falar de Bram.

– Felicity Chu?

Saundra olhou por cima do ombro, como se Felicity estivesse à espreita, um vampiro prestes a atacar. A garota não estava no refeitório, pelo menos até onde eu era capaz de enxergar.

– Ela é uma aberração – afirmou Saundra. – Por que você quer saber sobre ela?

– Curiosidade. O armário dela fica perto do meu. Por que uma aberração?

Saundra me fitou com olhos arregalados, como se a resposta fosse evidente.

– Batom preto.

Fiz uma careta, porém Saundra insistiu:

– Estou falando sério. Quem escolhe batom preto quando sua mãe é a diretora financeira da Isee Cosmetics? Ela pode ter todas as cores de batom que quiser. É uma pena não sermos amigas.

– O que mais?

– Que tal o fato de que ela odeia todo mundo? E que tem um crush bizarro pelo Stephen King? Quem tem crush por um escritor? Ainda mais um escritor velho!

– Ela lê bastante, não quer dizer que tenha um crush pelo autor.

– Ela tem um retrato em preto e branco dele no armário.

– Ah.

– Além disso, acho que essas histórias de terror estão mexendo com a cabeça dela, dando ideias estranhas.

Tentei manter o tom de voz normal.

– Como assim?

– Ano passado, ela foi suspensa por chutar a Alexandra Turbinado na virilha durante a optativa de Cerâmica. E depois por fazer a mesma coisa com o Reggie Held. O que é incrivelmente bizarro, porque as pessoas se matriculam em Cerâmica pra, tipo, relaxar ou se apaixonar, enfim, mas, no caso, a Felicity vira um monstro.

Definitivamente, era uma informação que eu não descobriria pelo Instagram. A amizade com Saundra estava se mostrando bastante proveitosa.

– Thayer Turner?

Saundra me encarou com curiosidade, e me dei conta de que, para ela, eu parecia estar listando aleatoriamente os esquisitões da Manhattan Prep.

– Só curiosidade mesmo, ele parece legal. Me emprestou umas anotações.

– Eu não as usaria, se fosse você. Ele só faz palhaçada na aula. Um desses garotos que acham que são mais engraçados do que realmente são. Só continua aqui por causa dos pais.

– Sério? Ele me parece tão normal.

– Faz parte do marketing. – Saundra tomou um gole do *kombucha*. – O pai do Thayer o obrigou a arranjar um emprego *normal* no cinema pra poder espalhar por aí que o filho é um adolescente como todos os outros. Acho que o Thayer continua por causa da pipoca de graça. Quem é que não para de te mandar mensagem?

Eu nem sequer tinha percebido o celular vibrando dentro da mochila. Nada passava despercebido por Saundra. Apanhei o telefone.

Encontro neste endereço. 21h. Freddie.

– De quem é? – interrogou Saundra. – Alguma emergência?

Não queria mentir para ela, porém havia jurado segredo.

– Não, um amigo dos tempos antigos.

O aparelho vibrou de novo. Olhei de relance, evitando o olhar bisbilhoteiro de Saundra.

Sem sequestros dessa vez, fica tranquila. ;-)

14

Chovia. Debaixo do guarda-chuva, minha sensação ao olhar a construção localizada no endereço enviado por Freddie era a de estar prestes a entrar na mansão do *The Rocky Horror Picture Show*.

Ficava no Upper East Side, a poucas ruas de distância da Manchester. Quanto mais perto do Central Park, mais chiques eram os edifícios, com seus toldos elegantes e porteiros usando uniformes com detalhes dourados a postos junto às portas de vidro. Os prédios mais suntuosos, no entanto, não tinham porteiro, nem mesmo saguão: alguns eram pequenos museus ou sedes de sociedades, com brasões ao lado das imponentes portas duplas e ramos de hera cobrindo a fachada, enquanto outros eram lindas residências privadas. Já a construção no endereço que Freddie havia passado não exibia nenhuma placa revestida de ouro, nem parecia um museu; era uma linda casa de pedra calcária que provavelmente custava mais do que a minha vida.

Eu tinha tentado obter mais informações por mensagem, como quem vivia ali e o que faríamos, porém Freddie se mantivera evasivo. Me restou então apertar a campainha e aguardar. A porta se abriu, e a figura de Bram ocupou quase todo o vão.

A camisa e a gravata tinham dado lugar a uma calça de moletom e uma camiseta preta com a estampa de um crânio com a boca escancarada. Acho que meu cérebro pifava sempre que eu me via a sós com Bram, porque só me ocorreu perguntar:

– Você mora aqui?

– Sim.

Se Saundra soubesse onde eu estava, ficaria completamente maluca.

– Vai entrar? – indagou Bram. – Está pingando aqui dentro.

Dei um passo para a soleira e sacudi o guarda-chuva.

– Pode me dar – disse ele, colocando-o num recipiente de metal e depois estendendo uma mão.

Hesitei até entender que era para guardar meu casaco. Essa interação se arrastou por um tempo excessivamente longo e um silêncio idem, quebrado apenas pelo farfalhar do atrito do casaco molhado contra meus ombros e pelo retinir dos cabides no closet.

O tempo inteiro senti o aroma amadeirado e cítrico de seu xampu.

– Olha, faz tempo que estou pra pedir desculpa – falei. – Pelo que aconteceu em Williamsburg…

"Pelo que aconteceu em Williamsburg" era a minha maneira de dizer "por ter pulado no seu pescoço que nem uma depravada". Limpei a garganta para distraí-lo do rubor na minha cara.

– Eu estava bêbada e confundi você com outra pessoa, obviamente. Sei que você… que você namora, e foi errado. Me sinto péssima, foi um engano.

Enquanto eu falava, Bram me observava com o desinteresse de um funcionário do departamento de trânsito, muito embora suas bochechas parecessem ter ficado mais vermelhas. Efeito da iluminação, talvez?

– Então é isso – concluí. – Desculpa.

Quando Bram finalmente se pronunciou, foi para dizer:

– Ok.

Não foi muito, mas tomei como um sinal de que podíamos colocar uma pedra em cima do fatídico episódio. E talvez essa trégua se estendesse até Lux; se as coisas ficassem bem entre mim e Bram, quem sabe não se tornassem civilizadas entre nós duas também?

Nunca ninguém havia extraído tamanha esperança de um simples "ok".

– O pessoal já está na biblioteca – disse ele.

Concordei com a cabeça, como se a situação fosse perfeitamente normal. A conversa que tínhamos acabado de ter. O fato de que ele tinha uma biblioteca em casa.

– Pra que lado eu vou?

A casa de Bram era enorme, e, olhando ao redor, só pude pensar que os Wilding eram ricos, tipo, muito ricos. A propriedade devia ser a junção de duas casas, com infinitas portas para ambientes repletos de telas a óleo e mobília luxuosa. Eu poderia facilmente me perder ali, e não queria me atrasar para o meu primeiro encontro do clube.

Bram indicou uma grandiosa escada em curva que brotava do salão. Ao pisar no primeiro degrau, me veio à memória a última vez que visitei Amy, uma amiga dos tempos de Long Island, mais de um ano atrás; no caminho de volta para casa, que eu tinha decidido percorrer a pé, fiquei com a clara impressão de estar sendo seguida. Naquela noite tranquila, sem carros nem pedestres na rua, minhas únicas sensações eram o pulsar do meu coração e os olhos de alguém nas minhas costas.

Senti o mesmo agora, com a diferença de que a pessoa atrás de mim não era imaginária; o olhar de Bram acariciava minha nuca.

No segundo andar, caminhamos em direção à luz no fim do corredor. A biblioteca era iluminada pelas arandelas na parede e exalava o leve perfume do couro que revestia os livros que preenchiam as muitas estantes. Além deles, as prateleiras continham adornos inestimáveis: uma urna grega esmaltada em turquesa; um esboço feito a lápis de uma figura abstrata nua; uma bailarina de bronze que fazia as vezes de suporte de livro. Avistei uma pequena pintura de uma mulher geométrica e me perguntei se seria um Picasso antes de concluir que obviamente era um Picasso – provavelmente, possuir um Picasso era uma condição para ter uma casa como aquela.

No fim das contas, minha mãe tinha razão quando dizia que a escola particular ampliaria meu mundo. Normalmente, eu teria de ir ao Museu Metropolitano de Arte para ver criações que, na casa de Bram, eram usadas como peso de papel.

Havia uma grande mesa de pau-rosa em frente à porta dupla que se abria para a sacada, e, no centro da sala, estavam um sofá, uma poltrona e uma *chaise longue*. Freddie, Felicity e Thayer, com braços e pernas jogados de um jeito que vem da familiaridade com o espaço, se espalhavam pelas mobílias. Pareciam animais em seu hábitat natural.

– E aí, Garota Nova? – cumprimentou Thayer.

– Você veio! – disse Freddie, sorrindo para mim no sofá de couro.

Ele deu um tapinha no espaço vazio a seu lado, porém, subitamente acanhada pelo olhar crítico de Bram, me sentei na outra ponta, deixando um abismo marrom-chocolate entre nós. Felicity não falou absolutamente nada.

Por fim, Bram se acomodou na poltrona. Naquele enorme trono, o moletom não o fazia parecer menos milionário e inacessível. Só pude pensar: *Bram, na biblioteca, com o castiçal.*

– Vamos começar. – Ele alcançou um controle remoto na mesinha lateral e pressionou um botão, fazendo um telão retrátil surgir diante da estante embutida.

Felicity se levantou para apagar as luzes, ao passo que Freddie se inclinou para mim e comentou:

– A gente costuma começar nossas reuniões com um filme de terror.

– Escolhe um – disse Bram, fazendo um gesto com a cabeça.

Pegou um teclado e o equilibrou sobre os joelhos, os dedos à espera da minha sugestão. Parecia um desafio, no qual Bram queria que eu falhasse.

Retribuí sua encarada, com a cabeça a mil. Era mais um teste? Como as perguntas de Thayer na atração de terror? Até onde eu sabia, o clube girava em torno de filmes explicitamente toscos ou violentos. Mas e se eles curtissem mais os cults, aqueles com verniz de Oscar, como *Corra!* ou *O silêncio dos inocentes*? Me achariam insuportável se eu escolhesse um clássico? *O exorcista* era o meu filme de terror favorito, mas eles certamente o tinham visto um milhão de vezes. E se acabasse escolhendo um que ninguém achasse assustador? Certas pessoas consideravam *Gremlins* um filme infantil, só que aqueles monstrinhos eram bem traumatizantes. Se sugerisse algo obscuro, sobre o qual nenhum deles tivesse ouvido falar, pareceria pretensiosa demais? Eles me expulsariam sumariamente do clube se escolhesse *Sexta-feira 13 parte 8: Jason ataca em Nova York*?

Brincadeira, nunca em sã consciência eu escolheria *Jason ataca em Nova York*.

Estava demorando demais. Todos me lançavam olhares penetrantes; eu era um boneco de vodu. Optei por um que fosse pau pra toda obra: um clássico filme B.

– *Noite do terror*.

– Original, refilmagem ou refilmagem da refilmagem? – perguntou Felicity.

– Não insulte a menina – zombou Freddie.

– Original – falei.

Os dedos de Bram se moveram pelo teclado, e na tela, uma após outra, pastas foram se abrindo até surgir uma lista de filmes de terror.

– Contemple a Coleção Definitiva de Terror de Bram Wilding – anunciou Thayer. – História verídica: os pais do Bram acharam sem querer essa lista sagrada enquanto procuravam *Mudança de hábito 2*. Ficaram tão horrorizados com tal demonstração perturbadora da violência reprimida do filhinho de ouro que quiseram mandar nosso amado Bram para a terapia.

– E aí? – Eu não sabia dizer se Thayer estava brincando ou não.

– Ele dissuadiu os dois, evidentemente! – falou Thayer.

– O campeão da equipe de debates! – disse Freddie.

– Eleito o mais provável apresentador de *talk show*! – acrescentou Felicity.

– Maior loroteiro do mundo, reconhecido pelo Guinness! – continuou Thayer.

Claramente estavam tirando sarro de Bram, que, no entanto, parecia se divertir, pois fez algo inédito: sorriu. Em seguida deu o play e, numa fonte gótica branca, surgiram no telão as palavras "Noite do terror".

Thayer esfregou as mãos e sorriu, cheio de expectativa.

– Filmes de Natal me deixam feliz.

Uma hora e meia depois, Thayer suspirou, totalmente satisfeito.

– Sensacional.

Uma única palavra, mas que me deixou com a segurança de ter feito a escolha certa. Precisei conter o sorriso.

– Você fala isso de todo filme de terror – observou Freddie.

E lá se foi a segurança.

– Só acha sensacional quem curte o voyeurismo de atormentar um grupo de garotas núbeis numa casa – disse Felicity.

Lancei um olhar incrédulo na direção dela. *Voyeurismo?* Tá, beleza, mas oitenta por cento dos filmes do gênero eram voyeurísticos. E *núbeis*? Que palavrinha intragável. Entretanto, não expressei nenhuma opinião; sendo nova no grupo, precisava agir com cautela.

– Isso sem falar na misoginia – continuou Felicity.

Dane-se. Cautela é para os fracos.

– Você pode enxergar por esse ângulo – falei –, mas também poderia dizer que os filmes de matança na verdade proporcionam à personagem feminina que sobrevive um tipo de autonomia que as mulheres não costumam ter em outros gêneros.

Seguiu-se um instante de silêncio durante o qual os quatro me encararam. Me afundei ligeiramente no sofá, com medo de ter dito uma besteira. Contudo, Felicity exibia uma expressão entusiasmada, como um gato de rua que ganhou uma tigela de leite fresco.

– Sim, mas só no final – falou. – De resto, é uma hora de garotas correndo peladas pela casa…

– … não nesse filme.

– … ou esperando do lado do telefone. Quer fórmula sexista mais batida?

– É esse filme que inaugura o elemento do telefonema-que-vem-de-dentro-da-casa. Merece o crédito por isso.

Felicity revirou os olhos.

– *Quando um estranho chama* fez isso bem melhor.

– O ponto aqui é outro: em filmes desse tipo, a mulher protagonista assume o controle da própria vida.

– Mas ela é *resgatada*; como isso é assumir o controle?

– Tá, mas a Jess sobrevive. É preciso que tenha a misoginia inicial, e inerente, para mostrar a protagonista se libertando das amarras. Arco de personagem. É como na vida real.

– *Noite do terror* é bem vida real mesmo – ironizou Felicity, mais uma vez revirando os olhos.

Sarcasmo à parte, quando dei por mim, estava na ponta da almofada, empolgada por ter uma conversa sobre teoria dos filmes de terror. Citando Thayer: sensacional. Eu poderia passar a noite discutindo, e, pelo jeito de Felicity, com as unhas cravadas nos braços da cadeira, pronta para o bote, ela também. Talvez fosse a fórmula para Felicity não me odiar. Talvez fosse a fórmula para conquistar o grupo.

Mas então Freddie acendeu as luzes, e o encanto se desfez.

– Morte ao patriarcado – falou, um punho solidário em riste.

Dessa vez, Felicity e eu reviramos os olhos juntas.

– Chegou o momento do dia em que responderemos a algumas de suas questões – continuou Freddie.

– Você deve ter tantas! – comentou Thayer, que se ergueu de um pulo, subitamente determinado a percorrer cada centímetro da biblioteca no papel autoatribuído de mestre de cerimônias. Girou um globo de cobre, e imediatamente Bram pousou uma mão para parar o objeto.

– Em primeiro lugar, o que nós fazemos no Clube Mary Shelley? – pontuou Thayer. – A resposta resumida é que somos aficionados por terror. Entusiastas das técnicas de terror, especialistas no tema medo.

– Ou, mais sucintamente, gostamos de terror, como falei – disse Felicity.

– Há quanto tempo o clube existe?

– Faz um tempo – respondeu Freddie. – Mas ninguém sabe com certeza. Bram e eu entramos quando estávamos no primeiro ano. Thayer e Felicity entraram quando estavam no segundo, no ano passado, e só depois que outros membros se formaram.

– Poderíamos dizer – continuou Thayer – que o objetivo do clube é encontrar a resposta para uma simples questão: o que as pessoas mais temem?

– O que nos leva à competição – interveio Freddie, me lançando um sorriso enigmático.

Me ajeitei no assento; se estivesse com um caderno, estaria tomando nota.

Thayer pigarreou.

– Para provar quem entre nós é o mais versado em sustos, e para saber qual método de terror gera a reação mais intensa, nós encenamos o que chamamos de Prova do Medo.

– Prova do Medo?

– Cada um cria um roteiro de terror – explicou Felicity. – Pode ser original ou um mote de terror clássico, inspirado num filme, por exemplo. E a gente dá vida a esse roteiro.

O sorriso dela, apesar dos lábios cerrados, se esticou a ponto de formar rugas no canto dos olhos. Se o intuito era fazer uma expressão diabólica, missão cumprida.

– Estamos acostumados a ler histórias de terror, a escutá-las em volta da fogueira, ou a assisti-las numa tela – disse Freddie –, mas a única forma de realmente sentir medo é vivenciá-lo, torná-lo tridimensional.

– As fórmulas de filmes de terror funcionam na vida real? – perguntei.

– É um dos desafios – respondeu Freddie. – Será que os filmes de terror dão medo porque somos condicionados a nos sentir assim? Os violinos estridentes, os ângulos das filmagens? A expectativa pelos sustos? Ou é possível provocar medo real sem esse aparato? Sem trilha sonora. Sem o enquadramento perfeito. Só você e aquilo que mais teme.

Senti um arrepio percorrer meus braços, porém não de medo ou ansiedade, e sim de entusiasmo, uma sensação elétrica.

– Cada um dirige sua própria Prova do Medo – comentou Felicity. – E todos os demais participam.

– Como atores numa peça – completou Thayer. – Só que uma peça de terror.

– Ao fim da sua Prova do Medo, a gente faz uma avaliação – acrescentou Felicity.

– Como nas Olimpíadas. Só que Olimpíadas de Terror – falou Thayer.

– Está mais para uma prova mesmo – corrigiu Freddie. – Tipo na escola, a maior nota possível é cem. Cada um de nós dá uma nota, e depois tiramos a média. A gente avalia a técnica…

– A sua ousadia! – cortou Thayer, deixando-se cair pesadamente ao meu lado no sofá.

– … a sua engenhosidade. Em resumo, o que quer que faça você se destacar. Ganha quem tirar a nota mais alta.

– Ganha o quê? – Embora me parecesse uma pergunta perfeitamente razoável, foi recebida com silêncio.

Felicity, em particular, me fitou como se eu não merecesse estar ali.

– O direito de se gabar – falou Thayer finalmente.

Nada de prêmio em dinheiro, nada para exibir numa prateleira. Fazia sentido: que outro tipo de prêmio seduziria quem já tinha tudo?

– A pegadinha na casa abandonada… foi uma Prova do Medo? De quem?

– Aquela, nós criamos juntos. Foi uma espécie de pontapé inicial na competição, um aquecimento – explicou Freddie.

– Certo, chega de graça. Hora das regras – falou Bram, se levantando. Como ele mal havia aberto a boca até aquele momento, nos detivemos em cada uma de suas palavras. – Não se fala sobre o Clube Mary Shelley.

Thayer se inclinou para mim e sussurrou:

– Todos nós já ouvimos as piadas do filme *Clube da luta*.

Bram limpou a garganta e prosseguiu com as regras, que eram:

- O Clube Mary Shelley é secreto.
- Cada membro tem a oportunidade de criar uma Prova do Medo, e os demais devem colaborar na execução, realizando a função designada pelo líder da prova.
- O alvo deve ser escolhido antes da realização da prova. Ele é a bola oito. A pegadinha pode assustar todo mundo no recinto, mas, se a bola oito não for encaçapada, o autor é reprovado.
- A competição só acaba depois que todos os participantes tiverem a sua oportunidade.
- A avaliação fica a critério dos demais competidores.
- Um membro do clube não pode ser alvo, jamais.
- Se quebrar qualquer uma das regras, o competidor está eliminado.
- A Prova do Medo é dada por cumprida quando o alvo grita.

Por mais que eu balançasse a cabeça em concordância conforme ouvia atentamente, sabia que só entenderia todos os detalhes quando colocasse as mãos na massa. De modo que me restava uma única questão:

– Quando a gente começa?

15

Duas noites depois, eu estava em um beco mal iluminado, diante de um palhaço.

– Vermelho ou azul? – perguntei, mostrando a paleta de tinta facial. Estava ajudando Freddie nos toques finais.

– Vermelho.

A festa na casa de Trevor Driggs estava rolando havia uma hora, e os outros membros do clube já se encontravam a postos para a Prova do Medo de Thayer. Embora sua participação não fosse durar mais do que dez segundos, Freddie estava absolutamente comprometido. Eu sabia que eles se dedicavam com afinco ao clube, mas não pude deixar de achar meio exagerado.

Apesar da fôrma de plástico vagabunda, o kit de pintura facial que havíamos comprado na Abracadabra continha todas as cores primárias. E ainda vinha com um pincel de maquiagem, o qual ficara inutilizado depois de pintar a cara de Freddie de branco. Assim, eu precisaria usar os dedos.

Mergulhei a ponta do indicador no vermelho e tentei manter a mão firme – não sabia se o nervoso se devia à minha costumeira fobia social ou ao fato de estar participando da minha primeira Prova do Medo. Meu dedo pairou no rosto de Freddie, e nossos olhares se engancharam. Talvez o motivo fosse completamente outro, afinal.

– Isso é muito bizarro – falei.

– Por quê? Qualquer clube requer engajamento.

– Ah, é? Você se dedica assim ao Clube de Cinema?

– Por acaso você já reparou no Clube de Cinema? Só tem palhaço.

Eu sorri.

– Os Tisch, você quer dizer?

A cara de Freddie murchou.

– É assim que somos conhecidos?

– Sim. – Precisei me esforçar para não rir de sua expressão.

– *Não*. Não. Por favor, me fala que você está zoando.

– Eu jamais mentiria pra você, Freddie.

Ele fingiu ânsia, e eu ri.

– O Clube de Cinema é a versão bizarra do Clube Mary Shelley. A gente praticamente só vê filmes do Wes Anderson. É o diretor preferido do Scott Tisch. A gente precisa expulsar esse cara do clube.

A conversa com Freddie, como sempre, fluía tão bem que quase me distraí do meu nervosismo com a Prova do Medo. Quase.

– Não quero estragar isso – falei, com o dedo manchado em riste. – Fica parado.

– Não precisa ser nenhum Warhol. Não, na verdade, faça de mim a Marilyn do seu Warhol.

Sorri e cuidadosamente apliquei a substância vermelha a partir de um ponto acima de sua sobrancelha, molhando o dedo novamente para cobrir a área em torno de seu olho.

– Não estou falando só da sua cara. Não quero estragar nada disso.

Tentei me concentrar em pintar sua pele, mas não era nada fácil estando tão perto dele. Tocando nele.

– Você vai arrasar – disse Freddie. Apesar de estar segurando os óculos na mão, pelo jeito que me olhava, ele parecia enxergar perfeitamente.

– Não sei o que fazer.

– Nenhum de nós sabe, é basicamente improvisação.

Se parasse para pensar no que o clube fazia, não só nessa noite, mas no geral, eu inevitavelmente chegaria à conclusão de que era muito errado. Talvez fosse a evolução do conceito de diversão para adolescentes ricos. Os outros estavam curtindo festas, fazendo sexo ou tomando Xanax. Assustar pessoas poderia ser apenas o próximo estágio.

Só que eu não era rica. E se não fosse feita para aquilo?

Ergui a paleta de tintas para Freddie escolher a próxima cor.

– Verde.

– Fecha os olhos.

Com o dedo do meio, comecei a pintar seu olho esquerdo, que se manteve fechado enquanto eu pintava os cílios, porém o direito se entreabriu brevemente para me observar.

– Não sei se sou boa sob pressão. Odeio improvisar.

– Seria esse o medo guardado a sete chaves de Rachel Chavez? – As bochechas de Freddie, pintadas de um branco leitoso, se alargaram com o sorriso. – Improvisação?

Abanei os dedos vermelho e verde em frente a seu rosto.

– Cuidado, estou armada.

Freddie cerrou os lábios com força, e continuei traçando o contorno oval ao redor de seu olho. Houve um silêncio entre nós, até que decidi fazer a pergunta que estava me atormentando:

– Por que você está no clube? Por que você está se dedicando tanto a essa pegadinha?

As sobrancelhas de Freddie se uniram.

– Não é uma pegadinha.

Era evidente que o termo "pegadinha" não fazia jus ao orgulho que Freddie sentia pelo que o clube fazia – pelo clube em si –, e com razão, talvez. O que estávamos prestes a fazer não podia ser reduzido a *apenas* uma pegadinha.

– Tá, não é pegadinha. Seja o que for, vocês estão gastando uma enorme quantidade de tempo e energia pra zoar alguém, pra dar um susto. – Abaixei a mão, revelando a cara pintada pela metade de Freddie, que refletia sobre minha questão. – Por quê?

– Bem, hoje o Thayer vai se vingar de uma pessoa que está fazendo da vida dele um inferno desde a quinta série. Fazer justiça com as próprias mãos é bem satisfatório.

– É por isso que o Thayer está no clube? Pra se vingar das pessoas que o magoaram?

– Você quer a minha resposta sincera sobre o motivo de Thayer, Felicity e Bram estarem no clube?

Assenti com a cabeça.

– Eles têm uma vida estável, uma vida chata. Não falta nada pra eles. Eles vão dormir sabendo que, quando acordarem, o café da manhã vai estar na mesa, as roupas vão estar passadas e separadas, as empregadas vão estar esperando ao lado da porta com seu lanchinho favorito. Eles são quase como bebês. E provavelmente vão ser assim pelo resto da vida.

Seu tom foi factual, como se estivesse apontando o óbvio. Compreendi que não havia desprezo em sua fala, que ele diria aquilo olhando nos olhos dos três. Que possivelmente já o fizera.

– A real – continuou Freddie – é que eles desejam ardorosamente o caos.

Eu sorri. De alguma maneira, ao agrupar de um lado Thayer, Bram e Felicity, ele havia reunido nós dois do outro. Estávamos separados deles, não pertencíamos à elite dourada. O que fazia de nós uma espécie de time.

– Certo, mas você não respondeu à minha pergunta. Por que *você* está fazendo isso?

– Eu também desejo o caos – disse Freddie, harmonizando o sotaque afetado com um sorriso diabólico. – Eu o enxergo como um excelente experimento social. O que o medo provoca em uma pessoa? Como a gente pode controlar o medo?

– Controlar?

– Claro. É possível manejar o medo, assim como um escultor maneja a argila. É arte.

Minha boca se contorceu num sorriso hesitante enquanto fitava sua pele toscamente pintada – aquilo na sua cara definitivamente não era arte.

– Um pouco forçado, não acha?

– Não sei quanto a isso. – Seu tom, no entanto, era o de quem sabia, sim. Era óbvio, pelo brilho no olhar, que Freddie tinha refletido muito sobre o assunto. – A arte é sobre extrair uma emoção de alguém, não é? Um belo quadro pode fazer você se sentir maravilhado. Uma música pode fazer você chorar. Um filme pode fazer você gargalhar. Provocar uma reação explosiva, imediata, não? E não tem nada mais visceral do que o medo. É por isso que tem gente que adora filmes de terror. Eu adoro sentir medo.

– Só que a gente não está fazendo tudo isso esperando que o Trevor vá adorar. Nós queremos que ele sinta medo, queremos fazê-lo sofrer. – Um frio percorreu minha espinha ao escutar em voz alta essas palavras saídas da minha própria boca. Será que estava indo longe demais?

– A existência inteira do Trevor se baseia na ideia de que ele é melhor do que todo mundo. O medo simplesmente extermina esse sentimento. Coloca tudo em pé de igualdade. Quando alguém está verdadeiramente com medo, não tem onde se esconder: não existe escola particular, não existe popularidade, não existe fundo de investimento. É você e a sua emoção mais primitiva. No medo, reside a verdade.

Me vieram à cabeça os meus próprios medos – a vibração que tomava a minha pele quando me sentia em pânico, como se um monstro estivesse tentando sair de dentro de mim. Interrompi esses pensamentos.

Porém, as ideias de Freddie eram enormes e preenchiam o apertado beco.

– Você fala com bastante sentimento sobre essas coisas – observei.

Se não estivesse coberto de tinta branca, o rosto de Freddie estaria corado, como o de alguém que falou mais do que deveria.

– O que quero dizer é que o medo é um elemento importante em nossa vida. Ele sempre vai estar presente e, se você permitir, vai te impedir de seguir em frente.

Pensei como às vezes o medo me dominava e me paralisava; como a ansiedade, até então em minha mente, ganhava existência física, controlando meu corpo e me fazendo de marionete.

– O Clube Mary Shelley é uma forma de reconquistar o medo – disse Freddie. – Estar no controle do medo é retomar o poder. Você passa a se permitir, é libertador.

– Me parece imprudente.

Freddie fez uma expressão de confusão.

– A liberdade?

– Se permitir.

Visualizei Lux na despensa do laboratório de Artes, a tesoura em minha mão. Tinha medo daquela parte de mim. E senti aquele medo me percorrendo, tentando me dominar, tentando me convencer a abandonar a prova.

Por outro lado, se Freddie estivesse certo, eu teria a chance de retomar um pouco do meu poder.

– E se eu for um desastre na hora de improvisar e perder totalmente o controle? Tem, tipo, uma palavra de segurança pra interromper a Prova do Medo?

Freddie pensou por um instante.

– Podemos ter, claro. Escolhe uma.

– Tatu – expeli. Foi a primeira que me veio à mente, e fez um sorriso se abrir lentamente no rosto de Freddie.

– Beleza, gostei. Se algo der errado, se você se sentir desconfortável em algum momento e quiser desistir, é só falar "tatu". Não tem por que ter medo. – Ele se calou, sacudiu a cabeça e riu. – Quero dizer, medo é o objetivo, mas não é *pra gente* sentir medo. A nossa única função é nos divertir.

– Promete?

– Com certeza.

Foi o sorriso, um sorriso de criança, que me convenceu. Ele estava prestes a jogar seu jogo favorito e tinha ganhado um novo parceiro.

Sorri também, o entusiasmo enchendo meu peito.

– Acabei. – Dei um passo para trás, a fim de avaliar minha obra. – Você já se questionou se não se dedica *demais* ao clube?

– Só a dedicação leva à perfeição, Rachel. – Freddie vestiu a peruca azul, e sua boca se abriu num espalhafatoso sorriso vermelho. – Como atual campeão, eu sei o que estou dizendo.

16

TREVOR DRIGGS

Ao abrir a porta, Trevor Driggs se deparou com o terceiro desconhecido da noite. Uma garota baixinha, com o cabelo curto e uma expressão irritada demais para quem vai a uma festa.

– Quem é você? – perguntou ele.

– Felicity Chu.

– E eu te conheço, Felicity Chu?

Ela espanou a franja com os dedos e olhou por cima do ombro de Trevor, para a festa. Um garoto estava tentando plantar bananeira em cima de uma mesa de centro, até que uma garota deu um soco no estômago dele, que se arqueou como um bambu bêbado.

– Estudo na mesma escola que você – informou Felicity. – Fazemos três matérias juntos.

Trevor continuava sem se lembrar.

– Deixei você colar de mim na prova de Física da semana passada.

Nada. Ainda não a reconhecia. Até porque tinha colado de muitas pessoas na semana anterior. Trevor não queria agir como um babaca, mas…

– Tem certeza de que está na casa certa?

Uma mão deslizou pelo ombro de Trevor e o pressionou. Ao se virar, Trevor viu Bram, com uma bebida na mão e um sorriso no rosto, que denunciava já ter percorrido três quartos do caminho para a bebedeira.

– Deixa ela entrar, *man* – falou Bram. – Quanto mais, melhor!

Trevor não sabia quem era aquele desencanado Bram, nem o que ele tinha feito com o Bram de verdade, que jamais permitiria a entrada de um desconhecido. Durante sua hesitação, a garota baixinha, cujo nome Trevor já esquecera, passou por ele e instantaneamente desapareceu na multidão.

– A gente vai deixar qualquer um entrar, cara?

Bram simplesmente deu de ombros e, com um toque capaz de guiar qualquer um a um plano mais sereno da existência, conduziu Trevor para longe da porta.

– Você quer passar a noite brincando de vigia, ou vai finalmente falar com a Lucia? – indagou Bram.

O olhar de Trevor seguiu o de Bram até Lucia Trujillo, sentada na beirada do sofá, onde conversava com Lux e Juliet. Trevor estava com um crush violento por Lucia desde que ela voltara totalmente diferente das férias na América do Sul. Estava mais bronzeada, para começo de conversa, e tinha tingido o cabelo de cor de mel, que combinava perfeitamente com seu rosto. E o corpo. O corpo... Em resumo, a garota tinha amadurecido.

Ele nunca a tinha visto como uma opção, mas naquela noite tomaria uma atitude. A menina definitivamente estava no cardápio, e Trevor era um homem faminto.

– E tudo o que você precisa fazer – começou Bram, metendo sua bebida na mão de Trevor – é relaxar. Vai falar com ela. Seja O Cara.

Trevor teve a intenção de tomar um gole, mas um gole não bastava para O Cara, então ele bebeu tudo de uma vez. Vodca pura. Estremeceu quando o álcool rasgou seu esôfago.

– Eu sou O Cara.

Os dois se juntaram às garotas no sofá, onde seus assentos vazios os aguardavam. Ninguém era estúpido de tomá-los.

Trevor gostava disso. Assim como gostou de perceber que, quando ele e Bram sentaram, a atenção das meninas se voltou imediatamente para ambos. Lux deslizou até o colo de Bram, e Lucia abandonou o braço do sofá e sentou ao lado de Trevor – coxa com coxa, separadas por nada mais do que duas peças finas de tecido. Trevor gostou disso também.

– Oi – falou ela.

Quando uma garota bonita falava com Trevor, as reações do garoto aconteciam em câmera lenta. Primeiro, ele sorria. Esquecia como se comportar. Só então, com muito atraso, respondia.

O mesmo acontecia no campo de futebol americano; o nervosismo deixava o mundo em câmera lenta, e o técnico tinha que motivá-lo para mantê-lo ligado.

– Driggy – começou Lux –, estão dizendo por aí que você ainda não tem par para o baile de inverno.

– Ainda faltam, tipo, dois meses.

– Um mês e meio – retorquiu Lux imediatamente. – Se não convidar alguém logo, a garota perfeita vai ser roubada de você.

A menina era multitarefa: trocou um olhar com Lucia sem deixar de se concentrar na orelha de Bram, cujo lóbulo ela puxava delicadamente. Até que o abocanhou. Trevor observava, hipnotizado pelo movimento dos lábios dela.

O efeito de câmera lenta atingiu Trevor, que precisou lembrar que Lux era a namorada do seu melhor amigo. Mas aquela boca! Ele viu um pedaço de língua.

Trevor passou a língua sobre o próprio lábio. Então percebeu que Bram estava olhando fixamente para *ele*. Com a orelha ainda pinçada pelos dentes da namorada, Bram o encarava. Não era uma encarada de ódio; era uma encarada que dizia "eu entendo, cara". Lux era gostosa, Bram era generoso. "Está tudo bem, pode olhar."

No entanto, Trevor se sentiu um tanto indecente e desviou rapidamente o olhar, que pousou em Lucia, que por sua vez o recebeu com avidez, como se estivesse à espreita com uma rede. Bom sinal. Era evidente que estava interessada, porém ele não a chamaria para um baile que só ocorreria dali a um mês e meio, seria uma atitude patética – ainda mais na frente de toda a galera.

– Essa música é irada – falou em vez disso.

– Sim! – concordou Lucia. – Amo o Chance.

Era do Kendrick, mas enfim. A conversa morreu antes mesmo de começar. No campo de futebol americano, quando não sabia o que fazer, Trevor olhava para os lados em busca de alguma dica. Agora, o olhar vasculhava o aposento: alguém estaria fazendo algo idiota, alguém que ele poderia zoar e assim fazer Lucia rir.

Eis que viu.

– Quê? – Trevor se empertigou.

No aparador, havia uma escultura de bexiga na forma de um cachorrinho erguido sobre as patas traseiras, como se implorasse por um petisco.

– Perguntei se quer dividir.

– Hã? – Ele se virou para Lucia, que mostrou um copo. "Concentra, Driggy." Tomou um gole. Mais vodca.

Quando Trevor voltou a olhar para o aparador, o cachorro de bexiga já não estava lá. Então o garoto avistou outra coisa. O copo balançou em sua mão, quase caiu. Trevor piscou, depois piscou de novo, e pensou que talvez devesse pegar mais leve com o álcool, pois definitivamente estava vendo coisas que não eram reais.

No canto da sala, havia uma garota usando um nariz de palhaço.

– Que porra é essa?

– Como assim? – perguntou Lucia.

– Fica aqui.

No instante em que Trevor se levantou do sofá, a garota com o nariz vermelho deu meia-volta. Ele caminhou na direção dela, que se apressou e se misturou à multidão. Trevor abriu caminho entre as pessoas, empurrando-as para os lados.

– Ei! – Agarrou a garota pelo ombro e a virou para si.

A menina o encarou. Ele não sabia se já a tinha visto alguma vez. Seu rosto era até que bonitinho, cheio de sardas, e ostentava uma expressão irritada, porém nenhum nariz vermelho.

Trevor com certeza estava vendo coisas. Só então se deu conta de quem era.

– Você tentou matar a Lux.

A garota começou a se afastar.

– Me deixa em paz.

– Quem deixou você entrar?

Trevor a pegou pelo cotovelo e notou que a ponta de seus dedos estava manchada de vermelho e verde.

– Me solta. – Ela se desvencilhou de sua mão.

– Sai da minha casa.

– Com prazer.

Mesmo depois que a porta bateu com força atrás da menina, Trevor permaneceu anestesiado no salão, pensando no nariz vermelho e no cachorro de bexiga. Uma tensão familiar se formou entre suas escápulas, uma sensação irritante da qual não conseguiu se livrar. Decidiu abrir a porta para se certificar de que a garota havia ido embora e sobressaltou-se com a visão que o recebeu do outro lado.

Um palhaço. Peruca azul frisada, sorriso pintado, um dedo pairando na campainha. Trazia bexigas também.

– Telegrama de aniversário! – falou o palhaço com um enorme sorriso.

– NÃO!

Trevor bateu a porta com tudo. Sua respiração estava entrecortada, e o rapaz não teve opção senão jogar o peso inteiro do corpo contra a porta fechada. Tentou recuperar o fôlego.

Trevor *odiava* palhaços.

Quanto tinha sete anos, seus pais contrataram um para seu aniversário e convenceram Trevor a sentar no colo do indivíduo para uma sessão de fotos. E houve um incidente. Bem no colo do palhaço.

O palhaço – que fedia a tinta e sovaco (Trevor jamais conseguiria apagar essa memória) – começou a xingar alucinadamente quando sentiu a imundície úmida. Trevor, que nunca tinha escutado palavrões da boca de um adulto, ficou apavorado. Não ajudou o fato de que as palavras sórdidas saíam de uma boca vermelha que mais parecia uma úlcera. Até hoje era assombrado pela expressão no rosto do palhaço, a qual se transfigurara em algo monstruoso quando o homem o erguera pelas axilas e berrara: "Ele mijou em mim!".

Trevor estremecia ao se lembrar das sobrancelhas roxas, do rosto esburacado rebocado de maquiagem branca e esfarelenta.

Entretanto, esse acontecimento pertencia a um passado distante. Ele tinha se deixado afetar. Só precisava relaxar, se juntar aos amigos e curtir.

No sofá, Bram e Lux estavam colados, as mãos dele no quadril dela, as mãos dela no cabelo dele. E os lábios: os espectadores não sabiam se estavam tentando se desentupir ou mergulhar um no outro. Praticamente uma areia movediça do beijo.

Trevor sentou ao lado de Lucia. Ainda era O Cara. Ainda podia dar o bote.

– Eu estava pensando... – Perdeu o fio da meada, mas dessa vez não foi o efeito de câmera lenta.

Vinda de outro lugar, uma música concorria com a playlist da festa. Entocou-se em seu ouvido como uma mosca nojenta, impedindo-o de pensar ou fazer qualquer coisa. Ele pegou o celular no bolso, mas não vinha do aparelho.

– Precisa ir a algum lugar? – perguntou Lucia, que, apesar do tom suave, claramente começava a se irritar.

Trevor guardou o celular e balançou a cabeça.

– Vou ficar bem aqui. – Ele não podia ser o único a ouvir aquele som metálico, uma sineta alegre, uma coceira em seu cérebro. – Ei, alguém está ouvindo?

– Ouvindo o quê? – indagou Bram, recuperando o fôlego.

– Parece estar vindo do segundo andar. Falei que lá era área proibida. – Trevor fez menção de se levantar, porém a mão de Bram o puxou de volta.

– Fica aqui, eu vou ver o que é. – A seguir, sussurrando no ouvido de Trevor, acrescentou: – Seja O Cara.

Provavelmente, Bram só queria encontrar um quarto para ele e Lux, pensou Trevor, e dane-se. Afinal, tinha uma parada para resolver. Lucia estava especialmente ávida hoje. Entretanto, Lux se inclinou para ela, e as duas começaram a conversar baixinho como se Trevor não existisse.

Seu bolso vibrou, e ele sacou o celular. Mensagem de Bram:

Negócio estranho aqui.

– Já volto – disse Trevor às garotas, que o ignoraram.

Precisou contornar Jamie Powells, que estava com a língua enfiada na garganta de George Chen, e quase trombou com uma menina que vinha descendo a escada com rapidez. Felicity Qualquer Coisa. Os olhos dela estavam arregalados.

– O que você estava fazendo lá em cima?

Ela não respondeu. Ao observá-la correr para longe, ele notou uma mancha azul na manga de sua camiseta. "Maquiagem?", pensou. Veio-lhe à mente a horrível tinta facial que palhaços costumavam usar. Voltou-se para a escada e hesitou.

Havia algo estranho rolando. Trevor deu pequenos saltos no lugar, como fazia antes de uma partida, para se preparar mentalmente. Não precisava ter medo.

No segundo andar, não encontrou Bram. Assim como não encontrou sinal da música metálica que fizera os pelos de sua nuca se eriçarem. De fato, estava silencioso demais. O barulho vindo de baixo soava abafado, como se alguém tivesse tampado suas orelhas com travesseiros.

– Bram?

O celular de Trevor vibrou, outra mensagem de Bram.

Bram não pode te ajudar.

– Quê? Bram, cadê você, cara? – murmurou.

A música retornara. Trevor finalmente a identificou. Já a escutara: a mesma música que tocava em sua festa de aniversário de sete anos. Vinha do fundo do corredor, do quarto de Trevor. A porta estava aberta, e de súbito uma lâmpada se acendeu no interior do aposento: o abajur da mesa de cabeceira. Trevor foi atraído para ele tal qual uma mariposa. Caminhou lentamente. A tensão em suas costas tinha voltado, o corpo inteiro estava tenso de pavor. Teve a sensação de estar sendo observado.

– Bram?

Não havia ninguém.

Então avistou um pé saindo de baixo do lado mais distante da cama. Correu até lá e descobriu a cena completa.

– Bram!

Bram estava de bruços sobre uma poça de sangue no chão. Trevor quis acudi-lo, porém percebeu algo perto do sangue. Vermelho como este, pegajoso. Uma pegada, só que grande demais.

Sua respiração cessou quando viu a carinha sorridente esculpida na marca. Em seguida notou as outras pegadas, uma trilha que levava passo a passo até a porta do armário.

Deveria ter fugido. Gritado por ajuda, tomado uma atitude. Mas lá estava aquela reação retardante de novo.

Uma vibração.

Outra mensagem. De Bram.

FELIZ ANIVERSÁRIO

FELIZ ANIVERSÁRIO

FELIZ ANIVERSÁRIO

Uma risadinha. Uma aloprada, nauseante, perturbadora risadinha, cada vez mais audível.

– Que porra é essa? – gritou Trevor, recuando.

A porta do armário se escancarou, e um palhaço com uma faca saiu de lá. Soltou uma gargalhada, e dessa vez não houve reação tardia: Trevor disparou como se estivesse no campo de futebol – ou melhor, como se tivesse sete anos e um palhaço assassino quisesse matá-lo.

Desceu correndo a escada, quase tropeçando no próprio pé. A multidão se abriu, e a música foi interrompida. Trevor se deteve, em silêncio, o peito ávido por ar. Todos olhavam para ele, alguns sacaram o celular para filmá-lo. Ao olhar para baixo, Trevor entendeu por quê: uma mancha úmida marcava sua calça.

17

Corríamos a toda velocidade, os tênis martelando o asfalto, o cabelo chicoteando meu rosto, o vento zunindo em minhas orelhas, tudo isso avivado pelo som da minha respiração, ofegante e elétrica.

Nosso ponto de encontro fora definido de antemão: Parque Tompkins Square, a sete quarteirões de distância do duplex de Trevor, ou cinco minutos de corrida desembestada. Alguns de nós poderíamos ter ido para o parque ao fim de sua participação na prova, porém todos preferimos ficar para ver Trevor receber sua lição.

Enquanto Felicity demonstrava talento para o atletismo, de tão rápida, eu fiquei sem fôlego no segundo quarteirão, e o que dava combustível às minhas pernas era apenas a emoção pelo que tínhamos feito. Freddie, alguns passos à minha frente, já estava sem a peruca, mas continuava fantasiado. Ele se virou e esticou o braço, e por cinco quarteirões nós corremos de mãos dadas pelo asfalto escuro, ultrapassando as construções iluminadas.

A fuga, a escapada, a sensação dos dedos de Freddie enganchados nos meus transformaram Manhattan em um borrão. Pressionei sua mão, ele pressionou a minha, e ambos rimos como… Bem, como palhaços.

Adentramos o parque, onde Felicity já nos esperava com as mãos espalmadas nos joelhos, arquejante. Um minuto depois, surgiu Bram. Metade da manga longa de sua camiseta estava tingida de vermelho, e havia marcas em sua face e no maxilar também. Parecia sangue de verdade, embora soubéssemos que não coagularia nem escureceria. Ele passou uma toalha no cabelo úmido, que se arrepiou. Não estava ofegante, no entanto.

– Peguei um Uber – explicou. – Falei pro pessoal que tropecei e bati a cabeça.

– E eles acreditaram? – indaguei, a respiração entrecortada.

– Cortes na cabeça costumam jorrar. – Bram esfregou a toalha na cabeça. – Cadê o Thayer?

Olhamos ao redor, à espera. Quanto mais os minutos se alongavam, mais animados ficávamos. E então Thayer surgiu abruptamente das sombras. Nunca fiquei tão entusiasmada diante da visão de um palhaço armado com uma faca em um parque.

– ELE MIJOU NAS CALÇAS! – gritou Thayer para o céu.

Olhei para Freddie, e sua expressão era a mesma que a minha. Ele foi o primeiro a explodir em risos. Como água sobre fogo alto, os demais começamos a borbulhar também. Os ombros de Bram subiam e desciam, Freddie tinha caído de joelhos, sem forças. A Prova do Medo tinha sido idealizada por Thayer, porém o trabalho fora coletivo. Nós contra o mundo, envoltos por uma estranha bolha que ninguém tinha o poder de estourar nesse momento.

– Tecnicamente, você não o fez gritar – observou Felicity.

Entretanto, nem mesmo ela era imune àquele sentimento de júbilo. Sua costumeira carranca estava prestes a dar lugar a um sorriso fugidio.

Thayer balançou a cabeça.

– Se pudesse escolher, eu preferiria o mijo sem pensar duas vezes. QUERO VER FAZEREM MELHOR, SEUS PUTOS!

– Como você sabia que ele tem medo de palhaços? – perguntou Freddie, dando um tapinha nas costas de Thayer.

– A maior proeza do capeta foi ter feito todo mundo esquecer que ele fez xixi nas calças na frente de um palhaço no passado. Aniversário de sete anos. Eu estava lá. É uma das minhas lembranças mais queridas.

– Você tem sorte de o Trevor morrer de medo de palhaço – provocou Bram –, porque aquelas pegadas enormes de sangue ficaram cafonas pra caralho.

– Mas serviram ao propósito, não serviram?

– Só comentando. Quase me fizeram sair do personagem.

– O que você vai dizer pro Trevor? – perguntei a Bram. – Ele vai saber que tinha alguém por trás da brincadeira, e que você participou.

– A única coisa que ele sabe é que estava bêbado. Ninguém mais viu um palhaço assassino.

Observei Bram e assimilei sua facilidade para mentir. Em essência, tratava-se de uma pegadinha, mas pensada para ser cruel – a vingança de Thayer pelos anos de bullying sofrido nas mãos de Trevor. Por mais que eu achasse que Trevor merecia, me perguntava como Bram era capaz de agir assim com o amigo.

– Mas eu queria que eles me vissem – lamentou Thayer.

– Pois é, por que você não desceu? – indagou Freddie.

Nesse momento, lembrei que a aparição fazia parte do plano original de Thayer. A ideia era descer e sair correndo pela festa e assustar todo mundo para ganhar "créditos extras", nas palavras dele.

– Os participantes que não completam a prova recebem nota insatisfatória – afirmou Felicity.

– Onde isso está escrito? – questionou Thayer. – Descer para a festa era apenas um bônus. Não muda o fato de que eu servi uma refeição deliciosa.

– E por que você não desceu? – perguntou Freddie novamente.

– Ok, eu ia descer, tá? Mas tropecei. Alguém me empurrou.

– Você tropeçou ou alguém te empurrou? – interroguei.

– Não sei. Quase caí da escada, mas consegui me segurar. Só que aí o momento já tinha passado. Achei melhor sair pela janela.

Sua respiração arquejante tornava difícil saber se ele estava aborrecido ou não com o contratempo em sua prova. Não importava, pois sua próxima puxada de ar veio acompanhada de uma mudança de assunto:

– Eu arrasei, cara! Matei a pau. Coloquei o Trevor em seu devido lugar! – Thayer quicou no lugar como uma mola; ele era pura energia e empolgação. – Finalmente acabei com aquele merda.

Se havia alguma hesitação quanto ao pequeno obstáculo no plano de Thayer, começou a desaparecer com a compreensão do que havíamos realizado. A lembrança era tão fresca que eu praticamente conseguia sentir seu cheiro, sorvê-la, senti-la na pele.

– Ele ficou tão assustado – disse Thayer. – Apavorado.

– Ficou mesmo – concordei, sorrindo. – A gente viu.

– Mas não tudo – observou Freddie, se virando. – Bram, você estava no quarto. O Trevor perdeu o controle?

Bram pensou por um instante e assumiu sua postura típica: os ombros largos ligeiramente arqueados, a cabeça abaixada. Quando a ergueu, sua boca se esticou tão lentamente que levei um tempo para entender que era um sorriso.

– Completamente.

Thayer não segurou um berro satisfeito.

Notamos que dois homens se aproximavam, vindos da entrada lateral do parque. Estavam a mais ou menos dez metros de distância. Nós congelamos. Eles também. Então nos encararam e imediatamente deram meia-volta e foram embora.

Freddie se desfez em gargalhada e apontou para Thayer e sua ridícula fantasia de palhaço e depois para Bram, coberto de sangue. Bram observou seu estado desgrenhado, a gosma vermelha, e começou a rir também. Logo éramos só risadas, Thayer praticamente se contorcendo no chão.

Ansiedade e euforia são dois lados da mesma moeda: ambos roubam o ar e fazem a pele pulsar tão intensamente que os dentes chegam a bater. No entanto, um é uma espécie de tortura, enquanto o outro é êxtase. Enlevação. Nirvana. A percepção perfeitamente clara do silvo das árvores no entorno, do roçar da grama verde-escura. É como se sentir tonto, porém não prestes a desmaiar. É se sentir, na verdade, prestes a flutuar.

Era assim que eu me sentia no momento. E era perfeito.

Quem diria que dar um susto em alguém poderia provocar esse sentimento? Toquei meus lábios pulsantes para tornar aquela emoção tangível. O que senti, entretanto, foi poder, força, uma sensação que tinha escapado de mim desde o ano anterior.

As risadas cessaram aos poucos. De um lado, Freddie ajeitou os óculos e admirou o céu escuro; do outro, estava Bram. A Prova do Medo dessa noite parecia ter derretido a camada de gelo que sempre nos separou, e pela primeira vez Bram sorriu para mim, e eu retribuí.

Se eu era um monstro, todos no clube também eram. Já não me sentia uma aberração.

Seríamos monstruosos juntos.

18

FREDDIE ESTAVA CERTO quando dissera que as pessoas logo esqueceriam o meu drama com Lux.

Na manhã seguinte ao aniversário de Trevor, não recebi olhares julgadores no corredor, não escutei as palavras "Artesã da Morte" da boca de ninguém, nem havia memes de mim circulando. O único assunto era o acontecimento na festa de Trevor. Não o que acontecera na festa propriamente dita, claro, mas os eventos com Trevor (e sua calça). Calça cáqui é uma escolha duvidosa sempre, mas uma particularmente desastrosa no caso de Trevor, dado que fica gritantemente escura quando molhada. Mas falar depois é fácil.

Trevor foi inteligente e ficou em casa nessa manhã. Enquanto isso, seus leais amigos tentavam inverter a história para colocar a culpa no Infame Autor das Pegadinhas da Manchester, que teria espirrado água em sua calça. Alguns estudantes passaram a ter dúvidas sobre as fotos e os vídeos, atribuindo a mancha escura a uma sombra. Eu não estava nem aí para as incontáveis versões produzidas pela engrenagem de rumores. Ainda que ninguém soubesse que fora o Clube Mary Shelley que colocara Trevor de joelhos, nós sabíamos. Nós éramos o misterioso autor da pegadinha. Nós éramos o bicho-papão. Esse pensamento me fez sorrir.

Quando um cara esbarrou em mim no corredor e não pediu desculpa, pensei que poderia fazer dele meu alvo na Prova do Medo se assim desejasse. O clube era uma virada no jogo. O clube era um estado de espírito.

E eu sabia que não era a única a estar curtindo a situação.

Vi Felicity caminhando pelo corredor com a cabeça erguida, e não olhando para o chão, como normalmente fazia. Passei também por Freddie, com seus amigos do Clube de Cinema, e trocamos um sorriso furtivo, que não necessitava de palavras.

A maior mudança, entretanto, se deu com Thayer. Na aula de Literatura de Autoria Feminina, a sra. Liu estava comparando Alexandre Dumas e Carson McCullers, prato cheio para as piadas babacas daqueles que procuravam palavrão em tudo. Não obstante, Thayer não deu um pio. Até a sra. Liu ficou surpresa e de vez em quando o olhava de relance ao mencionar o nome "Cu"llers. Thayer permanecia impassível, com uma expressão encantada e um sorriso eterno. Não sentia necessidade alguma de bancar o palhaço hoje; já tinha feito o suficiente.

Já Bram, se estava se sentindo mal pelo que ocorrera com seu suposto melhor amigo, não o demonstrou. Ele se aproximou de mim no fim da aula e me entregou um livro.

– É a minha biografia preferida da Mary Shelley – falou. Era um livro grosso, com páginas amareladas e as bordas um tanto amassadas. – Pode ser útil na pesquisa para a dissertação.

Agradeci e não fui recebida com um olhar fulminante conforme ele se afastava. Ou seja: progresso.

Por fim, ao que parecia, como descobri no almoço, eu também tinha mudado. Ao menos de acordo com Saundra, cujos olhos se estreitaram desconfiadamente enquanto ela bebia suco de aipo de sua garrafa térmica.

– O que está acontecendo com a senhorita? Você não parou de sorrir, tipo, o dia inteiro.

– Eu sorrio.

– Só que não.

– Às vezes.

– Quase nunca.

– Para! – Deixei escapar uma risada, provando que ela estava certa.

– Você tem um segredo – concluiu Saundra.

Neguei com a cabeça. Não podia contar sobre o Clube Mary Shelley. E o clube não era o único motivo. A verdade é que eu não sabia exatamente por que me sentia tão bem.

Pela primeira vez em muito tempo estava feliz, pura e simplesmente. Tranquila. Satisfeita. Quando esse não é o seu estado de espírito costumeiro, você quer apenas mantê-lo e não problematizar demais.

Meti uma batata frita na boca e dei de ombros.

– Acho que é por causa da festa do mijo do Trevor. Ele teve o que merecia.

– Não é? Trevor Driggs é um babaca. Queria ter visto ao vivo.

– Hum.

Embora eu não tenha articulado nem uma palavra, Saundra pareceu ter lido a minha mente.

– Você não foi – disse Saundra com ceticismo.

Continuei mastigando para não ter que responder, entretanto eu era uma bola de cristal e Saundra, a vidente. Ela quase expeliu suco de aipo pelo nariz.

– *Você foi?*

Tínhamos tentado ser discretos, mas, considerando a quantidade de selfies tiradas na casa de Trevor, eu não podia garantir que não havia saído sem querer em alguma. Era inútil dizer que não tinha ido, Saundra acabaria descobrindo.

– Fui. Fiquei sabendo e resolvi ir.

– Como assim? E o Trevor deixou você entrar?

Assenti com a cabeça.

– Ele estava distraído, óbvio.

– E por que você não me chamou? Eu teria ido junto!

– Você tinha deixado bem claro na sexta que não via a hora de maratonar *Gilmore Girls*.

– Isso é algo que as pessoas falam da boca pra fora, Rachel, ninguém faz isso de verdade!

– Ah, desculpa. Na próxima vez que o Trevor der uma festa, a gente vai.

Saundra fez uma cara de desprezo e dirigiu o olhar para a mesa dos alunos populares.

– Até parece que o Trevor vai dar outra festa nesta existência.

Os ocupantes da mesa que Trevor frequentava – Lux, Bram e os demais indivíduos lindos e reluzentes – confraternizavam normalmente, como se não houvesse entre eles um vazio na forma de um armário de um metro e oitenta. Saundra se inclinou em minha direção, abandonando sua garrafa da Williams Sonoma com estampa xadrez.

– Conta tudo. Você viu ele se mijando? Ouvi dizer que ele chorou. Ele chorou *e* se mijou? Tipo, ao mesmo tempo? Trevor é uma pessoa multitarefa?

– Ele desceu a escada desesperado, gritando que tinha um palhaço atrás dele. E a calça estava molhada.

– Cacete.

– Acho que ele estava bem bêbado.

Uma gargalhada escapou dos lábios de Saundra.

– Que lindo. Se tem alguém que merece ser humilhado em praça pública, esse alguém é o Trevor Driggs.

Mastiguei outra batata frita, não com outro intuito senão o de disfarçar o sorriso.

Minha mãe também não deixou de notar que eu estava diferente. A conversa no jantar foi pontilhada de olhares curiosos em minha direção.

– Você está de bom humor – falou ela. – Conheceu alguém novo na escola?

Era a sua maneira pouco sutil de perguntar se eu estava emprestando meus brinquedos e fazendo amiguinhos.

– U-hum – murmurei com a boca cheia de sorvete napolitano, que era a sobremesa.

– É mesmo? Entrou em algum clube, como eu tinha sugerido?

Esperei o sorvete derreter na língua.

– U-hum.

– Qual?

Engoli. Precisava pensar rápido.

– Tricô.

– Tricô?

Meti outra colherada na boca.

– U-hum.

– Não sabia que existia um clube de tricô na escola.

Eu também não, mas passaria a existir a partir de agora. Mentalmente, estava me xingando; era provável que tivesse que comprar agulhas e lã para sustentar a mentira. O que significava que eu precisaria de dinheiro. O que me lembrou que eu tinha que arrumar um emprego.

– E esse clube por acaso precisa de um orientador? Fiz algumas aulas de tricô no passado. Talvez pudesse…

– É um clube de tricô secreto – respondi rápido, de maneira bem suspeita. – Finge que não falei nada, por favor.

Minha mãe lambeu sua colher.

– Era brincadeira – falou finalmente. – Já imaginou eu sendo orientadora de um clube do qual você faz parte?

Não, não imaginei, nem queria.

– Fico feliz que você esteja se dando melhor com os outros alunos. Hoje mesmo fiquei sabendo de um estudante que não tem tido a mesma sorte. Você conhece um tal de Trevor Driggs?

Engoli em seco.

– Conheço o Trevor. Por quê?

– Parece que ele se aliviou na calça em uma festa.

Não tinha passado pela minha cabeça que a história de um garoto de dezessete anos que mijara nas calças alcançaria a sala dos professores.

– Sim, também fiquei sabendo. Acho que ele bebeu demais.

A expressão dela era metade decepcionada, metade indecisa.

– Não foi um daqueles desafios das redes sociais, foi? Para o YouTube?

– Não, mãe, com certeza, não.

A tristeza continuava estampada no rosto dela, que ergueu o copo com chá gelado, porém se deteve quando estava prestes a bebê-lo.

– Pobrezinho. Que coisa horrível.

– Ele é um otário, mãe.

– Rachel, tenha um pouco de compaixão.

Continuei comendo, mas sem apreciar como antes. As palavras de minha mãe reverberavam em meus pensamentos, corroendo a sensação de alegria de poucas horas antes. Talvez fosse justo dizer que tínhamos feito algo terrível com o Trevor, porém também era justo dizer que ele merecia. Thayer sofria diariamente nas mãos de Trevor, e o que nós fizemos foi ajudar Thayer a empatar o jogo. O que eu fiz foi colocar uma pessoa péssima em seu devido lugar. Não iria me sentir mal por isso.

Então me servi de mais um pouco de sorvete e comi.

19

Na noite seguinte, minha mãe sacudiu o saco de pipoca em uma mão e ergueu o controle remoto na outra.

– Vamos assistir alguma coisa? Acho que lançaram mais um Faca na tripa. *Faca na tripa 6*, se não me engano.

– Não posso, desculpe – falei, o que a fez me deter no meio do caminho para a porta. Alcancei meu casaco no cabideiro. – Tenho compromisso.

Ela deixou as mãos caírem, e o saco de pipoca e o controle bateram contra a calça do pijama.

– Aonde você vai?

– Encontrar um pessoal. – E acrescentei, hesitante: – Uns amigos.

– Ah! – Ela deixou escapar um sorriso. – Saundra?

– Não. – Saundra havia me implorado para fazer compras com ela, mas, por mais tentador que fosse segurar as sacolas enquanto ela gastava o chip de seu cartão de crédito, a Avenida Madison ficaria para a próxima. – Outro pessoal.

– Em dia de semana?

– Que bom que você não liga pra isso, não é?! – Girei a maçaneta. – Além disso, os filmes da série Faca na tripa são bem ruins.

– *Faca na tripa 6*! – berrou Thayer. Atrás dele, o telão da biblioteca dos Wilding descia lentamente. – E agora vamos assistir ao que com certeza será uma contribuição perfeitamente medíocre ao cânone do horror. Garota Nova, diga que você ainda não viu esse.

– Eu não vi esse.

– Oba! – Thayer golpeou o ar e se manteve paralisado com o punho em riste, como nos créditos finais de um filme dos anos oitenta.

– Nenhum de nós viu – afirmou Freddie. – É meio que uma ocasião especial. – Ele sentou ao meu lado no sofá, me ofereceu a tigela de pipoca fresquinha e então me fitou por um longo instante. – Você está diferente.

Não havia nada de diferente em mim. A não ser pelo gloss labial que eu passara no metrô. Uma vez eu elogiara a maquiagem de Saundra, que no dia seguinte me dera o pequeno bastão com a seguinte observação: garotos preferem gloss a batom. Depois pesquisei o preço na internet e soube que custava 65 dólares, quase caro demais para ser usado. Não sabia bem por que estava usando agora. Ou sabia. E talvez tivesse a ver com o jeito como Freddie me olhava.

Entretanto, senti vergonha e mordi os lábios para tentar ocultar os 65 dólares.

– Diferente?

Freddie balançou a cabeça.

– Não exatamente diferente – falou afobado. – No bom sentido. Não tipo... – Ele ajeitou os óculos. – Você está bonita.

Sorri, e o gloss permaneceu onde estava.

– E o que acontece quando nenhum de vocês viu o filme antes?

Felicity se aproximou de mim e escavou minha tigela.

– A gente tira a sorte e apedreja o vencedor até a morte. – Então se acomodou no tapete, perto da poltrona de Bram, comendo o punhado de pipoca.

– Felicity! – repreendeu Thayer. – Vai assustar a coitada.

– A gente joga um jogo – falou Bram, absorto.

Sua atenção estava completamente atraída pelo celular, que ele esticou na direção de Felicity, cutucando-a no ombro para lhe mostrar a tela. Felicity se inclinou para trás, recostando a cabeça no joelho de Bram para conseguir ver o conteúdo. E então a garota fez algo inédito: deu uma risadinha afetada e mostrou a língua para Bram, uma enorme e rosada lesma abrindo caminho entre os lábios negros, e Bram, de forma absolutamente inesperada, mostrou a língua de volta para ela.

Fiquei fascinada por aquela interação; queria saber o que havia no celular de Bram, que feitiço ele tinha lançado para produzir uma risada em Felicity. Mais do que isso, eu queria saber quem eram aqueles dois, pois nunca vira aquelas pessoas antes. Talvez existisse a possibilidade de, um dia, Bram contar uma piada para mim também; imaginei nós dois rindo juntos e senti a pontada de algo que só por puro orgulho não chamei de ciúme.

– Não sei se você percebeu – sussurrou Freddie, me trazendo de volta do meu devaneio –, mas a gente gosta de jogos.

– Ah, eu percebi, sim – sussurrei de volta.

– Um jogo adorado por cidadãos mais velhos – comentou Bram.

Thayer retirou da mochila um maço de papéis e começou a distribuí-los.

– Bingo!

Tipo, literalmente bingo. A cartela parecia ter sido feita no Word; era possivelmente a coisa mais idiota que eu já tinha visto, e eu simplesmente adorei. Cada quadrado da tabela de cinco linhas e cinco colunas estava preenchido com um conteúdo. Passei o olho pela minha folha e li rapidamente.

O vilão não morreu de verdade

O mocinho tropeça e cai enquanto foge pela floresta

"Vamos nos dividir em grupos!"

Sem sinal de celular

Correr para o andar de cima???

Se esconder debaixo da cama/no armário

Alguns quadrados continham uma única palavra, como:

SEXO

Outros vinham acompanhados de breves perguntas que eu deveria completar por conta própria, tipo "Quem vai morrer primeiro?" ou "Total de mortos", que era o quadrado do meio.

– Como vou saber quem morre primeiro? – sussurrei para Freddie.

Ele exibiu sua folha, que já tinha começado a preencher.

– Você tem que chutar.

À questão sobre quem morreria primeiro, ele tinha respondido "o zelador". Peguei uma caneta na minha mochila e arrisquei: "o amigo de infância".

– As regras são simples – informou Thayer, apagando as luzes. – Você circula o quadrado quando a coisa acontecer no filme e grita "bingo" quando completar a linha, jogando sua superioridade na cara dos outros et cetera, et cetera.

– Prontos? – perguntou Bram, que então apertou uma tecla para dar início a *Faca na tripa 6*.

O BINGO TORNOU *Faca na tripa 6* muito mais divertido do que teria sido sem ele. Assim como o fato de assistir ao lado de pessoas que compartilhavam da minha impressão sobre o filme: nós odiamos porque era absolutamente tosco (diálogos forçados, atuações péssimas, todos os clichês do gênero conhecidos pelo homem), ao mesmo tempo que assistimos muito compenetrados a cada segundo porque amamos.

Tracei um círculo nos quadrados a cada cena correspondente. Thayer ria e soltava um "Opa!" sempre que marcava. Já Freddie, distraído, deixou de marcar diversas passagens.

Lembrei da primeira vez que assistimos a um filme juntos, no cinema, quando mal nos conhecíamos, e por isso mantivemos os olhos grudados no telão o tempo inteiro. Dessa vez, no entanto, notei-o me olhando de relance várias vezes.

Conferi minha cartela e ergui o rosto. Freddie imediatamente abaixou a cabeça para disfarçar o fato de que estava me observando.

– *Garoto bizarro* – sussurrei.

– Como? – perguntou Freddie.

Bati a caneta contra sua cartela.

– Um garoto bizarro acabou de aparecer.

– Ah. – Ele circulou o quadrado na folha e empurrou os óculos, que refletiam o brilho azul leitoso do filme, ocultando seus olhos. – Obrigado.

Freddie e eu esticamos o braço ao mesmo tempo para pegar pipoca na tigela posicionada entre nós, e nossos dedos se tocaram. Ambos recolhemos a mão, como se tivéssemos encostado em um objeto quente.

– Desculpa – me apressei em dizer, e Freddie também se desculpou.

No chão à nossa frente, Felicity se virou bruscamente para nos mandar calar a boca.

Voltei a olhar para a tela, porém fiquei distraída por Freddie. Queria mais pipoca, mas estava esperando que ele pegasse primeiro, para garantir que a barra estivesse limpa. De canto de olho, notei que ele fazia o mesmo. Olhou para o filme, depois para mim, então pinçou uma única pipoca e a lançou na boca. Mastigou demoradamente, o maxilar anguloso se contraindo, e engoliu, o que tomei como a deixa para pegar a minha pipoca unitária. Parecia uma gangorra em que um pegava uma pipoca e o outro mastigava, um pegava uma pipoca, o outro mastigava.

Realizamos essa dança harmoniosamente, sem falhas, nem mesmo quando Thayer explodiu em mais um "Opa!". Até que, em certo momento, ao alcançar a tigela, meus dedos voltaram a encontrar os de Freddie. E dessa vez tanto os dele quanto os meus permaneceram no lugar, como se tivessem vida própria. Os dedos de Freddie eram macios e estavam ligeiramente oleosos de manteiga. Na tela, a loira e o cara moreno cujos nomes já não tinham a menor importância começaram a arrancar as roupas um do outro.

– Sexo? – perguntou Freddie.

Os meus olhos passaram impetuosamente das duas figuras se embrenhando na tela para Freddie.

– Tipo... agora?

Ele afastou os dedos amanteigados dos meus e indicou minha cartela.

– Tipo aqui.

– Ah! – Quase engasguei, e nem estava com pipoca na boca. Fiz um círculo em volta do quadrado com SEXO e desejei profundamente que ele não tivesse notado a vermelhidão na minha cara.

– Bingo – avisou Freddie.

– Bingo! – falei um pouco alto demais.

– Bingo? – indagou Thayer.

Mostrei-lhe minha cartela, que ele tremulou à vista dos demais, mais contente por mim do que eu mesma.

– E temos um bingo! Vocês sabem o que isso quer dizer.

Felicity olhou para trás, com uma expressão incomumente entusiasmada. Thayer pegou um punhado de pipocas e começou a atirar em mim. Bram, por mais estranho que fosse, fez o mesmo, e um leve sorriso se insinuou em seu rosto. Freddie riu e jogou displicentemente alguns grãos.

E então entendi o motivo da alegria de Felicity. Ela ergueu sua tigela com as duas mãos, caminhou até mim e a entornou sobre minha cabeça.

– É tradição – anunciou, com um sorriso muito satisfeito.

20

Muito embora tivesse acabado de ingressar, eu já estava completamente devotada ao Clube Mary Shelley.

Havia encontrado um grupo de nerds que tinham os mesmos interesses que eu, e ainda compartilhávamos um segredo, o que tornava intenso – e vívido – cada minuto que passávamos juntos. Estávamos fazendo algo condenável, e era incrível.

De fato, desde que o clube passara a fazer parte da minha vida, não me sentia mais tão ansiosa. Já não era assaltada pelas memórias daquela terrível noite em Long Island. O clube, que girava em torno do medo, estava me ajudando a lidar com o meu.

Dia após dia, não via a hora de deixar o mundo da Manchester para trás e passar tempo no clube, onde podíamos nos despir do uniforme desconfortável, colocar roupas autênticas e agir como nós mesmos. De vez em quando, alguém se dava o direito até de ser mais extravagante, como na ocasião em que Thayer, na sua vez de escolher o filme, sugeriu *Re-Animator*, sob o argumento de homenagear Mary Shelley com "a melhor releitura moderna de Frankenstein, sem sombra de dúvida"; já eu desconfio que foi um pretexto para aparecer na casa de Bram vestido com um avental cirúrgico verde e uma máscara de esqueleto rasgada em homenagem à sua cena favorita.

Os encontros eram frequentes, aconteciam duas, às vezes três vezes na semana. O clube tinha atividades estabelecidas; algumas, como os debates improvisados, eram fáceis de assimilar. Mais de uma vez, me vi discutindo acaloradamente sobre quem era o pior vilão, se Jason Voorhees ou Michael Myers.

– Michael Myers, não tem nem discussão – dissera Felicity. – O cara é um assassino de cachorros!

– O Jason também mata um cachorro – lembrara Freddie.

– Pode matar quantos humanos forem, mas, pra mim, matar cachorro é inaceitável em filmes de terror – dissera Thayer. – Vou fazer um abaixo--assinado no change.org.

– O Jason nem sequer entra nessa disputa de melhor vilão – eu falara. – Ele não passa de um pária social que não sabe nadar.

– Espera, ser o melhor vilão significa ser um vilão que no fundo é bom ou muito cruel? – perguntara Bram. – E ser um vilão pior significa ser um vilão nem tão cruel assim?

Ou seja, o tipo de questão existencial profunda que todo adolescente faz a si mesmo.

De início, me senti um tanto intimidada pela proximidade entre eles e seus rituais, hábitos e piadas internas construídos ao longo do tempo. Entretanto, não demorei a encontrar meu ritmo. Quando assistimos a *Hellraiser* (escolha de Freddie), a cada cena em que um personagem depreciava o Brooklyn, nós jogávamos pipoca e gritávamos para o telão: "Qualquer coisa é melhor que o Brooklyn!". Já quando assistimos a *Os pássaros* (escolha de Bram), todos imitamos a pose exagerada de Tippi Hedren ao ser atacada pelas aves, com o braço excessivamente arqueado sobre a cabeça para não tampar seu belo rosto; dessa cena em diante, cada um manteve o braço nessa posição ridícula até não aguentar mais, e só sobrou Felicity com o cotovelo erguido. Durante os créditos, ela se curvou numa mesura para salientar seu triunfo.

O elemento de fanatismo do clube era envolto por uma saudável camada de zombaria: havia a compreensão tácita de que tínhamos a liberdade de zoar nossas coisas favoritas justamente porque as amávamos. Foi algo que compreendi intuitivamente e que me fez sentir perfeitamente integrada ao grupo. Nunca havia imaginado que o sentimento de pertencimento a um grupo poderia ser tão intenso.

Por outro lado, houve momentos em que agradeci por não fazer parte do clube há muito tempo, pois alguns de seus rituais eram pesados. Na noite em que assistimos a *Nós*, Thayer sem querer gritou quando um dos sósias surgiu. Bram soltou uma gargalhada e pressionou com tudo a barra de espaço no teclado. A imagem pausou, Freddie e Felicity se ergueram de um pulo, e Thayer imediatamente enterrou a cabeça entre as mãos e resmungou.

– Thayer, até que enfim chegou a sua vez! – disse Bram.

– O quê? – perguntei.

– Por favor, Thayer – falou Freddie –, mostre à Rachel o que acontece quando um membro do clube toma um susto durante o filme.

– Mas está um gelo – choramingou Thayer.

– Regras são regras – pontuou Felicity.

Quando dei por mim, quatro de nós estávamos na sacada enquanto outro de nós estava de cueca na rua segurando a trouxa de roupas contra a virilha.

– Esse castigo é cruel e sem sentido! – gritou Thayer.

– Silêncio – disse Bram, divertindo-se mais do que seria de bom tom –, vai acordar os vizinhos. E anda logo.

Thayer soltou um resmungo derradeiro, largou as roupas, jogou os braços para cima e correu pela calçada fazendo tanto barulho quanto uma cauda de latas presa a um carro de recém-casados. Observamos a cena com o corpo dobrado no parapeito de pedra da sacada, preenchendo o ar frio com a fina pluma de nossas risadas. Rimos até ficar tontos e perder o equilíbrio.

Nesse dia, aprendi que jamais poderia me assustar durante um filme. E, nas várias noites de sessão, conheci algo novo sobre cada membro.

Thayer adorava filmes sanguinolentos – quanto mais violência gratuita, melhor –, mas era um querido. Quando comentei que estava procurando um emprego, ele arranjou uma vaga para mim no cinema em que trabalhava, um lugar pequeno com apenas duas salas. Trabalhávamos nos fins de semana, ele, na bomboniere e eu, recolhendo os ingressos. Quando não havia mais ingresso para recolher, me juntava a ele atrás do balcão e conversávamos e comíamos pipoca pelo resto da noite.

Descobri que mesmo Felicity, a Dama da Escuridão, era capaz de manifestar um amor profundo, irracional e incondicional. Só que não por seres humanos. Fui com ela até sua casa depois de um dos encontros do clube para pegar emprestadas suas anotações de Química. (Felicity tomava notas minuciosamente.) Assim que entramos no apartamento, dois filhotes de pastor-alemão chamados Hitchcock e Häxan pularam sobre ela e começaram a lambê-la, dando patadinhas em suas roupas. Ela fingiu irritação, porém, no caminho para o banheiro, me virei e a vi se agachar e rolar com os cãezinhos, enterrando o rosto no pelo e falando com voz de bebê.

A pessoa sobre quem mais fiz descobertas, no entanto, foi Freddie, pelo simples fato de que eu e ele passávamos um bom tempo juntos sem ser nos encontros do clube. Sempre que ele decidia cabular o Clube de Cinema, nos encontrávamos depois da aula e caminhávamos até o metrô, onde ele tomava o sentido norte e eu, sul. Durante a meia hora entre o portão da Manchester e a porta automática da Linha 6 do metrô, conversávamos sobre tudo. Elaborávamos teorias sobre a falha no sistema de Felicity (porque tinha de haver uma), descobríamos fatos em comum que nunca comentávamos com os demais (éramos de origem latina, embora seu espanhol fosse muito melhor do que o meu) e discutíamos sobre filmes (ele era um purista, fã dos clássicos, ao passo que eu estava sempre disposta a dar uma chance às refilmagens e lançamentos).

Conforme nos sentíamos mais à vontade um com o outro, as discussões se tornavam mais animadas. A mais intensa foi sobre o momento em que um filme de terror é mais apreciado.

– É no próprio momento – disse Freddie.

– Não, é depois do acontecimento.

– Como assim, cara? O que importa na *vida* é viver o momento. E não existe nada mais *no momento* do que a sensação de medo, de se sentir sozinha, fora de si, de mãos dadas com o medo enquanto a cena se desenrola.

– Sim, um filme de terror bom é assim. Mas o melhor é quando o terror acontece depois que o filme já acabou. Quando você não consegue esquecer. Quando você se pega olhando por cima do ombro muito tempo depois de ter assistido. Aí, sim, você sabe que ficou com medo de verdade.

Não chegamos a um consenso nessa questão, mas o debate foi divertido mesmo assim. Minha descoberta preferida sobre Freddie, porém, foi perceber que às vezes bastava olhá-lo um pouco mais demoradamente para fazer suas bochechas corarem.

Aprendi algo novo até mesmo sobre Bram. O garoto tinha um conhecimento enciclopédico sobre filmes de terror. Parecido com Freddie, com a diferença de que, enquanto Freddie era capaz de dizer a quantidade de frames na cena do chuveiro em *Psicose*, Bram provavelmente sabia qual sanduíche Janet Leigh tinha comido no set antes de filmá-la. Quando gostava de um filme, ele tentava conseguir o roteiro e decorava cada palavra. Quando gostava *muito* de um filme, recitava silenciosamente as falas enquanto assistia, o que descobri – para meu imenso deleite – na noite em que vimos *Eu sei o que vocês fizeram no verão passado* e o flagrei gritando afonicamente em sincronia com Jennifer Love Hewitt na cena em que ela desafia o assassino.

Durante o mais recente encontro do clube, também descobri que Bram tinha uma irmãzinha. Ela apareceu de surpresa na biblioteca no meio de *A profecia*. Devia ter dez anos, no máximo, e tinha o mesmo nariz arrebitado e o cabelo no mesmo tom de castanho do irmão.

Bram pausou o filme, o que foi oportuno, pois estávamos na cena anterior àquela em que o pequeno Damien derruba a mãe do parapeito.

– Cadê a Celia? – perguntou ele.

– Eu não preciso de babá.

– Millie. – A fala de Bram imediatamente assumiu um tom paternal, e tive que esconder um sorriso admirado atrás de um punhado de pipoca.

– Ela cochilou no sofá – disse Millie. – Posso assistir com vocês?

– Você vai ter pesadelos.

– Eu não tenho mais pesadelos.

– Todo mundo tem pesadelos. – Bram se levantou. – Vem.

Enquanto Bram e Millie se dirigiam à escada, Freddie levantou-se também.

– Pausa pro lanche – anunciou.

Freddie e Thayer desceram para reabastecer os copos na cozinha, enquanto eu me dirigi ao banheiro, porém Felicity entrou antes de mim e fechou a porta na minha cara.

Então subi a escada. Nunca tinha ido ao terceiro andar da casa de Bram e deduzi que houvesse outro banheiro lá. Enquanto percorria o corredor, ouvi vozes, provavelmente no quarto de Millie.

Espiei dentro. Bram, sentado na beirada da cama, cobriu a irmã até o queixo.

Na escola, Bram era o aluno mais popular. No clube, era um grande geek, como o restante de nós. Em casa, aparentemente, era um carinhoso irmão mais velho. Usava máscaras diferentes, dependendo da companhia.

Bram ergueu a cabeça e me viu. Imediatamente voltei a caminhar, porém ele me alcançou.

– O que você está fazendo aqui em cima? – Qualquer traço do irmão mais velho amoroso havia desaparecido.

– Estava procurando um banheiro.

– No andar de baixo.

– Está ocupado.

O olhar que Bram me lançou quase me jogou pela escada. Ele sabia que eu estava espiando.

– Hum, também queria falar sobre o trabalho.

Considerando o instantâneo franzir de sobrancelha, Bram não acreditou em mim.

– A gente podia marcar de trocar anotações, definir os tópicos que vamos incluir – sugeri.

– Você quer falar sobre o trabalho? Agora? – perguntou.

Comecei a me sentir mais irritada do que intimidada.

– Beleza, Bram, valeu! – Saltei os últimos degraus, com Bram na minha cola.

– Espera – falou finalmente. – Passa aqui depois da escola amanhã, e a gente vê isso.

Não era um encontro do clube. Seríamos apenas eu e Bram, sozinhos, pela primeira vez. Já estava começando a me arrepender de ter mencionado a dissertação.

– Não vejo a hora – falei.

21

DECIDIMOS USAR A sala de jantar.

Bram estava sentado na cabeceira e eu, à sua esquerda. O silêncio fazia pressão entre nós, agora que não havia outras pessoas para absorvê-lo; os únicos outros sinais de vida vinham de fora do aposento: uma mulher que não era a mãe de Bram preparava o jantar na cozinha, enquanto Millie e a babá se entretinham com a lição de casa.

Quando meu celular vibrou com uma nova mensagem, peguei-o aliviada.

Quero detalhes!!!

Não devia ter comentado com Saundra sobre a reunião. Sabia que teria de contar pra ela cada coisinha – e não os fatos importantes, como o desconforto de sentar lado a lado com Bram, mas os insignificantes, como a roupa que ele vestia.

O que ele tá vestindo?, foi a próxima mensagem. Imediatamente seguida de: *O que ele tá fazendo com a boca neste exato segundo??*

Fiz uma careta para o celular. Dei uma olhada de relance em Bram, que lia a tela do laptop; seus lábios estavam ligeiramente separados, exibindo o pequeno vão entre os dentes da frente.

Bram lê com a boca aberta, escrevi, e imediatamente deletei. Olhei de novo para Bram, bastante concentrado, ao que parecia, pelo jeito como passou a mordiscar o lábio inferior. Mordi meu próprio lábio numa reação inconsciente. Seu olhar de repente encontrou o meu, o que me fez cerrar a boca e baixar o celular – dali em diante, não responderia a mais nenhuma pergunta de Saundra.

Nem voltaria a reparar nos lábios de Bram. Certo. Mary Shelley.

– Escrevi o começo da biografia, dá uma olhada. – Bram deslizou o computador na minha direção.

Passei o olho pelo texto. Mary Shelley era filha de pai anarquista e mãe feminista; fugiu da casa do pai com seu amado marido quando ainda era adolescente, e foi na adolescência também que escreveu *Frankenstein*.

– Você não vai falar sobre o casamento dela com Percy Bysshe Shelley? – perguntei.

– Ele é apenas um detalhe.

– Ele foi importante na vida dela, a gente precisa pelo menos fazer uma menção a ele.

– A gente pode até mencionar, mas não tem por que ele ocupar tanto espaço no texto. Não é o foco.

– A história dela não está completa sem ele.

– Não é o foco.

– Não estou entendendo por que você quer apagá-lo.

– E eu não estou entendendo por que você quer defendê-lo.

Seus olhos se estreitaram muito ligeiramente. Bram demonstrou uma enorme capacidade de expressar censura sem precisar erguer a voz uma oitava que fosse. Um talento nato.

– Não estou defendendo, é só que ele fez parte dos anos de formação da Mary. Ela estava com ele quando escreveu *Frankenstein*...

– Você está dando mais importância pra ele do que ele tem de fato.

– E você o está apagando da história dela.

– Talvez ele mereça ser apagado, o cara era um otário.

Eu jamais tinha visto Bram com uma postura tão combativa. Quero dizer, por baixo da superfície ele sempre era irritadiço, porém agora, ainda que a linguagem corporal transmitisse a maior tranquilidade do mundo – a indolência com que se recostava na cadeira, o fato de que mal se dignava a me fitar enquanto falava –, estava mais exaltado do que nunca. Observei-o tirar do bolso um isqueiro Zippo dourado e destampá-lo e tampá-lo repetidamente, num movimento contido, mas ferozmente metódico.

– Não imaginei que um poeta romântico mexesse tanto com você.

Bram revirou os olhos.

– *Romântico*. Ele ameaçou várias vezes se matar se a Mary não correspondesse ao seu amor. Ele manipulava os sentimentos del…

– Quem está dando importância demais pra ele mesmo?

Bram soltou uma risada cínica.

– Não sei por que estou surpreso por você gostar do Percy.

Eu me reclinei sobre o encosto, o queixo caído. Parecia ter sido um insulto – só podia ter sido.

– O que você quer dizer com isso?

– Nada, esquece. – Ele empurrou a cadeira para trás, levantou e foi direto para o carrinho de bebidas, que parecia estar em cada cômodo da casa.

– Não está um pouco cedo pra começar a beber? – murmurei enquanto Bram erguia uma garrafa.

– É água gaseificada, se você estiver de acordo.

Analisei a minha folha de papel, que continha nada mais do que observações inúteis. Não estávamos fazendo nenhum progresso, e, para piorar, a situação estava desconfortável, exatamente como eu temia que seria. E ainda assim a pior parte mesmo – o detalhe que eu detestava – era saber que Bram tinha razão sobre Percy. O cara não parecia ser nenhuma maravilha, só que a essa altura eu estava completamente envolvida: não partiria de mim o pedido de trégua.

Ou seja, iríamos nos dar mal no trabalho. Que Percy Shelley e Bram se danassem.

Peguei meu celular na mesa e mandei uma mensagem para Freddie: *O trabalho em dupla está sendo um desastre.*

Para a surpresa de zero pessoa, ele respondeu.

Tenho dúvidas se o Bram é mesmo humano, escrevi.

– Sou metade vampiro – falou Bram, surgindo subitamente por cima do meu ombro.

Deixei cair o celular, que quicou na minha perna antes de se estatelar no chão. Quando, com a cara vermelha, finalmente me ajeitei na cadeira, Bram já tinha se acomodado em seu assento e não parecia minimamente afetado pela mensagem.

– Você e o Freddie parecem ser… próximos.

Foi o que ele disse, entre todas as frases que poderiam sair de sua boca naquele contexto.

– Nós não somos... – Eu não sabia que palavra usar. – Não somos...

Tampouco importava o que eu dissesse, ou tentasse dizer, já que Bram continuou:

– Pensa bem se é uma boa.

– Estou falando que nós não somos... – Perdi o fio da meada, já não tão incomodada com a minha incapacidade de completar a frase quanto com a pretensão de Bram de me ditar como deveria viver a minha vida.

– E o que você tem a ver com isso?

Bram deu de ombros quase imperceptivelmente, o que fez minha irritação aumentar de maneira exponencial. Por acaso não era permitido que membros do clube fossem *próximos*? Era outra dimensão da regra tácita de não confraternizar em público, ou só mais uma neurose de Bram?

– O Freddie tem sido um amor comigo desde que nos conhecemos – afirmei. – Já você tem sido um babaca.

Sua expressão azedou, e fiquei satisfeita por provocar uma reação mais intensa do que um cenho franzido ou um sorriso irônico.

– Só estou dizendo que não é saudável – começou Bram – que todo o seu tempo livre, todas as suas amizades, todos os seus *relacionamentos* girem em torno do Clube Mary Shelley.

– A minha vida não se resume ao clube – retorqui, indignada e ao mesmo tempo humilhada por ter que declarar isso em voz alta. – Tenho outros amigos.

– Quem?

– Saundra Clairmont.

Bram meditou sobre o nome, como se não estudasse desde o jardim de infância com a minha única amiga, o que me enfureceu ainda mais.

– Olha, não preciso que ninguém me dê sermão sobre como viver a minha vida nem que me alerte sobre as minhas amizades. Já passei por muita coisa, sei cuidar de mim mesma.

– Seu ataque.

As palavras me atingiram como um jato de água gelada na cara, e senti as lágrimas pinicando os olhos. Não entendi qual era a intenção dele com a lembrança dessa terrível parte do meu passado, sobre a qual eu contara – fora forçada a contar – em segredo.

Se era me chocar, me tirar do eixo, tinha funcionado. Eu não era obrigada a ficar naquele lugar; fechei o notebook e comecei a guardar as canetas na mochila.

– Rachel.

– Pra quê? – Dei um suspiro entrecortado, pega de surpresa pela dificuldade de respirar. Me levantei e passei a alça da mochila por sobre o ombro. – Você não tem ideia… não tem ideia de como reagiria se duas pessoas invadissem a sua casa. Se você estivesse sozinho, ainda por cima. E… – Eu me detive, incomodada com a entonação da minha própria voz, com o fato de continuar postada diante de Bram. Meu rosto ardia, as lágrimas não vertidas borravam a visão. Pelo menos assim me livrei de olhar para ele ao passar.

Marchei pela sala de estar, e, quando me encontrava ao pé da escadaria, Bram me alcançou. Seus dedos se fecharam em torno do meu braço, e foi como voltar à minha antiga casa em Long Island, a mão enluvada de Matthew Marshall me puxando.

Paralisei.

– Desculpa – falou Bram, colocando-se à minha frente.

Nesse momento eu já havia afastado qualquer lágrima dos olhos. Ele exibia uma expressão grave.

– Não foi a minha intenção – completou ele.

– A sua intenção foi fazer eu me sentir mal – falei com cautela.

Bram negou com a cabeça e fez menção de dizer algo, porém pareceu ter sido acometido por outro pensamento.

– Você disse que duas pessoas invadiram a sua casa?

– Sim, e daí?

– Você não mencionou isso antes.

Não sabia por que não mencionara esse detalhe na iniciação. O que sabia, sim, era que não queria dar mais nada a Bram, nem uma informação, nem mais um minuto do meu tempo.

E, no entanto, não mexi um músculo, e ele tampouco.

– Não quis fazer você se sentir mal – disse Bram. – Foi o contrário, na verdade.

A parte do meu braço que Bram estava segurando – que ele *continuava* segurando – vibrava, e não mais com a lembrança do toque de Matthew Marshall. Tornei-me hipersensível à sensação dos dedos de Bram, à pressão que eles faziam. Não ficávamos tão perto um do outro, encostados, desde a noite na casa abandonada. Como naquela vez, ele estava tão próximo que senti o cheiro amadeirado e cítrico de seus cabelos. Tão próximo que nenhum de nós ouviu a campainha, nem o som da empregada abrindo a porta ou dos passos em nossa direção.

Não ouvimos nada até que Lux dissesse:

– O que está acontecendo aqui?

Bram deixou a mão cair; já eu quase me virei para perguntar o que ela estava fazendo ali, antes de me dar conta de que sua presença fazia todo o sentido. Bram passava tanto tempo com o Clube Mary Shelley que era fácil esquecer que ele provavelmente passava o restante das noites com a namorada.

– Estamos fazendo um trabalho de escola – explicou Bram.

– Com *ela*? – indagou Lux. – Por que você não contou essa parte?

Bram me olhou de cima a baixo.

– Achei que não valia a pena.

Passei o braço pela outra alça da mochila.

– A gente se vê na escola – falei para nenhum dos dois em particular.

Eles não deram a mínima.

22

Estava no trabalho, recolhendo os ingressos; embora a última sessão da noite já tivesse começado, eu precisava esperar possíveis retardatários. Saundra estava empoleirada no meu banquinho. Havia comprado um ingresso, mesmo sabendo que eu a teria deixado entrar de graça e mesmo sem ter a menor intenção de ver o filme. Se por um lado eu sentia inveja do fato de que Saundra podia jogar dinheiro fora, por outro estava tocada por ela tê-lo jogado só para ficar comigo.

– Não consigo acreditar que você trabalha com o Thayer Turner. Ele é tão pentelho quanto nas aulas?

Olhei por cima do ombro para Thayer, atrás do balcão.

– Eu mal falo com ele.

Saundra deu de ombros e começou a tagarelar sobre uma menina de sua aula de Cálculo, porém eu estava distraída com a lembrança do trabalho em dupla com Bram na noite anterior. Com o que lhe contara sobre a invasão. Com o que ele dera a entender sobre Freddie. E por que ele tinha me segurado? Por que aquele momento pareceu tão intenso quanto a vez que nos beijamos?

– Você está muito a fim de alguém? – interrogou Saundra.

– Quê? Não.

A possibilidade de que a lembrança de Bram se manifestasse numa cara de boba apaixonada fez meu estômago revirar.

– Um pouco a fim, então?

Pincei um dos canhotos de ingresso na caixa de descarte e o rasguei em pedacinhos.

– De onde você tirou isso?

– Sua cara está diferente. E o jeito como você está agindo também.

– Que jeito?

Saundra sorveu sua Coca Diet tamanho jumbo.

– Como se tivesse um segredo.

Era o único aspecto negativo do clube: embora eu gostasse do mistério que o envolvia, detestava mentir para Saundra. Era questão de tempo até ela juntar os pontos. Saundra, que tinha conhecimento de absolutamente tudo o que se passava na Manchester Prep – que não se dava por satisfeita se não descobrisse cada segredo de cada pessoa daquele lugar –, suspeitava de mim. E eu não estava confiante de que minha expressão glacial fosse páreo para seu sexto sentido fofoqueiro.

– Não sei do que você está falando. – Continuei fazendo pedacinhos dos canhotos e evitando seu olhar.

– Por que você estava falando com a Felicity Chu?

Droga. Felicity tinha cometido um deslize quando falara comigo no corredor pela manhã. Coincidiu de pegarmos livros no armário ao mesmo tempo, e ela quis confirmar os planos da noite seguinte de trabalharmos em sua Prova do Medo. A interação não deve ter durado nem trinta segundos. Foi tão breve que eu tinha me esquecido. Saundra, não.

– Ela me avisou que meu dente estava sujo.

– A Felicity Chu? Fazendo uma gentileza?

Droga de novo. Foi o mesmo que dizer que Felicity tinha me parado para me dar um presente de aniversário. Saundra não pararia de cavar até atingir a raiz. Comecei a inventar outra mentira, porém ela se adiantou:

– Quer saber, ela provavelmente falou isso pra te deixar sem graça. A garota deve adorar falar pras pessoas que elas estão com o dente sujo.

Embarquei na ideia.

– Sim, ela é podre. E você, o que me conta?

– Quero testar um tutorial de olho esfumado. Quer ir lá em casa amanhã? Vou precisar de ajuda, nunca acerto essa maquiagem.

A expressão entusiasmada de Saundra me fez perceber que, sim, eu queria. E não porque fosse capaz de colaborar no olho esfumado (não era), mas porque realmente estava com saudade de passar tempo com ela. Me senti péssima por ter de recusar.

– Não posso amanhã, desculpa.

– Já tem planos? – Havia decepção na voz de Saundra.

– Sim. – Torci para que essa resposta bastasse, pois não queria ter que mentir.

– E eles não envolvem o crush que não existe?

Olhei bem nos seus olhos dessa vez, já que definitivamente não seria mentira.

– Não.

– Nem a Felicity Chu? – provocou Saundra.

Desviei o olhar e comecei a rasgar outro canhoto.

– Com certeza, não.

NO DIA SEGUINTE, após a aula, Felicity e eu nos encontramos na escadaria do MET. A ideia do encontro no museu havia sido dela, sob o argumento de que nos mesclaríamos à multidão. No entanto, apesar das centenas de turistas, eu estava bem certa de que o uniforme combinante nos destacava; Felicity, especialmente, com seu sobretudo, parecia um detetive particular disfarçado. Por mais que eu não fizesse ideia do que ela havia planejado, para mim tinha sido uma grata surpresa ser convidada a participar da missão ultrassecreta – a garota podia não ser a minha pessoa favorita no mundo, mas é sempre bom se sentir desejada.

– Aonde a gente vai? – perguntei.

– Ao Meatpacking District.

Verifiquei no aplicativo de transporte público o trajeto mais rápido.

– A gente pode pegar um ônibus e fazer baldeação para o sentido oeste, ou então atravessar o parque.

Felicity me lançou um olhar grave e demorado, antes de começar a descer as escadas, sem nenhuma indicação de que eu deveria segui-la.

Minha já contida empolgação começou a se desfazer quando atinei que não fazia a mais remota ideia do motivo de estarmos indo ao Meatpacking

District, e meus pensamentos foram invadidos por visões de frigoríficos cheios de carcaças. E eu no meio delas. Sozinha. Com Felicity. Talvez ela tivesse convidado os demais membros do clube para ajudá-la. Talvez eu tivesse sido a única tonta a aceitar.

Bem, eram as regras do clube. A Prova do Medo de Felicity seria a próxima, e era seu direito atribuir funções e tarefas. Cabia a mim crer que ela tinha um plano que não envolvesse me trancar em uma câmara fria, e, paralelamente, eu estava aproveitando para extrair dicas para a minha própria prova. Assim, segui-a pelos degraus de pedra; quando chegamos à calçada, uma limusine preta com janelas opacas nos aguardava.

O motorista saiu para abrir a porta de trás; Felicity entrou instantaneamente, ao passo que eu hesitei – na última vez que entrara num veículo com janelas assim, meteram um capuz na minha cabeça.

– Entra logo! – esbravejou Felicity.

Suspirei e entrei. O motorista fechou a porta na sequência.

Conforme seguíamos, Felicity deixou bem claro que não estava a fim de conversar: sacou da mochila uma edição surrada de *Misery: louca obsessão*.

– Stephen King é muito bom – arrisquei.

– O maior escritor vivo norte-americano – corrigiu Felicity. – E gato, ainda por cima.

– O quê?

– Vai dizer que ele não é lindo?

Ela exibiu a foto do autor na quarta capa e me encarou como se esperasse uma confirmação. Compreendi que precisava escolher com muito cuidado as palavras e por isso preferi apenas sorrir e concordar com a cabeça. Felicity retornou à leitura.

– Aonde a gente está indo? – perguntei.

Não sabia nem se o carro pertencia a Felicity, se aquele era seu motorista, ou se existia uma versão do Uber para gente rica que fazia questão de circular pela cidade em carros enormes.

– Já falei, para o Meatpacking District, você é retardada, por acaso? – Felicity não descolou os olhos do livro para falar.

– Tá, mas pra quê?

– Mercadorias.

– Certo, e pra que você precisa da minha ajuda?

– Para falar.

– Falar com quem?

– Com pessoas! Pessoas, Rachel! – Ela inspirou o ar e se recompôs. – Eu não sou muito boa em… interagir com pessoas.

– Não me diga – murmurei.

Se havia alguma expectativa de que a missão fosse secreta, ou até mesmo perigosa, ela desapareceu completamente. Senti um genuíno arrependimento por não ter embarcado com Saundra em sua aventura em busca do olho esfumado.

Felicity largou o livro no colo, deixou a cabeça pender para trás e suspirou guturalmente.

– Beleza, eu, tipo, fui grossa com você – falou.

Não foi exatamente um pedido de desculpas, mas provavelmente era o máximo que eu iria obter.

– Vamos tentar de novo – disse ela.

Fiquei confusa.

– Tentar de novo? – E então entendi. – Ter um diálogo, você diz?

Felicity confirmou, não sem se retrair.

– A gente não precisa fazer isso – falei.

Por mais estranha que fosse aquela viagem de carro, restavam apenas quinze minutos, e eu não via problema nenhum em passá-los em silêncio. No entanto, Felicity de repente se tornou um livro aberto.

– Pode me perguntar o que quiser. Vamos nos conectar. Enfim, você entendeu.

Então tá.

– Quem é o seu alvo na Prova do Medo?

– Sim Smith.

Como ainda não estava completamente familiarizada com o corpo estudantil da Manchester, demorei alguns instantes para associar o nome à pessoa.

– O menino do segundo ano que é obcecado por cordões de ouro?

Felicity confirmou com um breve gesto de cabeça.

– A gente namorou no fim do ano passado. Eu estava no segundo ano, ele, no primeiro. Não precisa dizer, sei que é ridículo.

O fato de que ele era calouro, e não o de que parecia ter assaltado a caixa de joias da mãe?

– Não é ridículo. – Tentei imaginar Felicity num relacionamento, porém a única visão que me veio foi a de um louva-a-deus fêmea devorando o parceiro.

– Enfim, aquele bostinha me traiu. E agora vai pagar com a vida.

– Quê?!

– Brincadeira. – Detalhe que sua entonação de brincadeira era exatamente igual à sua entonação normal. – Não posso matá-lo, mas posso assustá-lo. E vou matá-lo de susto.

– Que bom – falei, num tom de amiga encorajadora, ou assim pretendi. – Fico feliz por você.

– Alguém já te traiu?

Balancei a cabeça.

– Alguém já *namorou* com você?

– Ah, teve um garoto no nono ano. Eu era bem a fim dele, e acho que ele gostava de mim. A gente flertava bastante, até. Ele me mandava uns bilhetes nas aulas de Inglês que eram…

– Então a resposta é não. – Os olhos de Felicity se reviraram. – Imaginei.

O carro parou e o motorista saiu para abrir a porta de Felicity, que desembarcou; aproveitei para abrir eu mesma a minha porta. Felicity colocou uns óculos escuros que quase cobriam a metade superior de seu rosto.

Com os óculos e o sobretudo da Burberry, o uniforme cinza da escola perdia qualquer relevância. A garota marchava pelas calçadas como se fosse dona do lugar. Passamos pelas vitrines da Stella McCartney e da Diane von Furstenberg em direção às docas de carga e descarga, que faziam fronteira com a rodovia. Ao que parecia, o bairro ainda continha alguns dos frigoríficos que deram origem ao seu nome. Ressurgiu o receio de ser presa por Felicity em uma câmara fria.

Quanto mais adentrávamos a zona das docas, mais intenso ficava o cheiro de carne congelada. O local era agitado, com homens usando botas de borracha indo e vindo da traseira dos caminhões para os armazéns. Do outro lado, tudo o que nos separava do apressado tráfego era uma cerca de arame. Ouviam-se grunhidos, berros. Para onde quer que se olhasse, havia fuligem: nos caminhões, na roupa dos trabalhadores, em suas mãos. Assim como sangue de animais.

Felicity, entretanto, parecia não ter olhos para nada disso; caminhava de peito estufado pelas docas como se estivesse na sala de casa. Ela se dirigiu a um homem que usava um carrinho para descarregar um caminhão.

– Estou procurando o Roger.

– Quem é você? – indagou o homem.

– Apenas diga a ele que Dolores Claiborne está aqui – emendou ela, antes de acrescentar com relutância: – por favor.

O homem a analisou por um instante, porém logo entrou para buscar o tal do Roger.

– Dolores Claiborne? – sussurrei.

– Personagem de *Eclipse total*, uma das obras seminais do Stephen.

– Stephen? Hum, quanta intimidade…

– Se você se atrever a…

– O que foi? – Contive uma risada ao ver Felicity nervosinha. – Achei fofo!

Sua expressão era a de quem queria me matar.

– Que tipo de mercadoria a gente veio buscar? – perguntei.

Sem que Felicity tivesse tempo de responder, outro homem surgiu. Ele usava um avental de borracha coberto de manchas questionáveis. Era para ter sido apenas uma visão nojenta, porém nós duas nos entreolhamos: aquela vestimenta daria uma ótima fantasia para a Prova do Medo.

Ele saltou da plataforma para se juntar a nós no chão.

– Dolores?

Felicity ergueu o indicador.

– Conseguiu?

Roger olhou em volta, para se certificar de que ninguém nos vigiava. Havia outros trabalhadores nas docas, porém todos ocupados com caixas e, em alguns casos, peças inteiras de carne. Ele enfiou a mão em uma sacola de plástico e retirou um gancho.

Um gancho enorme. Do tipo que se enfia num porco para arrastá-lo pelo chão. Parecia o gancho que o pescador usou para matar todos os galãs dos anos noventa em *Eu sei o que vocês fizeram no verão passado*. A não ser pelo fato de que esse tinha um…

– Cabo de borracha laranja néon? – questionou Felicity. – Não fazia parte do combinado. E não está tão afiado.

– É um gancho para desossa da melhor qualidade – protestou Roger. – O cabo é para seu conforto.

– Não estou em busca de conforto – afirmou Felicity. – Meu objetivo é *provocar medo*. Quero que a pessoa olhe para o gancho e se mije toda. Quero que seja afiado e sem esse cabo de borracha ridículo. E quero já.

Não houve mas, nem meio mas. Embora eu normalmente revirasse os olhos para suas demonstrações de privilégio, devo admitir que dessa vez senti certa admiração por Felicity. Não pela malcriação, mas pela convicção para conseguir o que queria. Exigir, melhor dizendo.

Roger abriu a boca para retrucar, porém pareceu pensar duas vezes, pois deixou cair os ombros e disse:

– Certo, mas vai ficar mais caro.

Felicity abanou a mão, como que dispensando-o.

– Não importa.

– Afinal de contas, o que uma garota bacanuda como você vai fazer com um gancho de desossa?

– Estou sendo entrevistada no jornal da tarde, por acaso? Me arranja logo o gancho.

De fato, Felicity não sabia interagir com pessoas.

Roger se içou sobre a plataforma, e nós duas ficamos esperando do lado de fora.

– Viemos até aqui atrás de um gancho? – questionei. – Não dava pra comprar pela internet?

– E deixar um rastro de comprovantes? Ingenuidade não é um bom atributo, Rachel.

Roger retornou e sacou do plástico outro gancho: esse não tinha o menor aspecto de novo. O aço não brilhava; estava manchado e até mesmo enferrujado em algumas partes. E a curva afiada combinava perfeitamente com o sorriso de Felicity.

– Vou levar – disse ela.

23

SIM SMITH

O PADRASTO DE Sim Smith era vendedor de carros usados, porém se vestia como se gerisse um pátio cheio de Porsches novinhos em folha: prendedor de gravata, terno sob medida e um gordo Rolex de ouro no pulso – segundo ele, a única joia que um homem deveria usar além de um soco-inglês. Sim discordava.

Sim gostava de cordões. Finos, grossos, de ouro, de prata. Cordões eram massa. Ele tinha um colar de ouro com um diminuto frasco que continha um grãozinho de arroz no qual se lia a palavra BRAVURA; o objeto lhe caía bem, e ele não demorou a perceber que as garotas curtiam. Então Sim usava um colar.

O objeto o distinguia tanto quanto o fato de o padrasto comandar uma revenda de carros. Embora não fosse a profissão mais impressionante, ainda mais se comparada à dos demais pais da Manchester (veja bem, o pai de um menino do mesmo ano de Sim, Steeper Carlyle, era narrador esportivo), Sim gostava das vantagens que ela proporcionava. E não pelo fato de ter o carro que quisesse: para Sim, a maior vantagem de ter um padrasto que possuía uma loja de carros usados era poder levar as meninas lá.

Os veículos – por volta de cem – ficavam tão apertados que parecia haver milhares. Bastava entrar em um, e um mundo de possibilidades se abria. Bônus: bancos reclináveis – as duas mais belas palavras da língua. Só havia benefícios em ficar com as garotas ali: total privacidade, cheiro de carro (semi)novo, e o único trabalho de Sim era esperar o padrasto dormir para roubar suas chaves.

O jovem tinha um nome para o singelo espaço na Avenida Flatlands onde ficava a loja: Mirante do Sim. Ele pensou certa vez: nos filmes antigos, os adolescentes sempre paravam seus carros nesses mirantes para se pegar, e não havia nada parecido no Brooklyn; oras, por que não inventar um? Então, foi o que ele fez.

Era isso que o fazia ser conhecido na Manchester. O aluno que desejasse ter acesso a um carro para se divertir só precisava pagar uma grana a Sim ou então se encarregar de sua lição de casa por uma semana. E nenhum jamais ousou tentar roubar um dos automóveis, pois sabia que teria os joelhos quebrados pelo padrasto do garoto. Então, só benefícios.

A moral da história era que Sim adorava o padrasto, tipo, muito mesmo. Pelo simples fato de proporcionar o Mirante do Sim. E, nesse exato momento, Jennifer Abrams parecia adorar o próprio Sim, tipo, muito mesmo, pois não o largava conforme os dois caminhavam entre os carros. Já passava das onze da noite, o que, nessa parte do Brooklyn, significava que não havia nada nem ninguém para perturbá-los, a não ser, talvez, a iluminação dos semáforos e o ônibus B47, que passava a cada vinte minutos do lado de lá da cerca de arame.

Sim se olhou no reflexo da opaca janela do lado do motorista de um Toyota Corolla. Cabelo penteado na altura perfeita de dois centímetros. Camiseta da Supreme com a marca da Playboy no bolso, quase inteiramente para fora da calça, a não ser pela dobra meticulosamente metida nos jeans slim fit da Burberry. A jaqueta bomber azul-anil da...

– Que tal aquele? – perguntou Jennifer, puxando-o em direção a um Jaguar vermelho. – Vamos entrar nesse.

O garoto fingiu considerar a opção: jogou a cabeça para o lado, arqueou as sobrancelhas enquanto examinava o carro, que, sim, era bacana, entretanto... não tinha banco reclinável. Então:

– Eu sei o carro certo pra gente, gata.

Foi a vez dele de puxá-la pelo braço, porém Jennifer se fincou no lugar.

– Mas é um *Jaguar* – contestou, na voz de uma personagem saída de um filme da Mary Poppins ou algo assim: *ja-gu-AAARRR*.

Sim resmungou. Havia um carro em um canto ermo do pátio que ele preferia usar. Um Volvo 2004. Uma lata-velha. Só que espaçosa. Sem câmbio manual para cutucá-lo no pior momento possível para ser cutucado, bancos surrados de poliéster, muito mais confortáveis do que se imagina. Infinitamente mais confortáveis do que os reformados, que escorregam e fazem barulhos estranhos. O Volvo era o seu carro da sorte. Ele se dava bem no Volvo. O Jaguar era todo errado. Então:

– Nesse outro carro... – começou Sim, tentando pensar rápido – tem uma surpresinha pra você.

A boca de Jennifer se curvou, e os olhinhos brilharam atrás dos óculos.

– Que tipo de surpresinha?

– Você vai ver.

O jovem não sabia bem o motivo, mas era louco por óculos. Quando perguntado, dizia ser fetiche por bibliotecárias ou algo do tipo, porém gostava do aspecto grande e brilhante que conferiam aos olhos das meninas. Sempre que estava entediado e havia uma revista dando sopa, Sim desenhava um par de óculos nas fotos de mulheres.

A última namorada de Sim não usava óculos; o que o atraía nela era seu temperamento. Ele provavelmente devia ter terminado com ela antes de começar a sair com Jennifer, mas Sim não era exatamente perspicaz. Não dominava os meandros do gerenciamento desse tipo de situação. E, em vez de lidar com a situação, apenas caiu fora. Fez o que o padrasto sempre dizia para fazer: não resolva os problemas, livre-se deles. E Felicity Chu era um problema.

Sim guiou Jennifer até o Volvo, cercado por carros mais atrativos como se ninguém fosse notar a diferença. Jennifer notou, contudo. A garota não parecia impressionada.

– Qual é a surpresa?

– O carro se chama Jennifer. Em homenagem a você.

Sim esperou. E então Jennifer se lançou sobre ele, as mãos em seu rosto e a boca engolindo a dele. Nunca. Dava. Errado. Os dois entraram no carro, mas...

Espera.

– Você ouviu? – perguntou Sim, interrompendo o beijo.

– Ouvi o quê?

– Um barulho tipo... uma batida.

– Foi o meu coração.

Quem ligava para o que era? Tinha uma garota no colo dele. Sim não perderia mais tempo. Tirou a jaqueta azul-anil da Armani e se concentrou no que importava. Lábios. Os dois voltaram a se beijar, até que Sim escutou outro barulho. Diferente do primeiro, um som de arranhão.

Vinha de perto. De cima deles.

– Você não ouviu?

– *Gato*.

– Não, é sério, algo arranhando o teto, não escutou?

– A única coisa que estou escutando é a voz na minha cabeça dizendo que talvez eu não devesse estar num carro com um cara que fica inventando desculpas pra não me pegar.

– Mas eu ouvi...

– Se você quer tanto ouvir alguma coisa, então toma! – Jennifer pegou o celular, e a voz e a cara de paisagem de Lady Gaga preencheram o interior do Volvo.

Sim não passaria a noite escutando música com uma gostosa daquelas. Então ele a virou, alcançou a lateral do banco de Jennifer e puxou a alavanca. Ele foi para cima dela enquanto lentamente a inclinava para trás, e voltou a beijá-la para comprovar que só tinha ouvidos para ela.

E também para o barulho que tinha escutado. Não conseguia tirá-lo da cabeça, tipo, de jeito nenhum. E por isso Sim manteve os olhos abertos. O que, embora seja um comportamento estranho quando se está beijando alguém, lhe permitiu notar uma sombra surgindo no vidro traseiro. Logo a sombra passou a ser acompanhada de movimento. Uma forma escura luziu rapidamente do lado de fora. Os lábios de Sim se detiveram. Tinha fechado o portão? Ele sempre fechava. Mas será que tinha trancado?

– Por que você não está me beijando? – perguntou Jennifer. – Parece que estou beijando um peixe morto.

Quanto mais se aproximava, mais a sombra ganhava contornos humanos. Alguém tinha invadido o lugar. Impossível distinguir se era homem ou mulher: vestia um pesado casaco preto e o capuz quase chegava ao queixo, de modo que não se via o rosto.

Sim se encolheu paralisado sobre Jennifer, que continuou a apalpar a roupa dele distraidamente. A silhueta sombria estava a dez passos de distância.

Cinco.

Jennifer soltou um berro feroz, o que fez Sim dar um pulo e bater a cabeça contra o teto.

– O QUE FOI?!

– A minha música favorita! – berrou Jennifer.

– Foi por *isso* que você gritou?

– Se eu gritei porque está tocando Ruperts, sendo que as rádios nunca tocam Ruperts? Óbvio que sim.

Sim se recusava a permanecer ali. E não apenas porque Ruperts era uma merda, mas também porque definitivamente havia alguém do lado de fora do carro. Embora o garoto não estivesse vendo ninguém agora, o barulho no teto tinha retornado. Mais alto. E então o veículo balançou.

– Foi você que fez isso? – sussurrou Jennifer, manifestando preocupação pela primeira vez.

– Silêncio, acho que tem alguém do lado de fora – murmurou Sim, completamente tenso e alerta a qualquer som. Que veio do teto. O inconfundível barulho de calçado contra metal. O teto abaixou um pouco, com um ruído grave.

– Bu!

Sim deu um pulo, mas era apenas Jennifer, que ria histericamente.

– O que você tem na cabeça pra fazer isso justo agora?! Tipo, de todos os momentos possíveis, por que agora?!

– Afe, foi mal – disse Jennifer, acariciando o ombro de Sim. – A gente vai trepar?

Não. Não quando havia som de *passos* na porra do teto do carro! E não com uma garota que não escuta nada além do lixo dos Ruperts. Sério, Sim precisava parar de sair com essas garotas péssimas.

– Vamos dar o fora, tem alguém querendo pregar uma peça na gente. – O garoto tentou abrir a porta, que não cedeu. – As travas para criança estão acionadas?

Sim se sobressaltou novamente ao ouvir uma batida na janela – não o barulho surdo de nós dos dedos batendo no vidro: era mais nítido, como o de metal no vidro. O coração do garoto quase parou de bater quando ele ergueu o olhar.

Era o Capuz Negro. E seu gancho gigantesco.

– FoooodeeEEEEEEEUUUUU. – Sim deu um chute na porta, a qual se escancarou violentamente e acertou Capuz Negro, que caiu com força.

O jovem disparou, ignorando os chamados de Jennifer.

No entanto, as fileiras de carros faziam do lugar um apertado labirinto, dificultando a fuga de Sim. A cada porta-malas que contornava, deparava com um para-choque dianteiro; a cintura golpeava os retrovisores, e um foi arrancado de um conversível. Seu padrasto iria matá-lo – isso se Capuz Negro não chegasse antes.

Sim quase chorou de alívio quando percebeu que o portão estava a duas fileiras de carros de distância. Logo o atravessaria.

E então Capuz Negro surgiu em seu caminho.

O jovem cambaleou para trás. Como poderia tê-lo alcançado tão rápido? Sim tinha deixado a aberração para trás, e agora esse cara surgia do nada e parecia maior do que antes. Estava tão próximo que Sim enxergou seu rosto: branco, estoico, cheio de cicatrizes. Era uma máscara de borracha.

Capuz Negro o empurrou com força, e o garoto ricocheteou em dois carros antes de cair no concreto. Capuz Negro assomou sobre ele, brandindo uma faca. Então, Sim o chutou – as botas Jensen Grain da Acne Studios se mostraram uma escolha inteligente; não apenas lhe davam uns centímetros a mais, como terminavam num bico duro que Sim meteu na lateral do tronco de Capuz Negro, e o fez com tanta violência que sentiu as costelas sendo esmagadas.

Capuz Negro soltou um grunhido e se encolheu com a mão no abdome. Sim não teria outra chance: atravessou correndo o portão, sem olhar para trás.

24

Na noite seguinte, nos reunimos na casa de Bram após Thayer e eu terminarmos nosso turno no cinema e Freddie ajudar a mãe no bufê.

Era a vez de Felicity escolher o filme. Eu acreditava que ela era uma entusiasta de filmes em preto e branco e que escolheria algo como *Nosferatu* ou um filme mudo sueco dos anos vinte, porém ela escolheu *Lenda urbana*. Não entendi no começo, mas logo o motivo da escolha ficou óbvio.

– Se eu pudesse escolher qualquer época para viver, seria o glorioso, ainda que breve, momento histórico em que Joshua Jackson descoloriu o cabelo – argumentou Felicity. – *Lenda urbana* e *Segundas intenções*. Joshua Jackson em seu auge, é tudo o que tenho a dizer.

Quem diria: Felicity era superfã de Joshua Jackson. Ela olhava fascinada para a tela, onde Joshua tentava dar uns amassos dentro de um carro estacionado.

– Claro que não – disse Thayer. – O auge do Joshua Jackson foi em *Nós somos os campeões*. Esse filme foi meu despertar sexual.

– Não acredito que estamos discutindo isso – falei. – É óbvio que o auge do Joshua Jackson é a série *The Affair*.

– Você por acaso viu *The Affair*? – indagou Freddie, uma sobrancelha sugestivamente arqueada. – Devo dizer que *Fringe* faz mais o meu estilo.

– Onde está o respeito de vocês por Pacey Witter? – disse Bram.

Era a primeira vez que eu voltava à casa dele depois do desastre do trabalho em dupla, e até esse momento vínhamos nos evitando com sucesso, uma conduta com a qual ambos parecíamos contentes.

– Consenso aqui – falou Felicity. – O auge do Joshua Jackson é o Joshua no episódio de *Dawson's Creek* em que ele faz luzes no cabelo.

Surpreendentemente, Felicity estava de ótimo humor. Talvez fosse por causa de Joshua. Talvez fosse porque tinha feito o ex-namorado sair correndo desesperado pela noite. Não tínhamos feito muito além de usar roupas pretas e arranhar o teto de um carro usado, e ainda assim preciso admitir que foi profundamente satisfatório. Quem sabe agora Sim Smith passasse a pensar duas vezes antes de levar garotas à bizarra revenda do padrasto.

– Prestem bem atenção – anunciou Thayer –, pois esse é um ótimo exemplo da fórmula do carro estacionado. Eu anotaria se fosse você, Felicity.

Na tela, Joshua Jackson pendia de uma árvore, os tênis raspando o teto do veículo.

Felicity fez uma careta.

– Não tenho nada a aprender sobre a Prova do Medo com um moleque que colocou uma criança de oito anos no meio do corredor e achou que estava arrasando.

– No ano passado, o Thayer pagou uma garotinha pra ficar parada no meio do corredor antes de o sinal tocar – sussurrou Freddie para mim. – Acho que ele estava contando com o fator menina-assustadora-com-semblante-triste-e-cabelo-comprido, mas foi em plena luz do dia e ninguém deu a mínima. Uma das piores Provas de Medo da história.

Thayer sufocou uma exclamação – o sussurro de Freddie não tinha sido tão baixo assim.

– Como você se atreve? – indagou Thayer. – Foi uma prova de qualidade, muito à frente do tempo.

– Foi um lixo – concluiu Felicity, jogando pipoca nele.

Bram se curvou para recolher os grãos do chão e, ao esticar o braço, fez uma cara de dor e colocou a mão na costela. Fui a única que notei, aparentemente.

– Insisto que mereço uma segunda chance – falou Felicity.

– Não existe segunda chance – afirmou Freddie. – Vai contra as regras.

– Eu me machuquei durante a minha prova. – Felicity ergueu um braço para ilustrar seu ponto: uma atadura envolvia seu pulso. De acordo com ela, havia se contundido seriamente quando Sim abriu com violência a porta do carro; já eu desconfiava que a única coisa machucada ali era seu ego. – Não pude completar a prova.

– Completar o quê? – provocou Thayer, sorridente. – Gata, você só ia perseguir o cara, nada além disso.

– Sempre existe o risco de se machucar – acrescentou Bram. – Apenas aceite que sua prova foi um fracasso.

Felicity bufou pelas narinas.

– Não foi um fracasso, eu o assustei.

– Ok – disse Bram. – Ainda assim, o berro mais alto da noite foi da Jennifer, e por causa de uma música.

– Vai se ferrar, Bram.

– Não foi um fracasso – assegurou Freddie. – Você assustou o Sim.

– Claro, mas a ficante dele não ficou nada assustada – observei.

– E quem te perguntou? – rebateu Felicity. – O alvo é a única pessoa que precisa levar susto.

– Mas se tem outras pessoas na Prova do Medo, a reação delas não deveria contar na hora de dar nota?

– A Garota Nova levantou um ponto importante – disse Thayer. – A gente devia colocar isso nas regras.

– Claro que não – sustentou Felicity. – As regras existem desde muito antes de ela entrar no clube.

Apesar disso, Freddie se inclinou em minha direção.

– O que você sugere?

– Acho que a dificuldade aumenta se houver muitas pessoas presentes na prova. Quanto mais pessoas você precisa enganar, maior é o risco.

Felicity levantou do sofá e se colocou entre nós e Rebecca Gayheart, que gritava na tela.

– Desde quando a gente passou a aceitar as opiniões da Garota Nova sobre a competição?

– Isso deixaria as coisas ainda mais interessantes – opinou Freddie.

– E, como sabemos, você adora deixar as coisas mais interessantes – pontuou Bram.

Não entendi o que ele quis dizer, mas percebi que Freddie ficou incomodado.

– Isso é ridículo. – Felicity apontou para mim. – Você só entrou no clube porque descobriu sobre a gente.

As palavras me atingiram como um soco no estômago.

– Felicity – disse Freddie, cujo tom habitualmente tranquilo adquiriu uma nota de censura.

Felicity o ignorou, contudo.

– Você era uma ameaça para o nosso ecossistema – falou para mim. – Estava prestes a descobrir sobre o clube. Mas ninguém aqui te queria.

– Não é verdade – apressou-se em dizer Freddie.

Thayer acrescentou:

– A gente sempre está recrutando novos membros, e você atende aos requisitos.

Embora estivéssemos sentados nos lugares de sempre, de repente o ambiente ficou sufocante com todos os olhares em mim. Bram teve a chance de se pronunciar, porém a deixou passar; seu silêncio me disse tudo o que eu precisava saber.

Felicity dirigiu-se ao grupo:

– As regras são maiores do que qualquer um de nós, não podemos mudá-las assim. – Após dizer isso, pegou o casaco e foi embora.

Houve silêncio por um momento. Era como se uma cortina tivesse sido removida. Até então, eu só havia tido olhos para o lado bom do clube; fui muito ingênua ao imaginar que não existia algo podre por baixo das aparências.

Thayer se aproximou e sentou no espaço entre mim e Freddie.

– A Felicity é bem dramática às vezes – murmurou. – Ela só está chateada porque a prova foi uma merda, como todas as provas dela. Ok? Está tudo bem entre a gente?

Fiz que sim com a cabeça porque era a resposta que Thayer desejava, porém continuava perturbada pela fala de Felicity. Eles me queriam mesmo ali? Embora já não tivesse convicção, não me mexi, e continuamos o filme. Pela primeira vez, um encontro do Clube Mary Shelley não fora o abraço quentinho que costumava ser.

Freddie tentou atrair minha atenção, mas não tirei os olhos do telão. O assassino finalmente alcançou Tara Reid, que soltou um grito de gelar o sangue.

25

Na segunda de manhã, a escola inteira já sabia da ficada dos infernos de Sim e Jennifer. No Tribunal Popular da Manchester Prep, eles eram réu e reclamante, e seus relatos dos acontecimentos eram ridiculamente divergentes.

Jennifer contou que Sim a levara a uma revenda de carros tosca no deserto do Brooklyn para comê-la e então inventou uma história sobre um assassino com uma vara de pesca ou algo assim e saiu correndo, deixando-a sozinha no meio do nada – ela mencionou que era na porra do Brooklyn? E que estava sozinha? À *noite*! –, e que obviamente Sim não conseguiu ficar de pau duro.

Já Sim afirmou que o Autor das Pegadinhas da Manchester o tinha perseguido e ameaçado matá-lo com um gancho e também com uma faca, mas que ele dera uma surra no cara e definitivamente *não* era impotente. Não tinha a menor dificuldade nesse departamento, zero. Aliás, tinha o oposto de dificuldade e podia provar para quem duvidasse.

Saundra estava adorando o novo escândalo.

– Pegadinha é o cacete! – falou, jogando a cabeça para trás numa gargalhada durante o almoço. – Óbvio que acredito na versão da Jennifer.

– Por quê?

– Porque a história do Sim é cheia de furos, oras. Primeiro, vê um cara de capuz. Daí o cara some. Depois o cara ressurge com um gancho. Aí o Sim nocauteia o cara ao abrir a porta do carro. – Saundra havia coletado cada detalhezinho de ambas as partes, sem deixar nada para trás. – Então ele foge, mas é parado pelo homem de capuz, que agora tem uma faca. O gancho, ninguém sabe, ninguém viu. E o Sim *bate nele*? Muito, muito improvável, minha amiga. A única coisa que o Sim já tentou bater foi uma punheta naquele pinto murcho dele, e agora temos certeza de que é murcho mesmo.

Quase engasguei com a minha couve kale.

– Saundra!

– O quê? Nunca fui com a cara da Jennifer Abrams, mas sempre acredito na mulher.

Assim que ela falou isso, o burburinho do refeitório foi interrompido pelo barulho metálico de cadeiras sendo arrastadas pelo chão. Sim saltou de uma cadeira para a mesa, atraindo a atenção geral.

– Estou falando a verdade! – declarou. O desespero em sua voz era acompanhado de uma ligeira rouquidão, provavelmente por ter passado o dia negando ser brocha. – Eu fui atacado, o cara quase me matou!

Vi um objeto branco planar na direção dele, desenhando um arco, e pousar a seus pés. Depois mais um. Guardanapos? Lenços? Segui o olhar confuso de Sim até o ponto de origem da chuva de guardanapos. Felicity pinçou uma nova folha e a jogou, como se oferecesse uma rosa a um ator. Só que bem mais bizarra, claro.

– O que você está fazendo? – gritou ele.

Felicity deu de ombros e falou, em seu característico tom monocórdico:

– *Chola* mais.

Depois Jennifer Abrams se levantou, percorreu o caminho mais curto até Felicity, puxou um guardanapo do bolo em sua mão e o tacou em Sim. Logo outros alunos passaram a fazer o mesmo. Papéis jorravam como penas numa briga de travesseiro, e as risadas e aplausos sarcásticos sufocavam o discurso de Sim.

– Isso é ridículo! – falou. – Não fiz nada de errado!

Avistei minha mãe, que caminhou até Sim, tentando convencê-lo a descer da mesa, e outros professores se juntaram a ela. Enquanto era removido, Sim berrou:

– Era um cara enorme com um capuz! Um cara assustador pra caralho com uma máscara assustadora pra caralho!

Enquanto todos riam, zombavam ou continuavam tacando guardanapos, eu paralisei.

Máscara.

Nenhum de nós usara máscara na Prova do Medo de Felicity. Me convenci de que Sim se confundira. No entanto, aquela palavra me perseguiu pelo resto do dia, como um hálito quente contra a nuca.

Primeiro foi o piso da cozinha. Senti o frio do laminado familiar contra a nuca. As mãos se revolviam, punhos e dedos cerrados em volta do tecido negro na tentativa de afastá-lo, mas ele era forte demais. Sempre que conseguia agarrar seu antebraço, perdia-o na sequência. Os joelhos do homem, um de cada lado do meu corpo, mantinham-me presa.

Tentei atingir seu rosto, e a máscara de borracha de um monstro silencioso me encarou.

Acordei, a pele pegajosa e a respiração ofegante. Me debati contra o cobertor, como se ainda estivesse tentando me salvar. Meus dedos precisaram de alguns instantes para relaxar, voltar à posição normal.

Os mesmos instantes que levei para lembrar – pois não se tratava de um pesadelo, e sim de uma lembrança.

Enterrei o rosto em ambas as mãos. Fazia tempo que não pensava naquela noite; havia me disciplinado a não pensar, porém algo me perturbava agora. Pensava ter enterrado fundo a lembrança desde que me juntara ao clube, mas ela se libertara, tal qual a mão de um zumbi que emerge de uma cova úmida. Pressionei as mãos contra as órbitas dos olhos até sentir dor, até o negrume ser invadido por formas geométricas brilhantes.

26

Eu poderia ter conversado com a minha mãe sobre o pesadelo, mas não quis deixá-la preocupada. Então retornei aos velhos hábitos: quando começava a ser perturbada por uma sensação de ansiedade, fazia algo estúpido para bloqueá-la. Nesse dia, a estupidez consistiu em sair pela janela do quarto, descer a escada de incêndio, pegar o metrô no sentido centro às duas da madrugada e não parar até estar diante de um prédio em Washington Heights.

Com o celular na mão, esperava a resposta à minha mensagem. Não tirava os olhos da tela, tocando-a sempre que se apagava. Então três pontinhos surgiram.

Descendo.

Foi apenas nesse momento que me dei conta do tamanho da estupidez, porém era tarde para voltar atrás. Havia acreditado que, graças ao clube, estava colocando uma pedra sobre os eventos do último ano – e de fato isso aconteceu por um tempo: já não era surpreendida pelo medo, não pensava no que se passara comigo nem no que eu tinha feito. No entanto, o pesadelo me desestabilizara. A história do Homem Mascarado tinha sido um gatilho e não saía dos meus pensamentos. Logo, eu precisava não pensar em nada, simples assim.

Freddie abriu a porta do edifício. Usava chinelos pretos com meias velhas, calça de moletom e uma camiseta amassada pelo sono interrompido por mim. Não estava com os óculos, e por isso me fitou com olhos semicerrados.

– Desculpa por te acordar.

– Pode me acordar quando quiser. Quer entrar?

– Sua família deve estar dormindo – falei, embora me lembrasse que o irmão dele trabalhava como vigia noturno durante a semana.

– Meu irmão está trabalhando e minha mãe tem o sono pesado. Está muito frio pra ficar aqui fora. – Seu tom era acolhedor e ao mesmo tempo impositivo, como se não fosse aceitar não como resposta. – Vem, entra.

Percorremos o lobby, pintado de um rosa suave e tomado pelo cheiro de caldo de legumes. O elevador era pequeno, não tinha muito mais do que um metro de largura, e cedeu levemente quando entramos. Freddie pressionou o número 12, e fomos içados aos chacoalhões.

O percurso foi lento, porém nenhum de nós falou. Cenas do pesadelo ainda inundavam meus pensamentos. Saímos, e segui Freddie até o apartamento 12C. A iluminação do saguão banhou um triângulo no interior do apartamento, mas, assim que fechei a porta, fui recebida pela mais absoluta escuridão. Senti meus dedos serem envolvidos pelos de Freddie, que me guiou até seu quarto.

Ele acendeu um abajur. As paredes eram cobertas de pôsteres: *O enigma de outro mundo*, *Uma noite alucinante*, *Halloween*. Duas camas iguais ficavam em paredes opostas, ambas desfeitas. Não sabia qual era a de Freddie.

Havia duas cômodas desgastadas pelo tempo, e não por escolha estética. A mobília lembrava a de casa. No mundinho da Manchester, era fácil esquecer que existiam pessoas que levavam uma vida parecida com a minha. E Freddie era uma delas.

– Então – começou ele, inalando o ar. – Está precisando de cola ou algo assim?

– Não vim atrás dos seus serviços – falei e imediatamente corei. – Quero dizer, não preciso de ajuda com a escola. Tá, talvez um pouco em Ciências da Terra.

– Conta comigo. E por que você veio até aqui?

– Tive um pesadelo. – Me senti ridícula ao dizer isso em voz alta, porém Freddie merecia saber o real motivo de ter sido acordado. – Não conseguia voltar a dormir, precisava esvaziar a cabeça, e lembrei que você tinha me passado seu endereço na época da prova do Thayer, lembra? Eu não estava pensando direito.

Freddie não parecia incomodado com meu falatório.

– Como foi o pesadelo?

– Foi... mais uma lembrança do que um pesadelo. Sonhei com o que aconteceu no ano passado.

Ele fez uma cara de pena, o que me incomodou; eu não precisava da piedade de ninguém.

– Está tudo bem, estou bem.

– Quer conversar sobre isso?

Encolhi os ombros.

– Acho que fiquei pensando no que o Sim contou da Prova do Medo da Felicity, sobre ter visto um cara de máscara.

– Eu não confiaria em nada do que o Sim diz. Ele ficou morrendo de medo e abandonou a menina sozinha, é claro que vai inventar histórias pra manter a pose.

Freddie provavelmente estava certo. Era impossível enxergar o rosto de Felicity sob o gigantesco capuz. Sim nem sabia direito o que tinha visto. Por falar em Felicity.

– O que ela falou no último encontro é verdade? Vocês só me deixaram fazer parte do clube porque tinham medo de que eu abrisse a boca?

A expressão de Freddie se desfez.

– Você sabe que pertence ao clube tanto quanto qualquer um de nós.

Eu sabia que ele estava sendo sincero, mas nada do que dissesse anularia o impacto das palavras de Felicity.

– Às vezes me sinto uma intrusa.

Freddie sentou na cama e deslizou para o lado para abrir espaço para mim, e eu me sentei também. O abajur banhava o quarto com uma luz aconchegante.

– Minha mãe trabalhava como faxineira na casa da família do Bram, você sabia?

Neguei com a cabeça, embora não ficasse surpresa, levando em consideração a dinâmica entre os dois; havia uma espécie de familiaridade entre Freddie e Bram, dois peixes de espécies diferentes em um mesmo aquário. Sempre achei que a relação se devesse ao clube, e agora estava descobrindo que havia mais por trás.

– Na verdade, foi por isso que entrei na Manchester. A senhora Wilding meio que me indicou. Fez uma boa recomendação. Enfim, de vez em quando eu ia para a casa deles depois da escola, e o Bram sempre estava lá. Fui eu que apresentei os filmes de terror pra ele.

– Sério?

– Sim. A gente assistia no laptop dele até a minha mãe terminar o serviço. A primeira vez que vi *Terror em Amityville* foi lá. Por eu ter nascido neste apartamento minúsculo, não entendia muito bem o pavor com mansões em filmes de terror. Mas na casa dos Wilding? A gente tinha uns onze anos e estava lá no quarto do Bram, tipo, uns três andares acima do restante da civilização. O mundo estava caindo lá fora, e nós dois pensamos que iríamos morrer naquela noite. Foi demais.

O entusiasmo reluziu nos olhos de Freddie. Eu conhecia perfeitamente aquela sensação.

– É assim mesmo – concordei. – Tem que ser perturbador, tem que dar um frio na barriga, como se alguém estivesse apertando seu coração até você não conseguir mais respirar, e então… alívio. Sabe?

– Sim. – Freddie fez que sim energicamente.

Sua mão encontrou meu joelho, porém ele logo a recolheu.

– Você nunca contou o que te fez gostar de filme de terror – falou.

Verdade. Minha história não era tão interessante quanto a de Freddie.

– Comecei a me interessar por terror… depois do que aconteceu. A invasão. Pensei que, assistindo a muitos filmes assustadores, talvez me tornasse imune ao medo.

Freddie analisou o meu rosto, os olhos buscando os meus, e me dei conta de quão próximos estávamos.

– Funcionou? – perguntou ternamente.

– No começo, sim. Mas o clube me ajudou mais. Pelo menos eu achei que sim. No entanto, por mais que adore fazer parte, às vezes me sinto deslocada. Felicity e Bram não são as pessoas mais receptivas do mundo.

– Bram? – Freddie franziu o cenho. – Ele te falou alguma coisa?

Considerei contar a Freddie o que Bram dissera sobre ele, sua advertência sobre nossa proximidade, porém não quis mexer em vespeiro.

– Não, estou falando do comportamento geral dele comigo.

– Escuta, já tem um tempo que faço parte desse mundo, o mundo de Bram Wilding, do Clube Mary Shelley, da Manchester, e ainda me sinto um intruso. Basta olhar em volta, olha onde eu moro.

– Eu gosto do seu quarto, parece o meu.

O sorriso de Freddie dizia que duvidava de mim.

– Não te convidei para o clube porque você era uma ameaça, e sim porque eu queria ter você lá.

Reparei que ele disse "eu" em vez de "nós"; mesmo que Freddie fosse o único a me querer no clube, era o suficiente. Era muito mais do que suficiente.

– Desculpa por ter te acordado – falei, e me pareceu que era a milionésima vez que me desculpava. – Estou sentindo que te obriguei a me deixar entrar.

– Não, faz algum tempo que queria te trazer aqui. – Assim que as palavras saíram de sua boca, ele ficou vermelho. – Não! Não nesse sentido. Tenho algo especial pra você.

Mordi o interior das bochechas para não rir.

Pode ser que tenha sido efeito da luz, mas sou capaz de jurar que até a ponta das orelhas de Freddie estava vermelha.

– Quer saber? – gaguejou Freddie. – Vou apenas parar de falar e te mostrar.

Ele se esticou em direção a um aparelho antiquado sob o peitoril da janela, atrás da cabeceira da cama, que gemeu com o movimento. O que sua mãe imaginaria se escutasse o barulho? Talvez deduzisse que estávamos fazendo algo errado, embora não estivéssemos fazendo nada de errado, e, além do mais, seria tão errado assim? Meus pensamentos divagaram, minha cara ficou vermelha.

Fiquei bem paradinha.

Por fim, Freddie mexeu em um interruptor, e luzes ondearam em meu braço.

– É um projetor? – sussurrei.

– Sim.

Freddie pegou um lençol do chão, do lado em que ficava o irmão, e o estendeu sobre a porta do armário para improvisar uma tela, depois apagou o abajur.

Embora o filme fosse em preto e branco e mudo, reconheci-o imediatamente. Fui atraída pelo brilho forte como mariposa pela luz, ainda que meu ombro e minha cabeça bloqueassem parte da projeção.

– Rolos de filme são verdadeiros tesouros para o Clube de Cinema – explicou Freddie. – Um dos moleques comprou numa feira de antiguidades, e eu troquei com ele pelo meu rolo do *007 contra Goldfinger*. Mas você já deve ter assistido.

Me concentrei na cena que se desenrolava no lençol amarrotado – a imagem antiga e a ausência de som de alguma forma tornavam tudo mais mágico.

– *A noiva de Frankenstein*.

Era a cena em que o Monstro entra no laboratório para conhecer sua parceira. Freddie e eu tínhamos nos sentado afastados para permitir que o feixe de luz passasse entre nós, porém fragmentos das imagens ainda assim estampavam nossos corpos, os fios do cabelo da Noiva refletidos na manga da minha camiseta, parte do Dr. Frankenstein na bochecha de Freddie.

Percebi que a companhia de Freddie tinha me ajudado a me livrar da sensação ruim do pesadelo; era outro sentimento que me preenchia agora, e eu queria senti-lo por completo.

Como se escutasse meus pensamentos, Freddie se virou para mim. Quaisquer que fossem as imagens que se projetavam em meu semblante, ele parecia incapaz de desviar os olhos delas.

– *¿Te puedo besar?* – perguntou.

Sorriu, e, em seu rosto, o Dr. Frankenstein soltou um grito mudo. Segurei os dois na palma da mão e os puxei para mim. Afinal, como Freddie dissera, já tínhamos visto aquele.

Pelo tempo que durou o beijo, o Monstro passou dos sentimentos de esperança e amor ao ódio, conforme as cenas se desdobravam em nossos rostos e braços inquietos, pintando-nos com tons dramáticos de cinza. Por fim, o Monstro encontrou sua noiva pela primeira e última vez, e os gritos afônicos deles transbordaram sobre nossa pele.

27

– PARA QUEM VOCÊ está mandando mensagem? – perguntou minha mãe, deixando-se cair pesadamente ao meu lado no sofá e tentando espiar a tela do meu celular, que eu afastei.

– Ninguém!

– E esse Ninguém é bonitinho?

Revirei os olhos.

– Mãe.

– O quê? Percebi que de repente sua troca de mensagens aumentou exponencialmente, e sei que não é com a Saundra.

– E como você sabe?

– Porque você me falaria se fosse.

Ela me pegou. Não tinha nenhuma vontade de contar a ela sobre Freddie, principalmente porque não sabia se havia o que dizer. Tínhamos ficado no quarto dele. Na cama, para ser mais precisa. Por um *bom tempo*. Entretanto, já fazia dois dias que isso tinha acontecido, e na sequência veio o fim de semana, o que significava não tê-lo visto na escola, o que significava, por sua vez, uma infinidade de possibilidades. Ele poderia, tipo, ter esquecido da minha existência, ou mudado de ideia, ou refletido detidamente por quarenta e oito horas e decidido que não curtia meu beijo.

Ao menos estávamos trocando mensagens de texto. Ele me enviou memes fofos, perguntou dos meus planos para o Halloween, e conversamos sem parar sobre os mais diversos temas, menos sobre o beijo. Daí minhas incertezas e dúvidas.

Teoricamente, era o tipo de problema que minha mãe poderia ajudar a solucionar. Ela já vinha mesmo fazendo muitas perguntas sobre a razão das minhas saídas à noite, e eu desconfiava seriamente que a desculpa do clube de tricô não estava colando. Como iria continuar mentindo sobre o clube, seria honesta pelo menos sobre o meu interlocutor.

– Você conhece o Freddie Martinez?

Um sorriso se estirou lentamente no rosto da minha mãe, o que me fez imediatamente me arrepender da decisão de contar.

– Foi meu aluno no semestre passado. Vocês dois estão… saindo?

– Tipo isso.

Minha mãe mordeu os lábios para conter um grande sorriso, porém um guincho escapou mesmo assim.

– Mãe!

– Não falei nada!

– Mas pensou.

– Então o Freddie é o clube de tricô?

– *Mãe.* – Peguei uma das almofadas do sofá e tentei fundir meu rosto nela, ainda ouvindo a risadinha da minha mãe, que em seguida tirou a almofada de mim.

– Fico feliz que você esteja… fazendo contatos.

– Não é isso, mãe. Somos apenas amigos.

– Tá, e você gosta dele?

Encolhi os ombros evasivamente, porém consciente de que ela entenderia, o que foi confirmado pelo próximo guincho.

– A maioria dos pais ficaria com um pé atrás com garotos do Ensino Médio, sabia? – falei.

– Bem, eu conheço o Freddie. Ele é um ótimo garoto, um cavalheiro. E a maioria dos pais não tem uma filha tão *responsável*, *esperta* e *não apressadinha* quanto você. – Ela me apertou num abraço e apoiou a cabeça no meu ombro. Deixei não só porque a sensação era gostosa, mas porque minha mãe merecia ter um momento normal comigo; depois do último ano, suponho que para ela fosse como acertar na loteria da Filha Adolescente Normal. – Vocês dois vão sair hoje? É Halloween!

Era justamente sobre isso que Freddie havia acabado de mandar mensagem. O Clube Mary Shelley tradicionalmente suspendia as atividades no dia 31 de outubro, mas haveria uma festa à qual iriam muitos dos alunos da Manchester. No entanto, eu tinha a minha própria tradição de Halloween.

– Vou ver *Halloween*.

– De novo?

– É por isso que é considerado um clássico.

Além do mais, esperava que Michael Myers e Laurie Strode me dessem inspiração para a Prova do Medo, pois eu estava precisando.

JÁ ESTAVA ACOMODADA no sofá, com a enorme tigela de doces que minha mãe preparara para quaisquer crianças fantasiadas que aparecessem na porta, certa de que nenhuma tocaria a campainha.

Na verdade, uma criança solitária tinha tocado meia hora antes. Uma Minion minúscula que morava no fim do corredor e recebera permissão para pedir guloseimas apenas entre o segundo e o quarto andares. Despachei-a depois de depositar um mini Twix em sua abóbora de plástico.

Quando estava prestes a apertar o play, escutei uma batida na porta, e minha mãe puxou a tigela de doces e se levantou para abrir.

A Mulher Gato entrou no apartamento. Mais especificamente, a Mulher Gato da Michelle Pfeiffer, em látex preto reluzente com costuras brancas. Sob a máscara, Saundra deu uma piscadinha e falou:

– Sou a Mulher Gato, ouça-me ronronar. – E ronronou.

– Saundra! – disse minha mãe. – Você está demais. – O que ela diria mesmo se Saundra tivesse aparecido num saco de batata.

– Obrigada, senhora Chavez!

– O que você está fazendo aqui? – perguntei.

– Oi pra você também – respondeu e rodopiou. – Vim te buscar pra festa.

– Eu avisei que não ia.

– Sim, mas você sempre fala isso.

– E é sempre verdade.

– E no final sempre acaba indo.

– Só porque você me obriga.

– Exatamente. – Saundra desfilou pela sala, determinada a mostrar quanto aquele látex era maleável. Tipo, não havia necessidade nenhuma dos agachamentos (mais do que isso, pareciam perigosos com as botas de salto fino), porém esse fato não a impediu. – Essa fantasia é incrível demais para não ser exibida.

– O cuidado com os detalhes é impressionante – observou minha mãe. – Rachel, acho que você devia ir!

– Eu sempre gostei de você, senhora Chavez. – Saundra esticou um pé em ponta e deslizou uma mão de cima a baixo por seu corpo, como se fosse a um só tempo a modelo e o prêmio de um programa de auditório. – Vamos achar uma fantasia pra senhorita agora mesmo!

Quase torci o tornozelo ao sair do Uber, o que foi bastante patético, já que os meus saltos eram minúsculos. Saundra, plena em suas botas, me amparou.

Estávamos diante da entrada de um dos incontáveis galpões da Industry City, uma área do Brooklyn próxima à Baía de Gowanus, da qual eu nunca sequer ouvira falar. Ao nosso redor, havia uma fileira de edifícios idênticos que se assemelhavam a cofres, apinhados tais quais gigantescos contêineres de navios conectados por passarelas. Alguns eram lojas, outros pareciam ser prédios comerciais. O que se erguia diante de nós não tinha nenhuma indicação; bem poderia ser um galpão abandonado onde serial killers desovavam cadáveres – ou seja, o lugar perfeito para jovens ricos se divertirem.

Ainda em casa, Saundra fizera uma busca detalhada no meu armário, lançando as roupas para os lados antes de declarar que eram todas muito básicas. Minha mãe oferecera seu guarda-roupa, e foi nele que encontramos: assim que bati os olhos no vestidinho solto com babados, a visão da fantasia se materializou em meus pensamentos.

– É pavoroso – sentenciou Saundra.

– É perfeito.

O saudoso boné dos Cincinnati Reds da minha mãe estava abandonado num canto do armário, usado pela última vez em 2016, porém agora seria retirado da inatividade. Eu tinha o vestido, o boné, só precisava fazer duas tranças perfeitas no cabelo.

– Você está fantasiada do quê? – perguntou Saundra quando abri a porta do banheiro, prontíssima.

– De P. J. Soles.

– BJ Souls? O que é isso, uma loja de eletrodomésticos? Um escritório de advocacia?

– Como assim? Não, P. J. Soles, a atriz. De *Carrie, a estranha*, sabe? A garota malvada que nunca tira o boné durante o filme, nem mesmo no baile de formatura?

Saundra me olhara com cara de nada.

– *Carrie, a estranha*? O filme?

– Isso!

– Nunca ouvi falar.

– Tá, vamos logo.

No galpão, eu não conseguia parar quieta e não sabia se era porque o vestido coçava ou porque estava prestes a pisar em território inexplorado. Tinha ido a algumas festas no último ano, e as experiências foram, no mínimo, estranhas; não estava exatamente ávida por possíveis surpresas. No entanto, era tarde demais para desistir; além do que Saundra tinha suas garras em mim – literalmente, já que as unhas pintadas de preto da Mulher Gato prendiam meu pulso. Não havia opção senão segui-la.

O interior do galpão era escuro e vazio, com paredes descascadas cheias de infiltração que lembravam o cenário de *Jogos mortais*. Seguimos o som abafado de um baixo até uma escada nos fundos. O segundo piso era completamente diferente, com corpos banhados por luzes estroboscópicas e música eletrônica que mais parecia o som de animais selvagens numa piscina de bolinhas. Sobre uma pequena plataforma, estava um garoto cujo passaporte para a balada sem dúvida foram as aulas de DJ pagas por seus pais. Atrás do equipamento, ele balançava a cabeça enquanto os fones da Beats jaziam inúteis ao redor do pescoço.

Mas a cereja do bolo era mesmo o fato de que havia máscaras para onde quer que eu olhasse. O familiar formigamento começou a subir por meus braços, pescoço e rosto. Imagens do pesadelo de algumas noites atrás invadiram minhas retinas. Estava quente lá dentro, havia barulho demais, pessoas demais. Foi a minha vez de cravar as unhas no pulso de Saundra.

Não era a primeira vez que isso acontecia comigo em meio a uma multidão – a sensação de que as paredes estavam se fechando –, porém era muito pior com todos usando fantasia. Senti o pânico brotar e ameaçar me engolir.

– Acho que não foi uma boa ideia ter vindo. – Óbvio que era impossível ouvir com clareza, e Saundra se virou para mim e concordou com entusiasmo.

– Não é?! – gritou.

Abrimos caminho pela multidão, e tentei de novo, dessa vez mais alto:

– Será que a gente pode ir para um cantinho tranquilo?

– Cantinho tranquilo – reclamou Saundra. – Você está querendo que te chamem de Rachel do Cantinho Tranquilo? Pois é o que vai acontecer!

Apertei a bainha do vestido cheio de babados. Que tecido sufocante era aquele?! Na sequência, um pensamento mais agoniante: e se eu desmaiasse ali? E se, em vez de Rachel do Cantinho Tranquilo, meu apelido passasse a ser Rachel Desmaio? As extremidades do espaço começaram a ficar embaçadas e brancas. Era o medo se instalando.

– Preciso sair daqui.

– O quê? – A voz de Saundra parecia distante.

– Preciso…

Senti um tapinha no ombro, e o sobressalto funcionou como um desfibrilador. Eu me virei, muito alerta e com a respiração entrecortada. Minha visão foi recuperando a nitidez.

Felicity me encarava.

– Com licença – falou.

Tinha uma toalha enrolada firmemente na altura das axilas, e o resto da pele nua exibia os mais variados tons de cinza. O cabelo chanel se escondia sob uma peruca curtinha. A *pièce de résistance*, contudo, era a cortina de chuveiro. Sob a toalha, devia ter uma espécie de arreio sustentando a cortina branca no alto, na qual se via, pintada com spray, uma silhueta com uma faca na mão. Felicity parecia ter saído de uma tela em preto e branco.

– *Sua psicopata.* – Se houve um tom de maravilhamento em minha voz, foi completamente merecido: não só a fantasia de Felicity era a melhor, como ela havia criado uma maneira (graças à cortina) de manter os demais a um braço de distância, pois era necessário se afastar para permitir que ela passasse.

Aquela fantasia era a cara da Felicity. Fiquei com inveja.

– Ela não falou por mal – apressou-se em dizer Saundra, que não captou o meu tom.

Felicity simplesmente a ignorou. Saundra e eu demos um passo para trás para que Felicity passasse; ela ainda me olhou de cima a baixo e falou:

– Fantasia legal. – E então se afastou, sendo absorvida pela multidão.

– Grossa – disse Saundra. – Não tinha a menor necessidade de ela ser sarcástica com você.

– Quem convidou a Norma Watson? – Thayer apareceu de súbito ao meu lado, lançando uma expressão de aprovação para a minha roupa.

– Quem é Norma? – perguntou Saundra. – Ela é uma tal de Carrie. E você está fantasiado do quê, de bebê?

A fantasia de Thayer consistia num macacão sobre uma camiseta térmica com listras nas cores do arco-íris, um cutelo de borracha e o cabelo tingido de ruivo. Era Chucky, obviamente, e obviamente eu precisava apresentar alguns clássicos do horror para Saundra.

Thayer lançou um olhar estupefato para ela.

– Agora eu vejo quanto você precisava do clube – sussurrou no meu ouvido, a mão agarrando meu antebraço.

Senti uma estranha necessidade de defender Saundra. Embora não tivéssemos nenhum interesse em comum, ela havia ficado do meu lado mesmo quando Lux estava no meu encalço. E, diferentemente dos membros do clube, falava comigo na escola. Teria dito isso a Thayer, porém ele já se afastava.

– Preciso encontrar a Noiva de Chucky.

Vi-o caminhar em direção a um garoto com uma peruca loira e jaqueta de couro sobre um vestido branco. Quando dei por mim, percebi que eu estava sorrindo, um ótimo sinal de que o pânico e a ansiedade tinham diminuído.

As máscaras ao redor não eram ameaçadoras. Vendo com mais calma, notei que nem eram tantas assim. A maioria estava com o rosto pintado, usava tiara de orelhas de animais ou tinha alguma ferida de mentirinha.

Não havia nenhuma ameaça além da minha própria imaginação.

Me virei para Saundra.

– E aí, a gente vai dançar ou não?

– Bora! – Saundra riu e se jogou em meus braços, numa animação contagiante.

28

O SALTO AGULHA de Saundra definitivamente não a impediu de dançar. Me agarrei a ela apenas para não ser engolida pela multidão e me deixei ser levada pela música, que preencheu meus ouvidos, minha mente e meu peito, pulsando através da minha pele como se eu fosse uma caixa de som humana. Quando já estava com os pés doendo e sem fôlego, alguém tocou meu ombro pela segunda vez na noite.

Freddie exibia um sorriso largo, e imediatamente senti minhas bochechas retesando em resposta. Sua fantasia também era improvisada: chapéu fedora, blusa com listras vermelhas e verdes, luva com lâminas de plástico cinza encaixadas nos dedos. Caso a fantasia não estivesse bastante óbvia, havia um crachá com os dizeres: PRAZER, ME CHAMO KRUEGER.

– Ora, ora, se não é o homem dos meus pesadelos.

– Meus amigos e eu tínhamos combinado de vir fantasiados de diretores famosos, mas eu desisti – disse ele, enquanto a voz estrondosa de Pitbull nos dizia para pirar. – Você veio!

Eu havia mandado uma mensagem de texto do Uber para avisá-lo que estava a caminho. Adorei saber que ele estava me procurando.

– A Saundra precisava de mim!

– Fico feliz! Você está ótima! P. J. Soles?

– Viu só? – Batuquei com os dedos no braço de Saundra. – As pessoas sabem quem é!

Saundra apenas fez um gesto com a cabeça, distraída, enquanto ensinava um astronauta a dançar.

Examinei a minha fantasia.

– Foi o melhor que consegui fazer de última hora!

– A vez de abecê aresta tenha um sinal mais de lis.

– Quê?!

O som aumentou um pouco ou muito, e não entendi o que Freddie dissera. Me inclinei com a orelha bem próxima de sua boca para ele repetir.

– Talvez pra você a festa tenha um final mais feliz! – Então ele fez uma careta. – Foi uma referência a *Carrie*. Foi péssima, desculpa!

Soltei uma risada.

– Esta festa está um pouco melhor do que o baile da Carrie, mas só um pouco.

– Quer derramar um balde de sangue de porco na cabeça de alguém, sim ou não? Posso ser o seu John Travolta.

Meus lábios se curvaram.

– Você é um fofo.

– ARRANJEM UM QUARTO LOGO!

Ambos nos viramos para Saundra, que estava praticamente em cima do astronauta e pelo jeito tinha escutado cada palavra da nossa tentativa mais do que óbvia de sermos espirituosos. Era a primeira vez que nos encontrávamos desde a noite no quarto de Freddie, e eu já não sabia se a minha pele estava vibrando por causa da música ou do fato de estar perto dele. Saundra falou algo ininteligível e com certeza inapropriado e começou a se afastar com o astronauta.

– Quer dançar? – convidou Freddie.

Fiz que sim e o puxei para a aglomeração.

Fiquei admirada ao notar minha transformação desde que chegara àquele lugar. Antes, a ansiedade tinha ameaçado me dominar, porém dançar com Saundra me permitira esvaziar os pensamentos, me distrair. Já dançar com Freddie – totalmente abstraído em seus passos intermitentes e descoordenados – me fez querer prolongar o momento.

Observei as luzes estroboscópicas colorirem de prateado o maxilar dele, vi a pontinha de sua língua quando seus lábios se afastaram com a respiração ofegante por causa da dança. Esquadrinhei a gota de suor que se formou em seu buço antes de se espalhar sobre o lábio superior e se misturar ao sorriso.

A multidão nos jogou um no outro algumas vezes, seu quadril contra o meu, meu braço em seu tronco. No entanto, não posso culpar a multidão pelos meus dedos nos dele, enrolando as tiras de sua blusa, roçando as alças no cós de sua calça. Pequenos toques de tortura, uma provocação, uma amostra do meu desejo sedento.

– A gente não devia estar dançando – falei. – E a regra de não confraternizar fora do clube?

– Você tem razão. – Freddie agarrou minha mão e me conduziu para longe.

E NÃO É que encontrei um canto tranquilo, no final das contas? Minhas costas se escoravam na parede de concreto, com Freddie contra mim e as regras de confraternização pelos ares. Com as mãos em volta de seu pescoço, entrelaçava seu cabelo na ponta dos dedos. Desconfio que ele gostou, sim, do meu beijo, pois sua boca se demorava sobre a minha, cautelosa e igualmente urgente. Mordisquei os lábios dele. De olhos fechados, não sentia nada além dele e dos abafados e pulsantes graves.

Beijar Freddie provocava a mesma sensação que assistir ao melhor dos filmes de terror: cada terminação nervosa parecia em carne viva, exposta, meu estômago virava do avesso, borboleteava. Ele era a um só tempo aquilo que arrebatava meu coração e também meu ar. Empurrei seu peito com a palma das mãos apenas para recuperar o fôlego, e senti seu tórax se avolumando.

– E a regra não oficial sobre confraternização? – perguntei.

– "Não oficial" é o termo-chave aqui. – Freddie pousou o indicador no meu lábio inferior, como se necessitasse tocá-lo, ainda que não fosse para um beijo. – Além do que todo mundo quebra as regras nas festas. Festas existem para romper fronteiras sociais.

– E que fronteiras sociais nós dois estamos rompendo?

A cabeça de Freddie caiu para um lado e depois outro.

– O garoto meio nerd e levemente charmoso dança com a bela e misteriosa garota nova.

Senti um formigamento nas bochechas.

– Misteriosa?

Freddie aproximou o corpo do meu novamente.

– Não é o termo-chave, no caso.

Eu nunca mais recusaria outro convite de Saundra para sair. Passaria o restante da noite assim.

Mas então um grupo ruidoso de aspirantes a diretor de cinema correu em nossa direção e cercou Freddie, que ainda tentou manter contato visual comigo por sobre a cabeça de Scorsese (cuja fantasia consistia basicamente de sobrancelhas), Tarantino (queixo) e Spielberg (camiseta de *Tubarão*), porém eles o pegaram pelos braços e praticamente o ergueram do chão. Os Tisch não estavam para brincadeira.

– A gente ainda vai terminar essa conversa! – gritou Freddie, que a essa altura já tinha sido arrastado para longe pelos diretores, fora do alcance da minha resposta.

Abri um sorriso enquanto acenava um tchau e comecei a olhar ao redor em busca de Saundra. No entanto, talvez porque, para variar, estivesse me sentindo bem, o universo decidiu me dar uma lição. Com o canto do olho, vi um ser demoníaco caminhando em minha direção.

Lux estava fantasiada de animal de fazenda sexy ou algo assim. Dada a altura das orelhas, poderia ser tanto um coelho quanto um asno – a escolha ficava a critério do observador. Ela surgiu como um imprevisível golfo de ar para soprar a chama da minha vela; de mim, sobraram o chiado a e fumaça.

Lux deu um tapinha na aba do meu boné vermelho.

– Tentando tornar o Halloween grandioso de novo?

Sorte a dela que não havia tesouras por perto.

– Sabe, eu quase esqueci da sua existência, aberração. Mas, quando te vi fuçando na casa do meu namorado, voltei a lembrar quanto te odeio. E decidi pesquisar um pouco mais. – Fez uma pausa dramática para saborear minha reação. – Nós sabemos que o tal do Matthew Marshall está morto – falou, levantando um dedo para enumerar esse fato. – Sabemos também que você é obcecada por ele, porque fica completamente louca quando alguém menciona seu nome. – Levantou mais um dedo. – Entretanto, o mais interessante nessa história são os detalhes da morte dele.

– Para – falei, mesmo sabendo que isso lhe servia de munição, que o fluido para suas chamas odiosas era justamente a minha perturbação.

– Não, ainda não chegamos à melhor parte. Ele morreu *esfaqueado*.

De repente ficou claro para mim que ela não iria parar, nem hoje nem nunca.

– Foi o Bram que te falou? – explodi.

Algo se transformou em sua feição, uma centelha minúscula seguida de uma tensão.

– O que o Bram tem a ver com isso? Vocês já falaram sobre isso?

Não sabia qual era o jogo dela, qual era o jogo dela e de Bram, e não era obrigada a permanecer ali. Me virei para sair, porém Lux enterrou os dedos em meu cotovelo.

– Fica longe do meu namorado.

Não tinha certeza se Lux sabia da história completa, mas o que ela sabia era suficiente para dar início a um boato épico – e, considerando que estava preocupada com a relação entre mim e seu namorado, com certeza seria o tipo de boato que acabaria comigo.

Recolhi o braço e me afastei, trotando mais do que caminhando. A sensação de claustrofobia retornara, mais forte do que antes. Havia corpos demais em meu caminho, fantasmas, atletas, bichinhos sensuais, todos girando ao som da música. Tentei evitá-los, mas esbarrei na maioria. Um minuto antes eu era parte daquele mundo, e agora nada poderia ser mais absurdo do que a festa.

E então parei, congelada por uma visão. Entre os foliões fantasiados, havia um estranho. De fantasia, mas não como os demais. Parado, me observando. Inteiro de preto, de máscara.

A mesma dos meus pesadelos. Do meu passado.

Não, só podia ser coisa da minha cabeça. Era o medo, a ansiedade, a minha imaginação pregando uma peça. Era um ataque de pânico, e a minha mente tentava me convencer de que o meu maior medo – aquele que se intrometia em meus pesadelos – era real.

Precisava sair, ir embora. Comecei a me mover, mas, para onde quer que olhasse, lá estava ele, a poucos metros de distância, sempre imóvel, sempre a me observar. Minhas pernas vacilaram, como que golpeadas pelas luzes piscantes. Fechei os olhos com força e girei em busca das outras luzes, as que indicavam as saídas, e tudo o que vi foi um vertiginoso borrão vermelho.

Acelerei o passo, e a figura mascarada fez o mesmo. Quanto mais eu tentava me distanciar, mais perto ela chegava. Comecei a empurrar as pessoas, braços contra costas, cotovelos contra costelas. E o homem de máscara se movia ainda mais rápido. Abria caminho pela multidão como eu, e aqueles que eram empurrados o encaravam bravos ou então o xingavam. Ou seja, também o viam.

Ou seria mais um truque da minha imaginação? Os rostos que me rodeavam começaram a se metamorfosear ao mesmo tempo: fantasmas, múmias e olhares mal-encarados sob as maquiagens se fundiram num branco emborrachado.

Eu estava nos fundos do galpão, onde achava que ficava a escada, e cada vez que olhava para trás ele estava mais perto, três metros, um. Ele tentou me atingir com o braço, mas errou.

Corri mais rápido. Minha respiração aos trancos, cada vez mais rasa, a luz vermelha machucando meus olhos. Cheguei na extremidade do galpão, e não havia escada, não havia saída, nada além de uma grande parede cinza. Me virei para encontrar outra rota de fuga, não parei de girar, até que meus braços foram agarrados quase na altura dos ombros. Teria gritado se não tivesse ficado petrificada.

Não era o Homem Mascarado, no entanto. Quem estava diante de mim era o Jason.

O Voorhees, o assassino de *Sexta-feira 13*. Engoli uma bola de ar enquanto a máscara preenchia meu campo de visão. A imobilidade me trouxe de volta ao chão, e, ao olhar em volta, não vi a figura mascarada em canto nenhum. Agora que tinha parado de girar, as máscaras voltaram a ter o aspecto de plástico barato. Minha respiração desacelerou, começando a voltar ao normal. Será que alguém de fato me perseguira?

O verdadeiro Jason Voorhees não falava, mas este sim:

– Vamos dançar?

Era a última coisa que eu queria fazer. No entanto, dançar era não estar sozinha, pelo menos nesse momento, então o puxei para o centro da pista.

No exato momento em que o DJ Calouro decidiu tocar a primeira música lenta da noite – isto é, tão lenta quanto uma música autotunada da Miley Cyrus pode ser. Jason e eu nos atrevemos a dançá-la mais lentamente do que a batida. Ele apoiou as mãos em meu quadril, e eu deixei a cabeça pender em seu peito. Respirei fundo algumas vezes e me permiti ser envolvida por ele, pela música inusitada, pela aleatoriedade da situação. O medo diminuía, e eu estava começando a me recompor. Assim que a música terminasse, iria embora dali.

De tão absorta, não percebi que tínhamos parado de dançar até que Jason abaixou a cabeça bem perto de mim.

– Saia do clube.

Tomei um susto. De que clube ele estava falando, deste galpão? Não, claro que não.

Estiquei o braço e levantei a máscara. Não sei como não reconheci a voz, grave como o rumor dos trilhos do metrô.

O olhar de Bram era firme. Empurrei-o com as duas mãos espalmadas. Dessa vez, ao buscar as indicações de saída, encontrei-as e fui embora sem olhar para trás.

29

Haveria sessão de filme na noite seguinte. Quando entrei na biblioteca, Bram agiu como sempre: como se eu fosse um pontinho luminoso quase não registrado em seu radar. Como se nada tivesse acontecido na festa de Halloween.

No entanto, o filme que ele selecionou me dizia que eu não havia saído de sua cabeça.

– Vamos ver um dos meus favoritos – anunciou. – *Violência gratuita.*

Bram não olhou para mim ao revelar o título, e por isso não viu o sangue se esvair do meu rosto. *Violência gratuita* é sobre uma família surpreendida em sua casa de veraneio pela visita de dois jovens, tão bem-apessoados quanto qualquer aluno da Manchester, que aparecem na porta para pedir ovos. Convidados a entrar, eles sequestram e torturam a família.

Um filme sobre a invasão de uma casa. E ele escolheu a versão dublada especialmente para mim: assim eu não teria a opção de ignorar as legendas. Bram, que, segundo tudo indicava, me queria fora do clube, iria me obrigar a ver e ouvir. E assim eu faria. Seria como Malcolm McDowell em *Laranja mecânica*, com as pálpebras repuxadas à força ante o horror. Convenci a mim mesma de que passaria por isso para marcar minha permanência no clube. Em prol da minha insólita, perversa terapia de exposição. E em respeito à minha própria mesquinhez, para não permitir que Bram me intimidasse com esse gesto estúpido.

Permaneci imóvel, não permiti que dedos nem lábios inquietos me traíssem, embora por dentro eu fosse um terremoto. Freddie, ao meu lado no sofá, deve ter percebido meu estado, pois deslizou a mão e enlaçou os dedos nos meus.

Nossa respiração é diferente quando estamos conscientes dela. Quando precisamos nos lembrar de respirar. Você passa a contar as respirações, se mantém alerta a elas, porém elas continuam rasas. Você faz força para respirar fundo, para que a próxima inspiração seja boa, mas, não importa quanto ar puxe, nunca é o bastante.

Meu limite foi a cena em que um dos invasores usa um controle remoto para criar efeitos perturbadores. Me retraí e virei o rosto. Imediatamente, Bram olhou para mim como se me desafiasse a me render. E nesse instante me dei conta de que a sensação intensa que tomava conta de mim não se devia apenas ao filme: boa parte dela – o enjoo, a repulsa – era direcionada a ele.

Não deixei meu olhar ceder. Demos continuidade à nossa dança que tinha começado na festa de Halloween. Fitando-o, visualizei os grampos de *Laranja mecânica* em seus olhos, pinçando não apenas as pálpebras, mas os olhos mesmo, fazendo-os sangrar.

– Pausa – falei em voz baixa, como se fosse um teste.

Bram, que me observava, claramente esperando o momento em que eu me daria por vencida, me ouviu. Já o restante do clube só percebeu o que tinha se passado quando a imagem congelou na tela.

– Está assustada, é? – perguntou Felicity, que abriu um sorriso tão grande que quase vi seus molares. – Você sabe o que acontece quando alguém fica com medo.

Thayer se virou para mim com uma expressão entusiasmada, mas murchou assim que colocou os olhos em mim.

– Claramente o filme é um gatilho pra ela – sussurrou.

– Não estou com medo. – Levantei para esconder a mentira estampada em meu rosto. Até mesmo de Freddie, que inclinou a cabeça na tentativa de cruzar o olhar com o meu. Evitei encará-los. O filme havia mexido comigo. – Acabei de me dar conta da hora. Preciso estudar para uma prova, e não é de medo dessa vez.

– Você está com medo – provocou Felicity.

Embora as palavras tenham sido ditas por ela, poderiam muito bem ter saído da boca de Bram. Eu não suportava a ideia de que ele tinha conseguido me afetar, de que seus joguinhos psicológicos estavam funcionando. Peguei minha mochila e meu casaco.

– Ei, você não vai a lugar algum – continuou Felicity. – Nós temos regras aqui. Você não pode sair simplesmente porque não gostou do filme.

Ela estava falando sério mesmo?

– Você deu o fora durante *Lenda urbana*.

Felicity pensou por um instante.

– Aquilo foi totalmente justificado.

Eu estava por um triz de bancar a Linda Blair com ela.

– Não enche, Felicity – disse Freddie, que se levantou para me acompanhar, porém eu saí às pressas da biblioteca, desci rapidamente a escada e atravessei a porta.

Já na rua, ouvi Freddie gritar meu nome. Ele me seguiu por quase um quarteirão inteiro até eu me virar e quase darmos de cara.

– O que está acontecendo? – falou, arfando. – Por que você saiu daquele jeito?

– Vocês comentam sobre o Clube Mary Shelley com pessoas de fora?

– O quê? Não. Você conhece as regras.

– Pois o Bram comenta. Ele comentou com a Lux sobre o clube.

– Ele não faria uma coisa dessas.

Inspirei o ar. Respirar fundo ainda era difícil, mas a dose de ar frio foi bem-vinda.

– Por que você acha que ele escolheu esse filme?

Freddie exalou uma nuvem branca e ajustou os óculos.

– O Bram gosta de terror artístico. Não acho que ele tenha escolhido *Violência gratuita* pra provocar você.

– É evidente que foi.

– É só um filme, Rachel.

As palavras de Freddie foram como um tapa, mas não um daqueles carinhosos no topo da cabeça. Como se eu não fosse capaz de entender a diferença entre ficção e realidade, entre monstros e garotos. Como se meus sentimentos não tivessem importância.

– Não preciso de você me tratando que nem criança…

– Não foi isso! – interrompeu Freddie, os olhos arregalados.

– Não sou um bebê.

Freddie deu um passo para trás e enfiou os dedos atrás das lentes para esfregar os olhos. Eu já me sentia isolada por Bram, Thayer e Felicity, que nunca se viram representados em um filme de terror; Freddie tinha me seguido até ali, mas cada palavra que dizíamos parecia ser mais um tijolo no muro que se formava entre nós – ele também não compreendia.

Então ele deixou as mãos caírem ao lado do corpo, os olhos cheios de ternura.

– Desculpa – falou. Freddie diminuiu a distância entre nós, e, quando me envolveu com os braços, não me opus. – Posso falar com o Bram, se você quiser.

Neguei com a cabeça, afundada em seu peito. Só queria colocar um ponto-final nessa noite; não queria perder nem mais um segundo pensando em Bram. Não queria pensar em *Violência gratuita*. Muito menos no fato de que, diferentemente do que eu queria acreditar, meus medos continuavam bem vivos.

30

Só voltei a encontrar algum membro do clube – Thayer – no The Shustrine, durante nosso turno do fim de semana. As duas salas do cinema já exibiam os respectivos filmes, e assim pude abandonar meu posto na entrada e me juntar a Thayer na bomboniere. Ele instantaneamente puxou o assunto do último encontro do clube:

– O Clube Mary Shelley é divertido e tal, mas não é um oásis perfeitinho, e agora você já sabe.

– Não quero conversar sobre isso.

Parte de mim se arrependia de ter ido embora correndo. Tinha deixado as emoções me dominarem. A razão principal, porém, para não revisitar aquela noite era evitar pensar em Bram. Caminhei até a máquina de pipoca e enchi pela metade um dos sacos pequenos, pressionando por um tempo caloricamente longo a bomba de manteiga.

Thayer, jogado sobre a vitrine de doces, não tirava os olhos do celular, cuja capinha tinha sido ilustrada por ele próprio: era um diagrama do tipo evolução-do-homem, porém, em vez de figuras de homens da caverna e *Homo erectus*, intitulava-se "A evolução de Jason" e apresentava o psicopata de *Sexta-feira 13* em cada uma de suas reencarnações: Jason, a Criancinha Mutante do Lago; Jason com a Forquilha e o Saco na Cabeça; e, por fim, Jason no Espaço com Capacete de Astronauta sobre a Máscara de Hóquei.

Thayer assistia a *Acampamento sinistro*, refilmagem do título que ostentava os títulos de pior filme dos anos oitenta e pior filme de terror de todos os tempos. Logo, tinha ganhado uma refilmagem, agora com a namoradinha dos Estados Unidos, Ashley Woodstone.

– Me falaram que ela fez aulas com um fonoaudiólogo pra dominar o sotaque do Brooklyn – comentei, subindo no banquinho próximo a Thayer e limpando a manteiga em meu queixo.

– Isso que é dedicação, considerando que ela quase não tem falas no filme.

– Indiscutivelmente, a Meryl Streep da nossa geração.

Sendo um trabalho de fim de semana, eu não tinha do que reclamar: podia aproveitar a companhia de Thayer em meio ao cheiro de pipoca de cinema. Depois que o filme começava e os espectadores se reabasteciam, eu e ele tínhamos o saguão inteiro para nós. (Rob, o gerente do Shustrine, ficava no escritório, onde se trancava para supostamente trabalhar, mas na verdade passava o tempo jogando no celular.)

– Se fizessem um filme sobre a sua vida, quem você gostaria que te interpretasse? – perguntou Thayer.

– Ashley Woodstone, óbvio.

– Sim, e ela provavelmente faria surgir sardas na própria cara só pra ficar parecida.

– Não duvido.

– Gostaria que ela me interpretasse também. – Thayer desligou o filme, uma atitude sensata, já que *Acampamento sinistro* se encaminhava para o final, um dos mais incompreensíveis de todos os tempos, e não no sentido de *A origem*.

– E aí, em que pé está a sua Prova do Medo, Garota Nova?

Dei a resposta de sempre:

– Não sei quando vai ser a minha Prova do Medo, não sei quem vai ser o meu alvo, nem quando você vai parar de me chamar de Garota Nova.

– E quando você vai aceitar que apelidos são um sinal de afeto e intimidade? – Então retomou o assunto: – Escolher o alvo é uma experiência única, sagrada. Não desperdice a sua como fez a Felicity. Ela sempre se vinga do último ex. Ano que vem, vai ser o próximo masoquista que se atrever a ficar com ela. Já eu sabia que Trevor seria um alvo desde o instante em que entrei para o clube. Só não o escolhi no ano passado porque ainda estava começando, precisava fortalecer os músculos da minha Prova do Medo, entender melhor como ela funcionava. Talvez seja bom você fazer o mesmo.

– Sim.

– Ou então pode acabar com ela de uma vez.

– Não escolhi ninguém ainda – falei num tom ingênuo, lançando uma pipoca à boca.

– Claro, claro. Nem tentou matá-la com uma tesoura.

Não era de surpreender que ele tivesse chegado a essa conclusão. Qualquer pessoa chegaria. Disse a ele o que vinha dizendo a mim mesma desde que soubera da Prova do Medo:

– Não posso fazer isso com a namorada do Bram.

– As regras não falam nada sobre isso, mas é uma atitude fofa.

Embora não contivesse o habitual sarcasmo, a entonação de Thayer ainda era uma grande seta neon apontada para a minha ingenuidade: estava subentendido que eu não devia oferecer a Bram uma consideração que ele jamais teria por mim.

Pronto, lá estava o garoto em meus pensamentos de novo.

– Por que o Bram é tão otário?

– O Bram não é otário, só faz o tipo introspectivo. – Thayer me lançou um olhar semicerrado e intenso, para dar corpo ao adjetivo. – É o *modus operandi* dele, tudo o que ele faz é pra sustentar essa imagem.

– Ele é introspectivo *e* otário. Não são coisas excludentes.

– Ele é estranho. Mas nenhum de nós bate totalmente bem aqui – disse Thayer, apontando a própria testa. – A gente não faria esse desafio se fosse normal.

– Pois é.

Thayer e eu nos viramos quando ouvimos alguém pigarrear. Do outro lado do balcão, um cara batia o cartão de crédito lenta e irritantemente contra a superfície da vitrine.

– Você não está vendo que estamos conversando? – indagou Thayer. – O que você quer?

– É... uma porção de balas azedinhas?

Thayer revirou os olhos.

– Que surpresa.

Ele saltou do banco e se inclinou para pegar os canudinhos molengos. Abri o aplicativo de mensagem no celular. Thayer tinha razão, eu sempre soube quem seria o meu alvo. Se Bram tinha o direito de mexer comigo, eu tinha o direito de fazer o mesmo com ele. Enviei a mensagem rapidamente, para não correr o risco de mudar de ideia.

A bola está comigo agora.

31

Eu estava sentada, completamente imóvel, no balanço de um parquinho escuro e vazio. Minha Prova do Medo estava prestes a começar, e ao meu lado se encontrava o namorado da vítima.

Não preciso dizer que era uma situação desconfortável. Mais desconfortável do que as minhas adoráveis interações habituais com Bram. Desde que enviara a mensagem de texto, eu planejara meticulosamente a minha Prova do Medo, revisara cada possível desdobramento, e era assim que tinha de ser.

Em uma proveitosa conversa com Saundra, na qual eu sutilmente introduzira o tema Lux e o que ela fazia em seu tempo livre, descobri que a garota tinha um bico como babá nos arredores do Ditmas Park, no Brooklyn. Fiquei surpresa com o fato de ela ir tão longe na Linha Q, porém Saundra logo me explicou que alguns indivíduos interessantíssimos (a lista começava com atores e atrizes e terminava com uma banda de rock) viviam em Ditmas Park. As mansões logo me fizeram entender. O bairro era famoso pelas antigas, enormes e belas casas vitorianas, com suas torres e varandas que pareciam não pertencer a Nova York. Era um local muito usado para gravações de seriados de TV que se passavam no interior. Alguns quintais tinham até galinheiro. Era um inacreditável oásis inserido no meio de uma selva de pedras, o cenário perfeito para o meu plano.

Mais perfeito ainda era o fato de que Lux tinha um emprego como babá. Bebi no meu gênero preferido de terror: o psicológico. Aquele que deixa o espectador apavorado e irrequieto sem precisar lançar mão de cenas violentas e explícitas; que entra na cabeça dele, como Lux fazia comigo.

Estávamos esperando a criança dormir para começarmos. A função de Thayer era a de operador de ambiente (nome dado por ele próprio): mover quase imperceptivelmente alguns objetos da casa, para Lux apenas duvidar dos próprios olhos – virar retratos, deslocar bonecos e outros brinquedos. Em outras palavras, causar perturbação a partir do inanimado.

Para deixar Lux completamente tensa, deixei Felicity a cargo da porta e da janela: sua tarefa era dar batidas nas janelas e girar a maçaneta da porta para produzir sons fantasmas e dar a Lux a impressão de não estar só.

Enquanto isso, Freddie se posicionaria no andar de cima, onde deveria procurar as tábuas mais barulhentas do piso e apertá-las lentamente e com força. Se Lux não estivesse apavorada a essa altura, Freddie intensificaria os barulhos, correndo e batendo a porta dos fundos ao sair. Mas esse era o plano B. Considerando que um zunido de abelhas tinha assustado Lux, eu estava convicta de que a faria ao menos gritar com a súbita batida de uma porta.

Depois, Thayer, Felicity e Freddie se encontrariam do lado de fora do Top of the Muffin, uma cafeteria a três quarteirões da casa.

Restávamos Bram e eu.

O parquinho do outro lado da rua era um ponto estratégico que nos possibilitava vigiar a casa e *me* possibilitava vigiar Bram enquanto ele via a namorada ser aterrorizada.

O que eu estava fazendo – o que estava obrigando Bram a fazer – era perverso, era errado, mas também era a natureza do desafio. A Prova do Medo tornava aceitável, e até esperada, a crueldade que havia dentro de mim, e eu iria assumi-la.

No entanto, ficar sentada ao lado de Bram não estava ajudando – muito embora eu tivesse consciência de que uma parte de mim desejava aquela tensão, sendo o único som entre nós os gemidos metálicos dos balanços. Eu forçara a ocorrência desse momento entre mim e Bram. Precisávamos ter uma conversa, e ela se daria nos meus termos.

Só que nenhum de nós se pronunciou. O silêncio era realçado pelos barulhos ao redor: os passos distantes de botas contra o cimento, do outro lado da cerca; um carro parando no cruzamento; o guincho ritmado das correntes.

Bram parecia confortável no blusão de tricô mais grosso que já vi. Com as mangas puxadas até os nós dos dedos e o cabelo caindo sobre os olhos, parecia uma criança. Uma criança demoníaca. Quanto mais tempo passávamos em silêncio, mais espessa se tornava a camada de gelo entre nós; eu precisava quebrá-la.

– Por que você quer que eu saia do clube?

Ele esperava a pergunta. Cravou o pé na terra e tomou um pequeno impulso, impelindo-se um pouco mais à frente do que antes.

– Foi pra isso que você me colocou nessa função, pra bater papo?

– Você queria que eu saísse porque sabia que meu alvo seria a Lux, certo?

Suas pernas pararam de impulsioná-lo, até que ele se deteve completamente. Ao se virar para mim, Bram apoiou o rosto na corrente do balanço, que repuxou sua pele de modo a revelar a parte rosa sob a pálpebra. Sua expressão adquiriu um aspecto feio.

– Quero que você saia do clube porque não é o seu lugar.

A frieza de sua fala, dita sem nenhuma ironia nem remorso, me atingiu em cheio. Por que não era o meu lugar? Era porque eu era uma aberração? Porque não pertencíamos à mesma classe? Se restava alguma dúvida de que Bram me odiava, agora estava claro.

– Você é um babaca.

Sua boca se contorceu num sorriso penitente.

– Sinto muito se te magoei, mas o que você esperava? Você vai dar um susto na minha namorada.

– Ela é o meu alvo. Já você não precisa ficar aqui, ninguém está apontando uma arma pra sua cabeça, Bram.

– Claro que preciso, são as regras.

No fundo, eu tinha a esperança de que a conversa fosse me oferecer alguma clareza, que fosse remover uma de suas tantas máscaras para que assim eu pudesse compreendê-lo melhor; entretanto, ele não parava de vesti-las, uma sobre a outra. Eu estava mais perdida do que nunca.

– Que tipo de monstro a pessoa tem que ser pra fazer isso com a própria namorada?

– Você não sabe nada sobre mim.

– E não é a primeira vez que você faz isso. A sessão espírita na casa abandonada... Lux foi quem mais se assustou.

– Não era pra ela estar naquela festa – disse Bram, e imaginei ter percebido certo remorso em sua voz. – Não era com ela.

– Mas isso não te impediu.

– Eu tentei tirá-la de lá. – Ele pinçou as mangas do blusão com a ponta dos dedos, e a lã ganhou o mesmo aspecto das ataduras de um boxeador. – A gente teve uma briga por causa disso.

Lembrei da discussão que presenciara em um dos cômodos no segundo andar. Ele me lançou um olhar cortante.

– A Lux e eu temos nossos problemas. A gente sempre briga, termina e depois volta. Mas eu tenho um carinho por ela.

– Pode até gostar, mas não a ama. Não de verdade. Se amasse, não faria o que está fazendo.

– Vamos falar sobre monstros, então?

Seu ombro se enterrou na corrente conforme Bram se inclinou em minha direção até ficar a poucos centímetros de distância. Minha vontade foi desviar o olhar e cruzar os braços sobre o peito, porém não fui capaz de fazê-lo. Bram não estava olhando para mim apenas: estava me enxergando cristalinamente, enxergando o que eu tentava esconder a todo custo.

– Achei muito curiosa a sua escolha na Prova do Medo. Não estou falando da Lux, pois era óbvio que você a escolheria como vítima. Estou falando do fato de que você escolheu roteirizar a invasão a uma casa.

– Não é uma invasão de casa – corrigi. – Ninguém vai entender como...

– Você passou por uma experiência horrível durante uma noite tranquila em uma casa vazia – interrompeu Bram. – E vai fazer outra pessoa passar pela mesma situação. Quem é o monstro aqui, Rachel? Você quer falar de perversidade, então vamos falar de perversidade.

A conversa tinha sido ideia minha, fui eu quem quis conversar, esclarecer as coisas, tirar as luvas, porém agora era como se tivesse sido jogada contra as cordas. A culpa começou a me corroer, meus dedos se contraíram, senti o impulso de sacar o celular e abortar a operação. Será que estava indo longe demais? Será que tinha passado do ponto da brincadeira?

No entanto, sabia bem por que havia elaborado esse roteiro para a minha Prova do Medo. Parte de mim queria encenar a garota indefesa em uma casa assustadora, só que no papel contrário. Precisava olhar de um novo ângulo o que tinha acontecido comigo. Era minha oportunidade de estar no controle, de ser a mestra de marionete, de alterar o resultado, de obter um final seguro e aceitável. Era uma catarse.

– A Lux trata os outros como brinquedo, é verdade – continuou Bram –, mas você não pode negar que está fazendo exatamente o mesmo.

Finalmente deslocou o olhar para a casa onde a namorada estava prestes a ser aterrorizada. Assim eu esperava.

– Sou muito diferente da Lux, ou de você. Eu nunca escolheria um jogo em detrimento de alguém que amo.

– E é por isso que você não pertence ao clube.

Meus dedos se aquietaram. Perdi o impulso de alcançar o celular. Havia um bom motivo para Bram e eu nunca conversarmos; por mais divertida que fosse aquela interação e tal, eu estava pronta para dar início à minha Prova do Medo.

– Quando ela te chamar – falei –, você vai dizer que ela está imaginando coisas. Faça ela acreditar que está tudo bem.

Senti certo prazer ao dar instruções a Bram – que iria acatá-las, pois dava muito valor ao jogo. Ele olhou para o relógio (um relógio de fato, que marcava as horas, e não a quantidade de passos que ele tinha dado naquele dia). Então levantou e se afastou, deixando para trás o gemido agudo do balanço.

32

LUX McCRAY

Lux McCray não gostava de trabalhar como babá, e certamente não precisava do dinheiro. Contudo, a posição de babá de Wyatt Salgado--Hydesmuirre era cobiçada demais para ela abrir mão. E não porque adorasse Wyatt, uma graça de criança, mas porque adorava o pai dele. Não! Não no sentido de algum fetiche nojento com babás! Credo.

Mas porque Henry Hydesmuirre era uma figura importante na Condé Nast. Lux não sabia o cargo exato – COO, CFO, VP, alguma combinação dessas letras. O fato importante era o seguinte: se ela se desse bem com o filho de Henry, com certeza conseguiria um estágio na *Vogue* ainda antes do último ano no colégio. Pelo menos duas outras garotas da escola tinham sido entrevistadas para o cargo de babá, e Lux as derrotara.

Os Salgado-Hydesmuirre requeriam seus serviços uma vez por semana, em sua noite de casal, que poderia consistir de uma sessão de cinema, um evento de arrecadação de fundos ou um jantar de gala com menu completo. Lux só precisava dar as caras e passar uma hora com o moleque de seis anos antes de colocá-lo para dormir. A rotina fora idêntica pelos últimos seis meses: brincar com Wyatt e seus brinquedos invariavelmente novos e invariavelmente caros, fazê-lo escovar os dentes, dar um petisco para Sugar saborear em sua caminha, colocar a criança para dormir e, por fim, enviar uma mensagem de texto a Bram para dizer que a barra estava limpa.

Normalmente, ela esperava uma meia hora para mandar a mensagem, tempo que matava se estirando no sofá de couro marrom da sala e mexendo no Insta. Não se demorava mais do que uns segundos em cada post, batendo na tela duas vezes com o indicador antes de deslizá-la para baixo. Parou em uma foto de Lucia, cabeça inclinada e bico de pato. Péssima escolha de filtro; a garota nunca tomaria consciência de seus melhores ângulos? Ao dar zoom, Lux identificou na parte inferior do queixo de Lucia uma vívida espinha que não tinha sido devidamente encoberta pelo corretivo. Fez uma careta e passou ao próximo post sem dar as duas batidinhas.

Após alguns minutos nessa tarefa, tirou os olhos do celular e viu Wyatt parado na sala. Lux se sobressaltou tanto que Sugar, na caminha a seu pé, deu um salto.

– O que você está fazendo aqui embaixo?

– Não consigo dormir.

A cachorrinha abandonou sua cama também e correu até o menino descalço. Os dois não demorariam a começar a brincar, não demorariam a ficar hiperativos. Isso não era nada bom.

– É só ficar de olhos fechados – disse Lux. – Você vai dormir e nem vai perceber.

A garota tinha orgulho de sua firmeza no trato com crianças, do fato de que com ela o buraco era mais embaixo. Instintivamente, sabia que tratar Wyatt como um bebê – coçar suas costas sempre que ele pedia, ficar ao seu lado até adormecer – não era a melhor atitude. Ele já não tinha idade para isso, e, além do mais, se abrisse esse precedente, teria de agir assim sempre. De jeito nenhum. Amor bruto, esse era o caminho, nada de colo. Quando ela era pequena e chorava, ninguém em sua casa dava atenção; sabia bem que era preciso ser duro com a criança desde pequena.

Não tinha uma vez que os pais de Wyatt não ficassem abismados ao saber que o filho adormecera sem oferecer uma enorme resistência. Para eles, Lux era uma milagreira. E ela tentava sutilmente dizer que seus milagres também poderiam incluir buscar café para os editores ou atuar como assistente em sessões de foto, contudo, até agora, nenhuma oferta de estágio fora feita. Ainda.

– Não está adiantando fechar os olhos – reclamou Wyatt. – Os barulhos não param.

– Que barulhos?

– Alguém batendo na janela.

Os Salgado-Hydesmuirre viviam em uma casa enorme em uma vizinhança cheia de casas enormes que eram lindas por fora, mas capengas por dentro.

– É só o frio, Wyatt.

As casas ali tinham vida própria, respiravam e pareciam sofrer continuamente de pneumonia – sempre com correntes de ar, sempre com vazamentos, não se podia dar um passo sem que o piso resmungasse.

– O frio não faz barulho.

– Aqui nesta casa faz. Agora vai deitar.

Wyatt soltou o ar e marchou pela escada com seu pijaminha de naves espaciais, murmurando contra a mudança climática e que não estava tão frio assim.

Lux retornou ao celular, mas não demorou para que Wyatt reaparecesse. A coisa já estava começando a cansar.

– Você pode ficar no meu quarto até eu dormir? – pediu.

Lux esqueceu aquela baboseira de amor bruto. Era uma questão de conveniência: quanto mais cedo ele dormisse, mais cedo ela poderia mandar mensagem para Bram, e realmente precisava mandar mensagem para Bram.

Ele sempre vinha depois que Wyatt caía no sono, só que dessa vez Lux não tinha certeza se o namorado apareceria, pois os dois tinham brigado.

Nem lembrava o motivo da briga, apenas sabia que Bram agira de um jeito estranho e por isso ela disse algo que não devia ter dito, depois ele falou coisas de que ela esperava que estivesse arrependido, e a situação saiu do controle.

Ambos não trocaram uma única palavra na escola mais cedo. Sim, sentaram juntos no almoço, como sempre, mas isso estava acima deles. Era praticamente um favor que Lux e Bram faziam às demais pessoas no refeitório, que assim tinham a chance de comê-los com os olhos. No entanto, embora tenham conversado com os demais ocupantes da mesa, os dois não se dirigiram um ao outro diretamente. Ela torcia para que ninguém tivesse percebido.

Quanto antes mandasse mensagem para Bram, mais rápido a briga teria fim. Assim esperava.

– Tá, vamos – falou Lux a Wyatt.

Colocou-o na cama mais uma vez, porém os olhos do garoto permaneciam arregalados, duas enormes piscinas cheias de preocupação.

– Você pode olhar a janela, só pra garantir?

Lux se obrigou a sorrir. A tarefa de fazer o menino dormir era exaustiva, e ela teria de pedir um aumento. Levantou-se e abriu a cortina.

– Viu? Não tem nada.

Ninguém próximo à janela, ninguém nas árvores, ninguém na calçada. Havia alguém no parquinho, contudo, sentado num dos balanços.

"Pervertido."

Não importava quão agradável fosse o bairro, não importava o tamanho do quintal: dinheiro nenhum no mundo a faria morar de frente para um parquinho. Um bando de fedelhos correndo durante o dia, os tipos mais repugnantes durante a noite.

– Você não pode ficar só até eu dormir?

Lux revirou os olhos, mas pensou que poderia mandar mensagem para Bram dali mesmo, assim que Wyatt adormecesse. Sentou-se na cadeira de balanço no canto do quarto. O celular vibrou em sua mão, e ela olhou para a tela. O coração deu um salto quando viu que a mensagem era de Bram, também disposto a fazer as pazes.

O moleque dormiu?

Ainda não. Ouviu algum monstro.

Lux não tirou os olhos das reticências piscantes.

Quer dizer que você falou de mim pra ele? Emoji de diabinho.

Lux sorriu. Provavelmente seria melhor conversar sobre a briga de maneira franca, tentar resolver para não se repetir. No entanto, era tão mais fácil fingir que nada aconteceu e varrer tudo para baixo do tapete. Lux estava começando a escrever a resposta quando os latidos furiosos começaram. Resmungou.

– Sugar! – disse Wyatt, levantando da cama. – A gente deixou a Sugar lá embaixo!

– A Sugar está ótima – garantiu Lux, tentando fazer Wyatt deitar novamente.

Entretanto, Sugar não parava de choramingar, depois passou a guinchar; Lux começou a ouvir as unhas da cadela arranhando a base da escada.

– Você tem que pegá-la – falou Wyatt.

– Tá. Não sai da cama.

Lux seguiu para o corredor, onde os latidos da cadela se faziam mais altos. Sob o barulho dos latidos, Lux imaginou ter escutado um *psiu*, como se alguém estivesse pedindo a Sugar que ficasse quieta.

Quando chegou ao pé da escada, Lux viu Sugar distraída com seu brinquedo. Pegou a cachorra no colo para levá-la para cima, porém sua atenção foi atraída por algo: fitou os bonequinhos de *Star Wars* de Wyatt e se indagou o que havia de… estranho. E então se deu conta do bizarro fato: em vez de estarem jogados numa pilha, se achavam em pé, formando um círculo.

Lux chutou os bonecos, que foram arremessados, alguns para longe no chão de madeira. Geralmente ela praguejava contra o tanto de barulho que a casa fazia; agora, no entanto, encontrava-se imóvel e com os ouvidos atentos, pois, pela primeira vez, aquela velha fonte de rangidos estava silenciosa.

O desconforto tomou conta da pele de Lux, como uma camada de neve fresca. Não conseguia se livrar da sensação de que havia mais alguém ali. Mas, quando olhou em volta – no vão das portas e atrás das poltronas –, não achou ninguém.

Um instante depois, ouviu um barulho vindo do segundo andar. Passos.

– Eu mandei ficar na cama – murmurou e se apressou até o quarto de Wyatt, intimamente aliviada por deixar a sala.

Wyatt continuava na cama e, pelo som que fazia, tinha adormecido.

Lux, ainda no vão da porta, tentou estabelecer uma conexão entre a pacífica visão diante dela e os passos que acabara de escutar. Apertou Sugar contra o peito e tentou puxar da memória o som exato que ouvira, até finalmente se convencer de que o barulho na verdade tinha vindo do encanamento.

Fechou a porta do quarto, desceu a escada e se acomodou no sofá com Sugar, acariciando a macia pelagem branca da cadela. Sentiu-se uma vilã de filme, embora, a essa hora da noite e numa casa tão velha, fosse ótimo mesmo ter, esparramada no colo, uma bolota de algodão-doce que respirava.

E então escutou a batida de que Wyatt reclamara.

Não fora obra de sua imaginação, já que Sugar se pôs alerta, o corpinho totalmente rígido, as orelhas espichadas.

Só que essa batida vinha da janela da própria sala.

Era mais um tinido do que uma batida, como se uma unha muito comprida se chocasse de leve contra o vidro. Uma pedrinha, talvez. Seria Bram lançando algo na janela, numa tentativa questionável de ser romântico? Lux caminhou até a janela e abriu a cortina num puxão.

Ninguém.

Provavelmente o vento lançara as pedrinhas no vidro.

Outra batida, dessa vez na porta.

Ela deslizou o dedo pela tela do celular e abriu a troca de mensagens com Bram. *Foi você que bateu na janela? É você na porta?* No entanto, assim que leu a própria mensagem, segurou o dedão para deletá-la.

Parecia louca. Por mais que fosse seu desejo, não conseguia afundar no sofá, ignorar o som persistente e cada vez mais audível. Descruzou as pernas, pousou lentamente os pés no chão, se agarrou a Sugar e decidiu ir até o vestíbulo. Não poderia haver ninguém na porta.

Mas *havia* alguém na porta.

Lux viu com os próprios olhos a maçaneta girando, primeiro para a esquerda e depois, lentamente, para a direita.

– Bram? – sussurrou, dando um passo à frente. – Bram? – repetiu, mais alto, pressionando a face contra a madeira.

Envolveu a maçaneta com os dedos. Não houve resistência. Abriu a porta de uma vez.

Ninguém.

Fechou a porta imediatamente e apertou Sugar contra si. Estava imaginando coisas – aquela casa caindo aos pedaços a levava a imaginar coisas. Como o novo ruído que veio de cima.

Canos. O encanamento antigo.

Lux mentia para si mesma. Qualquer um sabia diferenciar os gorgolejos metálicos dos canos ou os resmungos do piso centenário de madeira. Wyatt dormia em seu quarto, não havia ninguém na porta, e o único outro ser vivo na casa se achava em seus braços. E tinha um estranho no andar de cima.

Lux não se moveu, nem sequer respirou.

O barulho que ela escutava era de passos, de novo. Contou: quatro, primeiro; dois, na sequência; e, após uma longa espera, um.

O celular vibrou, fazendo-a se sobressaltar e largar a cachorrinha, que ganiu e correu para longe, as unhas tiquetaqueando a madeira. Mensagem de Bram.

Estou chegando.

Quanto tempo?, respondeu rapidamente, tentando se manter calma.

Poucos quarteirões.

Acho que tem alguém na casa, digitou.

Aguardou a resposta de Bram, que nunca chegou, o que a inquietou.

Corre. Estou ouvindo sons estranhos, escreveu.

Mais um instante longo e torturante. Viu as reticências surgirem e depois desaparecerem. Um vinco se formou em sua testa enquanto ela encarava a tela. Bram finalmente respondeu: *É sua imaginação.*

Muito embora ele tenha dito o que ela gostaria de ouvir – que não era nada –, foi doído ter seus medos invalidados dessa maneira. Cerrou o maxilar. *Só vem logo.*

Entre a sala de estar e a cozinha, havia um armário que a família usava para esconder as bagunças, e Lux decidiu ir até lá. O espaço era suficiente para acomodá-la em pé, então a garota se enfiou na escuridão, empurrou alguns objetos e aguçou os ouvidos.

Na sequência, escutou a porta de entrada se abrindo. Inclinou a cabeça para ouvir melhor, na esperança de identificar a voz de Bram, que talvez a chamasse, que talvez anunciasse sua presença para afugentar o invasor.

Lux sacudiu a cabeça. "Não tem invasor nenhum", repetiu a si mesma. Alerta aos sinais – a qualquer som –, não ouviu nada além de passos subindo lentamente a escada.

– Bram? – sussurrou.

Agarrou a maçaneta e a girou bem devagar, para não fazer nenhum ruído. Abriu uma fresta na porta, o bastante para espiar. O campo de visão até a escada era desobstruído.

Não viu ninguém. Só podia ser Bram, que teria subido para se certificar de que a barra estava limpa, e obviamente estava. Ela não era mulher de se esconder num armário. Não era a atitude de uma pessoa moderada, controlada. Abriu mais a porta e se esgueirou para fora. De meias, marchou pela escada. Lux não parou até pisar no segundo andar. O quarto de Wyatt ficava no corredor à direita, e seria o primeiro lugar que Bram checaria. Virou à esquerda e caminhou até a suíte dos Salgado-Hydesmuirre.

Ali, viu um homem de costas e quase desabou de alívio. Era o Sr. Hydesmuirre. Reconheceu-o pelo casaco da London Fog. Ele voltara mais cedo por algum motivo.

– Senhor Hydesmuirre, mil desculpas, eu não…

No entanto, quando o homem se virou, não foi o rosto do sr. Hydesmuirre que ela viu, não foi nem mesmo um rosto humano: era branco, com aspecto de borracha, coberto de cicatrizes. Uma máscara.

O grito que soltou foi alto e enérgico, e então ela saiu do quarto como um foguete. Disparou pelo corredor, o homem em seu encalço.

Não podia se deixar ser alcançada. Não diminuiu a velocidade ao chegar à escada, continuou forçando as pernas, correndo, porém ele estava próximo. Ela podia senti-lo, assim como sentia os pelos eriçados em sua nuca. E então duas mãos firmes empurraram-na pelas costas.

Enquanto voava pelos catorze degraus restantes e desabava no chão – com um grito preso na garganta –, a última visão de Lux foi o rosto do monstro.

33

Lux passou a noite no hospital devido a um braço quebrado e aos seis pontos que precisou levar na parte de trás da cabeça. Bram nos contou por mensagem que a encontrara inconsciente ao pé da escada. Lux, após acordar, narrara os fatos – e a sua narrativa era diferente da que eu havia pretendido contar.

De acordo com Bram, Lux disse que um invasor, um homem mascarado, tinha tentado matá-la.

Seguiu-se uma torrente de mensagens nossas para saber mais detalhes, porém Bram parou de responder.

No dia seguinte, tive a impressão de que o restante da escola sabia tanto quanto eu. A máquina de fofocas da Manchester funcionava a todo vapor, exalando simpatia por Lux e admiração por Bram por tê-la salvado. Não foi nada parecido com a vez que Sim declarou ter sido perseguido por um homem de máscara e ninguém acreditou. Todos acreditavam na palavra de Lux. A história seguiu a lógica de uma moda: se até então era absolutamente ignorada, bastava receber da garota mais popular do colégio o selo de aceitável para que não se falasse em outra coisa. O Homem Mascarado. Agora ele era a nova mania, tão empolgante quanto uma bolsa recém-lançada ou o mais recente e inútil joguinho de celular. Instantaneamente transformado em lenda na boca dos estudantes.

As proporções da novidade eram míticas a ponto de Saundra não conseguir esperar até o almoço para comentar. Quase sem fôlego, me encurralou em meu armário antes da primeira aula.

– Atacaram a Lux! Alguém usando uma máscara!

Fechei o armário com mais força do que precisava, e me senti culpada pelo susto que o barulho causou em Saundra, mas estava irritada com a situação. Minha Prova do Medo tinha dado completamente errado. Uma pessoa se ferira gravemente, e a responsabilidade era minha. Indiretamente ou não, eu colocara Lux em perigo.

E havia a questão da máscara – a minha Prova do Medo não envolvia máscara nenhuma.

– Podemos não falar disso? – Comecei a me dirigir para a sala de aula, e Saundra me seguiu, incrédula.

– Como assim? Sua arqui-inimiga é destruída e você não quer falar sobre?

– Ela não é minha arqui-inimiga – sussurrei, olhando em volta para me certificar de que ninguém estava ouvindo.

– Está com medo de alguém pensar que foi você? – indagou Saundra, as palavras cobertas por uma camada de risada.

Meu rosto ficou vermelho.

– Ai, eu tô brincando! Mas e se tiver mesmo alguém tramando essas pegadinhas? A máscara talvez seja a sua assinatura! Ooooh, e se ele for um gato?

Eu me detive, e foi a minha vez de demonstrar incredulidade.

– A Lux se machucou de verdade, Saundra.

Dizer isso em voz alta – e ouvir o eco das palavras pela escola – tornou o fato mais real, tornou meu envolvimento nele mais real. Meu coração, que já batia rápido, continuava acelerando, meu rosto formigava, meus dentes ameaçavam ranger: meu corpo se comportava como se fosse sucumbir à tonelada de culpa que se abatia sobre mim.

– Sim – disse Saundra. – Daí a minha admiração.

Em minha mão, o celular vibrou: mensagem de Felicity.

Reunião de emergência no terraço. Agora.

– Preciso ir – falei para Saundra.

O TERRAÇO ERA um espaço recreativo cercado por uma grade de arame que ninguém jamais frequentava. Thayer, Felicity e Freddie já estavam reunidos.

– O que está acontecendo? – perguntei assim que cheguei.

Não houve resposta. Os três olhavam para além de mim, para Bram, que tinha acabado de surgir.

– Bram, eu sinto muito – comecei.

No entanto, Bram passou reto por mim, indo em direção a Freddie, agarrando-o com as duas mãos pelo blazer e jogando-o contra uma porta.

– Foi você – acusou. – Você é o culpado.

Felicity observava com descarada curiosidade, ao passo que Thayer recuou para sair do caminho. Já eu tentei me interpor entre os dois garotos.

– O que vocês têm na cabeça? – Espalmei uma mão no peito de cada um; quando finalmente notou minha presença, Bram soltou Freddie.

– Que porra foi aquela? – gritou Bram. – Foi ideia sua? Tinha um homem de máscara na sua Prova do Medo?

– *Não*. Não sei o que aconteceu para a Lux se machucar. Eu sinto muito, Bram, a intenção era dar um susto nela, só isso.

– Acho muito conveniente que a pessoa que você mais odeie quase tenha morrido.

As palavras penetraram em mim como faca quente deslizando devagar para dentro do meu peito. Ao escutá-las de sua boca, a culpa que eu já sentia ganhou novos elementos. Era pesada, insuportável. E eu nem sequer podia me defender.

– Cara, a Rachel detalhou o plano inteiro dela – disse Thayer. – E nós o seguimos à risca.

– Quero que você me diga exatamente do que está me acusando – demandou Freddie a Bram, por cima da minha cabeça.

Freddie continuava surpreendentemente calmo, considerando que o outro queria estrangulá-lo.

Bram cerrou os dentes, a mandíbula se contraiu. Respirou fundo para readquirir alguma serenidade, mas conseguiu apenas ficar parecido com um touro bufando pelas narinas dilatadas, prestes a atacar.

– A Lux falou que tinha um cara de máscara no segundo andar. E obviamente era você, Freddie, já que só você estava lá.

Freddie negou com a cabeça.

– Eu saí pelo quintal dos fundos, exatamente como a Rachel mandou.

– Para de mentir, cara! – esbravejou Bram, um dedo apontado para o rosto de Freddie como se o ameaçasse com uma arma carregada. – Você colocou uma máscara e perseguiu a Lux.

– Bram, por que o Freddie faria algo assim? – perguntei.

– Ele estava no ponto de encontro – informou Thayer. – A gente estava esperando você.

– O Freddie só foi embora da casa depois do acidente da Lux – afirmou Bram, o que soou como uma tentativa de convencer a si mesmo.

– Você viu alguém usando máscara? – questionou Felicity. – Digo, quando chegou e encontrou a Lux, você viu mais alguém?

Bram inalou o ar; parecia estar fazendo um esforço desesperado para se acalmar e não dizer um absurdo do qual se arrependeria depois. Balançou a cabeça e na sequência me fitou com a intensidade habitual, tão forte que me fez dar um passo para trás e quase me chocar com Thayer. Os olhos de Bram mantiveram-se fixos em mim, como se nós dois fôssemos os únicos ali no terraço, como se os demais tivessem debandado.

– Isso não fazia parte do seu plano? Você não mandou o Freddie perseguir a Lux?

– Não. – Desejei que essa palavra, apesar de simples, apesar de curta, fosse capaz de comunicar toda a minha sinceridade.

Pelo visto, Bram acreditou em mim, pois sua reação foi se virar para Freddie e dizer:

– Você está obcecado por esse jogo e foi longe demais dessa vez.

– Não, não fui – retorquiu Freddie num tom tão controlado quanto o de Bram, embora muito menos odioso. Não parecia estar nada intimidado. – Entendo o motivo da sua raiva: a sua namorada se machucou, a Prova do Medo não saiu como planejado, era para a Lux ter fugido da casa.

– Quê?

– Você tem que aceitar que ela agiu que nem a babá dos filmes que continua na casa. Erro clássic…

Bram avançou contra ele novamente, e dessa vez não consegui me colocar entre os dois a tempo. O punho de Bram acertou a boca de Freddie, cujo lábio inferior se abriu. Ouvi às minhas costas o guincho espantado de Felicity e o grito ininteligível de Thayer.

– Isso não é um jogo, caralho – falou Bram.

Freddie passou a mão pelo lábio e olhou para a mancha vermelha em seu dedo como se não passasse de tinta.

– É, sim.

Passou-se um instante, e Bram tentou se recompor, respirando fundo, devolvendo as feições de costumeira imperturbabilidade ao rosto. No entanto, a sensação de que tudo havia se transformado, de que nós, como grupo, tínhamos ultrapassado uma linha e que não seria possível retornar, nos envolvia. Sem mais uma palavra, Bram atravessou a porta que levava à escada.

Thayer e Felicity se viraram para Freddie e o fitaram como se esperassem uma indicação de como agir. Freddie sempre passava a impressão de saber o que fazer. Só o que fez, entretanto, foi encolher os ombros.

– Ele vai se acalmar – falou. – Vamos dar um tempo pra ele.

Com isso, Thayer e Felicity deixaram o terraço.

Eu permaneci.

– Você usou uma máscara ontem? – perguntei calmamente.

Quando fora Bram a fazer essa pergunta, Freddie se mantivera impassível, imperturbado pela ira ameaçadora do outro. Agora que era eu quem a fazia, reagiu como se tivesse levado um segundo soco: chocado, exasperado, ferido.

– Você acha mesmo que eu estragaria a sua Prova do Medo?

– Eu acredito que a Lux viu uma pessoa de máscara. Não vejo nenhuma razão para ela inventar isso.

– Nem eu.

De repente, era como se a noite em que ele me mostrou *A noiva de Frankenstein* pertencesse a um passado longínquo. Freddie deu um passo em minha direção, e eu recuei. A mágoa em seus olhos foi ampliada pela lente dos óculos.

– Você acredita no Bram? Acha que eu traí você, que coloquei uma máscara e ataquei a Lux?

Eu não queria acreditar.

Mas.

– Só tinha você no segundo andar.

– Rachel, eu fui embora. Segui o seu plano, fui para o ponto de encontro.

Diante do meu silêncio, foi a vez de Freddie se afastar, balançando negativamente a cabeça. Embora eu não o tivesse acusado diretamente, as entrelinhas bastaram para gerar uma ruptura entre nós.

Ele se dirigiu à porta e, ao pousar a mão sobre a maçaneta, respirou fundo.

– Não consigo acreditar que você me considera capaz de fazer algo assim.

– Freddie…

– Se havia alguém lá, não era eu.

Então ele partiu, me deixando sozinha no terraço.

34

Uma semana depois da minha Prova do Medo, eu ainda tentava entender o que tinha dado errado.

Só havia três explicações possíveis:

A) Freddie, por algum motivo desconhecido, tinha usado uma máscara. Talvez achasse que seria uma boa ideia, que enriqueceria o meu roteiro, porém algo deu errado, levando à queda de Lux. Um acidente pelo qual ele não queria assumir a culpa.

B) Lux estava mentindo e na verdade não vira nada nem ninguém. Caiu da escada por descuido próprio e estava usando a história de Sim – a do Homem Mascarado – para tornar a situação menos vergonhosa e também para ser o centro das atenções.

C) Havia de fato uma pessoa de máscara que vinha interferindo em nossas Provas de Medo.

Eliminei a opção C assim que a formulei. Era muito pouco provável, e eu me recusava a admiti-la, já que ela lembrava demais o que acontecera comigo no ano passado. E o que aconteceu no ano passado devia ficar no passado.

Entretanto, o passado tinha um problema: outras pessoas além de mim o viveram, especificamente minha mãe, que, ao que parecia, só queria falar sobre ele.

– Como você está? – perguntou, inclinando o tronco para pegar pipoca da minha tigela.

Uma pergunta estranha de fazer bem no meio de *Hereditário*.

– Estou bem. – Não tirei os olhos da TV. – Por quê?

– Soube do que aconteceu com a Lux McCray.

Engoli em seco e me fixei na maquete em que Toni Collette trabalhava.

– E o que isso tem a ver comigo? – Mal terminei de falar, me indaguei se não tinha soado muito na defensiva.

– Apenas estou preocupada que isso tenha reavivado alguma lembrança.

Na tela, Toni Collette, após quebrar uma das minúsculas mobílias, teve um acesso de raiva e destruiu a maquete inteira.

– Não pensei muito nisso, pra falar a verdade – disse calmamente.

Por mais que não tenha me virado para olhá-la, eu era capaz de visualizar a expressão da minha mãe: preocupada e ligeiramente decepcionada com a minha dissimulação, até, por fim, se arquear, na esperança suplicante de que eu me abrisse.

– O que você sabe sobre o que aconteceu? – perguntei.

Era possível que os professores tivessem sido informados do trauma vivido por Lux, da mesma forma que o diretor-assistente fora informado do meu. Talvez minha mãe soubesse detalhes desconhecidos pelos alunos, detalhes que me possibilitariam eliminar outro item da minha breve lista.

– Tudo o que sei é que a Lux estava sozinha numa casa e um homem mascarado a atacou. – Ela se encolheu. – Não posso negar que me pareceu muito familiar.

Familiar demais.

Peguei o controle remoto e apertei o botão para parar o vídeo.

– Já vi esse. E estou um pouco cansada hoje.

Embora fosse cedo, fui para o meu quarto. O Homem Mascarado, o meu pior pesadelo, já não se restringia aos meus sonhos nem às minhas memórias.

* * *

O mesmo sonho. Não, pesadelo. De novo.

O mesmo personagem, as mesmas roupas escuras, a máscara. Em cima de mim, como sempre, só que com uma faca dessa vez. Eu tinha certa consciência de que era um sonho, e mesmo assim o pavor me dominava de tal maneira que não conseguia me libertar. Minhas mãos se debatiam no piso frio da cozinha, porém só agarravam o lençol.

Vi o homem abaixar quase em câmera lenta o punho que segurava com força a faca, a lâmina reluzente a poucos centímetros do meu peito.

Sentei na cama. Uma fina camada de suor pontilhava minha testa, minha sobrancelha. Tentei puxar o oxigênio.

Mesmo desperta do pesadelo, só via a máscara, a feição branca de um velho com lábios finos e faces chupadas. O mesmo rosto que Sim e Lux afirmavam ter visto. O rosto que me caçara na festa de Halloween.

O rosto que havia ficado no passado em Long Island. Ou assim eu achava.

35

FREDDIE E EU não nos falávamos desde a reunião de emergência no terraço, quase duas semanas antes. Não podia julgá-lo: eu o acusara de uma atitude horrível e nem sequer tinha certeza se ele era o culpado. Não foram poucas as vezes nesse intervalo que escrevi uma mensagem de desculpas, porém sempre a deletava antes de enviar. Ele com certeza não queria saber de mim.

E a pior parte era que eu sentia falta de Freddie. Era a única pessoa com quem tinha vontade de conversar sobre o pesadelo mais recente. Depois da escola, me pegava esperando-o para caminharmos juntos até o metrô, ainda que não fizéssemos isso havia um tempo. Queria conversar sobre nossos filmes preferidos, tirar sarro de suas opiniões questionáveis, fazê-lo rir.

A dura realidade era que, de duas uma: ou Freddie havia feito algo horrível; ou não havia feito nada e eu o estava punindo sem motivo. Ambas as opções eram péssimas.

Enquanto isso, Bram não estava falando com absolutamente ninguém do clube. Ou seja, nada de encontros em sua biblioteca. Minha sensação era a de ter viajado no tempo até as primeiras semanas na escola nova, quando tudo o que sabia sobre Bram era a trilha de sussurros que ele deixava por onde passava. Agora, não saía de perto de Lux sempre que ela não estava em aula. Eu a encontrei numa aula de Artes, e logo nos evitamos; Lux usava um gorro de esqui para esconder os pontos, inaugurando um código de vestimenta que parecia ter sido feito especialmente para ela.

Felicity tinha voltado ao seu normal, isto é, me ignorava solenemente enquanto pegávamos os livros em nossos armários. Só me restava Thayer. Os fins de semana no Shustrine eram o fio que me conectava ao clube.

Assim que o turno ficou mais tranquilo, quando na bomboniere não se ouvia nada além do motor da pipoqueira, perguntei se ele sabia o que estava acontecendo.

– Em relação ao Homem Mascarado? – questionou Thayer, diante de uma revista *People* aberta sobre o balcão, a qual ele folheava distraidamente. – Não faço ideia. Mas tenho pra mim que a Lux mentiu.

– Por quê?

Ele deu de ombros.

– Ela é mentirosa, por isso.

– Só isso? A Lux é mentirosa e pronto?

– Você sabe disso melhor do que ninguém. Ela espalhou para a escola inteira que você tentou matá-la com uma tesoura.

Olhei de relance a revista para não precisar encará-lo.

– Sim – murmurei.

– Ou então ela não mentiu. Talvez ela tenha ficado apavorada de tão bom que foi o seu susto e caído da escada, e agora *acredita* que viu um homem mascarado porque ouviu o Sim dizer isso na escola, e histeria coletiva é um negócio real e et cetera. O que quero dizer é que você não tem motivo pra se sentir culpada.

Não era culpa, o problema. Eu queria respostas concretas. Havia uma incerteza envolvendo tudo. Lux. Freddie. O clube.

– O Bram bateu no Freddie – falei. – Será que eles vão se reconciliar?

Thayer afastou a revista para um lado.

– Garota Nova, você não sabe disso porque, como o seu apelido diz, é novinha em folha aqui, mas Bram e Freddie são conhecidos por essas brigas de tempos em tempos.

Me inclinei sobre o meu banco.

– Sério? Mas, tipo, brigas de soco?

Thayer abanou uma mão, de modo a não confirmar nem negar.

– O que estou querendo dizer é que sempre existiu drama entre os membros, e no fim tudo se resolve. No seu devido tempo. O Bram precisa relaxar, vestir a máscara de homem de gelo e fazer uns abdominais só de cueca enquanto escuta Huey Lewis & The News. Depois, ele vai simplesmente chegar pra gente e contar seu plano para a Prova do Medo e a competição vai continuar normalmente.

– Freddie falou a mesma coisa no terraço, que a competição ia continuar. Mas me parece que não existe o menor clima, você não acha?

– Só acaba depois que todo mundo participa. – Thayer virou a página, e a matéria seguinte, sobre algum participante de reality show, roubou sua atenção.

A SÚBITA AUSÊNCIA do clube em minha vida me fez perceber que ele era a minha principal válvula de escape social. Tinha Saundra, claro. Nós duas começamos a passar mais tempo juntas depois da escola. Convidei-a para ir ao meu apartamento, numa tentativa de recriar as noites de cinema do clube. Comecei com uma aposta certeira: *Pânico*, um clássico atemporal. Para o meu horror, no entanto, Saundra apareceu com o notebook pronto para rodar a série da MTV baseada nos filmes. Após me escutar dizer, de um jeito bem gentil, que eu preferia ter minha pele arrancada a assistir àquela abominação, ela simplesmente deu risada e apertou o play.

E assim chegaram ao fim as noites de cinema com Saundra. Continuávamos almoçando juntas, porém, ocasião em que ela apresentava sem falta o *Show do Bram*. Comentava sobre seu cabelo (mais luminoso do que nunca), seu heroísmo (não abandonava Lux nem por um segundo por causa do que ela passou) e seu corpo (cada vez mais delicioso), as palavras se fundindo num liquidificador lexical bramiano.

Observei-o no centro do refeitório. Era ridícula a minha incapacidade de apenas levantar e falar com ele, sendo que estava sempre por perto – no almoço, nas aulas, nos meus pensamentos. Eu queria saber o que Lux tinha lhe contado sobre o acidente. E se ele pretendia organizar um próximo encontro do clube, ou se tinha cortado em definitivo relações com a gente.

Da estática pulsante que eram as palavras de Saundra, uma se destacou:

– ... terminar.

– Oi?

– A Marcela Armagnac me contou que o Bram e a Lux estão prestes a terminar.

– Mas você acabou de dizer que o cara é um herói só por... sentar ao lado dela no almoço.

– Exato. Dizem que ele não quer mais ficar com ela, mas não pode terminar agora porque ia pegar muito mal, iam achar que não quer ficar com alguém que tem uma cicatriz horrível na cabeça.

Lux ainda não havia abandonado o gorro, e muito se especulava que a razão para isso era o fato de a cicatriz ser grotesca. Minha vontade foi soltar um gemido, só que teria sido o gemido mais alto da história, e eu realmente não queria chamar a atenção.

– Também fiquei sabendo que a Lux ainda está muito abalada e só quer seguir com a vida, o que talvez signifique conhecer outras pessoas, e talvez o Bram queira a mesma coisa, mas os dois acham melhor esperar a viagem à estação de esqui.

A viagem à estação de esqui. A primeira vez que eu escutara falar sobre ela tinha sido da boca de Thayer, algumas semanas antes, e, à medida que se aproximava, mais dominava as rodas de conversa. Não se tratava de uma excursão oficial da escola, e sim de uma tradição organizada pelos alunos dos últimos anos, que seguiam para Hunter Mountain para esquiar durante o dia e enlouquecer durante a noite. Segundo Saundra, era o "momento mais esperado do inverno".

– E você acredita nisso? – perguntei.

Embora nunca tivesse me convencido do amor de Bram por Lux, sabia que ela se agarrava ao relacionamento e não permitiria nenhum obstáculo entre eles.

– Com certeza, sim. Você não percebeu que os dois pararam de rir juntos?

Pararam? Eu nunca vira Lux abrir um sorrisinho, quanto mais rir. Bram, por sua vez, só deixava escapar uma risada quando estava fazendo alguma maldade.

– Quando você para de rir com o seu parceiro, é porque a relação degringolou, não tem mais volta.

Apesar de nunca ter namorado, Saundra havia acumulado uma enorme sabedoria nos questionários on-line sobre relacionamentos.

– Está na cara que o garoto está apenas dando um tempo socialmente aceitável pra cair fora.

– Eu acho que ele gosta dela – falei, me policiando para não usar a palavra "ama".

As fofocas de Saundra estavam me incomodando, e nem eu entendia o que me impelia a tomar o lado de Bram.

– E por que você acha isso?

– Conheço o Bram melhor do que você.

Saundra parou imediatamente de comer, assim como eu, horrorizada por eu ter deixado escapar essas palavras.

– Como você poderia conhecê-lo melhor do que eu?

Precisei pensar rápido.

– Ué, porque a gente está fazendo um trabalho em dupla.

A entrega seria dali a alguns dias, e não havia razão para o fim (ou hiato) do clube afetar nossas notas. Além disso, era a desculpa ideal para confrontá-lo.

Me levantei.

– Falando nisso, vou ali e já volto.

Abandonei a mesa e o meu *lámen*. Saundra gritou meu nome, mas parou assim que percebeu que eu me dirigia ao centro do refeitório.

Foi Lux quem reparou em mim primeiro.

– Posso ajudar? – perguntou em um tom que não tinha nada de solícito.

– Preciso falar com você – falei para Bram, ignorando-a.

Saundra podia ter a opinião que quisesse, mas o fato incontestável era que Bram não era dado a risadas. O jeito como me fitou me fez duvidar se ele havia sorrido uma única vez na vida.

– O que você quer com o Bram? – quis saber Lux.

– Preciso falar com ele sobre o trabalho.

Ele se apoiou na mesa e levantou.

– Já volto – falou para Lux.

– Bram. Sério mesmo?

No entanto, Bram já havia se afastado, e eu o seguia. Não pude deixar de perceber a tensão entre ele e Lux; talvez houvesse um fundo de verdade nos rumores sobre a separação.

Só paramos de caminhar quando chegamos ao seu armário, que ele começou a destrancar.

– Corajoso da sua parte. Vir falar comigo no refeitório.

– Você não é intocável, Bram. E eu de fato preciso perguntar sobre o trabalho.

Bram retirou do armário um maço unido por grampos com o título Mary Shelley e seu monstro em negrito na capa e me entregou. Abaixo, liam-se nossos nomes.

– Era para termos feito juntos.

– Você pode ler para aprovar ou não. Tenho certeza de que vai aprovar. – Ele fechou o armário e começou a caminhar, mas eu o chamei.

– O que você quis dizer no terraço?

Bram se virou para me encarar.

– Como assim?

– Quando falou que o Freddie estava indo longe demais, o que quis dizer com isso?

Bram hesitou; embora parecesse crer na minha intenção de escutá-lo, sua fala seguinte ainda soou cheia de descrença.

– Você não vai conseguir enxergar quem o Freddie realmente é porque está cega de amor.

Uma risada vazou da minha boca e ecoou alto entre os armários.

– Eu não amo o Freddie.

– Alguma coisa você sente. E ele era o único que estava no andar de cima, e a solução mais óbvia costuma ser a certa.

– Você é o único do clube que desconfia dele.

Bram conferiu o relógio com tédio. Tinha dado sua hora.

– É tão difícil assim ver que alguém que leva o jogo tão a sério, que está desesperado para vencer, seria capaz de fazer qualquer loucura para sabotá-lo?

– O amor não é o único sentimento que cega. O medo também. Não sei o que é, mas tem algo em mim que te dá muito medo. É assim desde que entrei no clube.

Apesar de estar convicta quanto a isso, algo na expressão que Bram me lançou me fez duvidar de mim mesma. Ele retomou o passo.

– Valeu pelo papo.

***

NAQUELA NOITE, LI o trabalho, e as últimas linhas não saíram da minha cabeça.

Mary Shelley escreve sobre dois homens. O primeiro, um intelectual capaz de gerar vida a partir da morte. O outro, um ser grotesco feito de partes humanas, coberto de cicatrizes. No entanto, não é o monstro mais óbvio que devemos temer, e sim aquele que parece conosco e se comporta como nós.

A moral de Mary Shelley é inequívoca: os monstros de verdade não são aqueles criados pelo homem; o monstro é o próprio homem.

36

Saundra me convenceu a ir à viagem.

Sendo honesta, não ofereci muita resistência. Meus amigos não estavam falando comigo, os pesadelos estavam mais intensos e frequentes, minhas notas estavam uma droga e eu não tinha mais Freddie. Passar um dia na pista infantil era um preço suportável a pagar para me distrair um pouco da minha vida.

Saundra conseguira para mim um lugar na cabana do tio de Lawrence Pinsky. Segundo me contara, o tio de Lawrence Pinsky se tornou rico graças a um processo que moveu contra a cidade após uma viatura da polícia passar em cima de seu pé. Com parte do dinheiro da indenização, comprou o imóvel nas cercanias de Hunter Mountain, o qual deixava Lawrence usar nas viagens.

Saundra e eu nos detivemos à porta para escutar a barulheira que vinha de dentro. Levou um tempo até que Lawrence abrisse a porta, e, quando o fez, não pareceu nada contente em me ver.

– Não conheço você – falou, o olhar percorrendo desde o meu gorro dos New York Islanders até as botas.

– Lawrence, essa é a amiga de que falei. Rachel Chavez.

– Não lembro de você falar nada sobre uma amiga.

Saundra revirou os olhos, porém continuou sorrindo como se estivesse em meio a uma típica troca de gentilezas.

– Bobo, claro que te falei sobre a Rachel.

Lawrence sacou o celular e, sem demora, reproduziu a mensagem que Saundra lhe enviara na noite anterior, na qual se lia muito claramente: *Valeu por me deixar ficar na casa! Não vejo a hora de te ver! A viagem vai ser massa!*, na qual, portanto, ela não me mencionava.

Minha bolsa de viagem estava começando a pesar nos braços e minhas botas Doc Martens, que pelo jeito não tinham sido feitas para a neve da montanha, começavam a ficar úmidas. Já imaginei que teria de pegar um ônibus de volta para casa e me perguntei como Saundra, tagarela daquele jeito, poderia ser tão péssima na comunicação.

– Ops – disse Saundra. – Beleza, mandei mal, mas a Rachel não tem pra onde ir, você precisa deixá-la ficar aqui.

– Ela não pode ficar em outra cabana?

– Não, né, ela não conhece ninguém das outras cabanas.

Lawrence olhou bem para mim mais uma vez.

– Você estuda na nossa escola?

Às vezes ser a garota nova e misteriosa era um carma.

– Deixa pra lá. – Me atrapalhei toda com a bolsa enquanto procurava o celular. – Vou mandar mensagem e ver se alguém…

– Lawrence, não seja babaca – falou Saundra. – Quero dizer, brincadeirinha, não estou te chamando de babaca, mas, sério, cara, não seja babaca.

– Tá. Mas vocês vão ter que dividir a cama, a casa está lotada.

– Beleza!

Lawrence finalmente abriu passagem para nós duas, depois alguém gritou seu nome e ele desapareceu no interior da casa.

– Que lugar enorme! – Saundra esticou os braços, e sua bolsa de viagem se chocou contra seu quadril.

Ela tinha razão. Dava para se perder na mansão, de tão grande. Talvez Lawrence estivesse sendo babaca, afinal de contas. Embora eu não tivesse dado mais do que um passo dentro da construção, sua vastidão era do tipo que a vida na cidade me fizera esquecer que existia. A sala de estar tinha três ambientes separados por sofás e mesas de canto. Meu apartamento de sessenta metros quadrados cabia inteiro dentro dela. O pé-direito ultrapassava a escada que levava ao segundo andar e terminava em uma claraboia.

O fogo já estalava na lareira, e havia pessoas jogadas nos sofás compridos e nos tapetes felpudos.

Freddie era uma dessas pessoas. Nossos olhares se cruzaram, porém logo desviei o meu.

– Essa viagem vai ser a melhor de todas – afirmou Saundra.

– Com certeza – concordei, torcendo para ter soado convincente.

E lá se ia a minha distração.

Bastou uma volta pela sala para entender quem eram as pessoas que estavam tirando proveito da casa de Lawrence Pinsky. Os excluídos. Aqueles que, por razões de circunstância ou de nascença, não pertenciam a nenhuma panelinha. O que explicava a presença de Saundra. E de Freddie. Se nem mesmo Lawrence Pinsky – conhecido por cair em prantos na sala de aula sempre que tirava uma nota menor do que B – sabia quem era você, então você era ninguém.

Sentei em um dos sofás enquanto esperava Saundra voltar da cozinha e comecei a mexer no celular. Ou a fingir que estava mexendo. Embora não houvesse sinal ali, ficar olhando para a tela me parecia melhor do que tentar puxar conversa com as pessoas ao redor. Por mais que o Clube Mary Shelley tivesse me ajudado a controlar minha fobia social, ela não tinha me abandonado por completo. Além disso, estava evitando falar com Freddie. Meu sentimento por ele tinha se transformado em uma bagunça que eu não conseguia entender. Por um lado, a fala de Bram tinha me afetado; por outro, eu continuava sentindo falta de Freddie, pois era a única pessoa com quem eu tinha vontade de conversar sobre as coisas.

Quando ergui o olhar, vi que ele me observava, uma bebida na mão; por um instante, pensei que se aproximaria para conversar. No entanto, após um demorado instante, caminhou em direção aos companheiros do Clube de Cinema, espalhados no chão sobre um jogo de tabuleiro chamado *O testamento de Tia Agatha*.

Saundra afundou ao meu lado no sofá e me entregou uma cerveja.

– Afinal, qual é o rolo entre vocês dois? – Ela tomou um longo gole de seu copo de plástico vermelho.

– Como assim?!

– Acabei de falar com o Freddie na cozinha, e ele perguntou de você.

– O que ele falou? – perguntei, o corpo enrijecendo.

– Que ficou surpreso de te encontrar aqui. Ele parece triste. E você também parece meio triste. Juntei dois e dois e deduzi que tem algo rolando entre vocês.

– Não. Não tem nada.

Não antecipei a pontada de culpa que atingiu meu peito. Achava que, com o tempo, se tornaria mais fácil mentir para Saundra, porém só ficava mais difícil.

– Tem certeza? – Ela me encarou com desconfiança. – Às vezes tenho a impressão de que você é um livro aberto, mas tem vezes, como quando percebo você trocando olhares superintensos com Freddie Martinez, ou quando levanta do nada pra falar com o Bram no refeitório, que fico em dúvida. Você está escondendo alguma coisa.

Eu me sentia dividida: uma parte de mim desejava desesperadamente confessar a verdade para Saundra, ao passo que a outra se forçava a sufocar os segredos, com medo de que, se contasse um, os demais acabariam vazando. E as duas estavam em um cabo de guerra tão disputado que me rasgaria ao meio a qualquer momento. De fato, nunca havia contado a Saundra sobre mim e Freddie para não misturar minha vida no clube com minha vida normal, e naquele momento me peguei questionando por quê. Oras, precisava conversar com alguém, e, ainda que não fosse contar tudo, nada me impedia de contar uma parte para Saundra.

– O Freddie e eu meio que ficamos… – Em reação à sua expressão escandalizada, rapidamente emendei: – Foi uma vez e muito rápido, sério, por isso nem falei nada. Só que agora… – Encolhi os ombros, gesticulei vagamente com a mão. – Não sei, as coisas estão estranhas.

Saundra fez um biquinho em sinal de simpatia.

– Por que estranhas?

– Não sei se ele é a pessoa que eu achava que era. Me disseram pra não confiar nele.

Saundra se aconchegou perto de mim, de modo que ficamos bem aninhadas na curva do sofá. Não sei o que havia em seu copo, mas devia ser muito bom, porque ela estava calma, relaxada, como se não quisesse mais sair dali. Curiosamente, comecei a relaxar também.

Devia ser o efeito do calor da lareira, ou então os imperceptíveis sinais da bebida barata circulando em meu corpo. Seja como for, a cabeça de Saundra apoiada em meu ombro me pareceu algo natural, espontâneo. Tamanha proximidade me deu uma sensação tangível de amizade pura, real.

– Sendo eu a fofoqueira-mor da Manchester Prep, acho bom que, pra saber detalhes sobre o caráter de quem quer que seja, a senhorita procure a mim, e não um elemento qualquer que talvez deseje manter você e Freddie separados. Você não me perguntou, mas eis a minha opinião: o Freddie é alguém que não pertence à nossa escola? Sim. É um delinquentezinho em busca de dinheiro fácil que se vende pra quem oferecer mais? Com certeza. Isso faz dele uma má pessoa? Não necessariamente. Pelo que conheço dele, me parece um cara legal. E eu sei que você curte caras legais.

– Você sabe?

– Claro. Você é inteligente, é gata e tem uma cabeça boa, jamais ficaria com um babaca.

Abri um sorriso, em parte pelo que ela dissera a respeito de Freddie, mas principalmente porque me senti bem em compartilhar com Saundra um fato importante da minha vida.

– Por falar em caras legais…

O olhar de Saundra atravessou a sala, e o acompanhei. Achei que fosse procurar Freddie, mas na realidade estava focando um garoto chamado Aldie Alguma Coisa, que conversava num ritmo alucinado com outros dois garotos que também falavam num ritmo alucinado.

– Gatinho, né? – Saundra suspirou e deitou a cabeça em meu ombro.

Hesitante, apoiei o rosto em sua cabeça, sentindo o cabelo macio contra minha pele. Como ela não fez nenhuma menção de me afastar, permaneci assim; duas garotas ligeiramente bêbadas, lânguidas e meigas comentando entre risadinhas sobre um menino no outro lado da sala. Como era bom ter uma amiga.

E, afinal, Aldie era gatinho? Era alto. E grande. E parecia gostar muito de falar, o que era um ponto positivo tratando-se de Saundra. Não exatamente o meu tipo, mas:

– Sim, gatinho.

– Vou ficar com ele hoje.

– Que atrevida.

– Não existe supervisão aqui nas montanhas. O único objetivo da noite é ser atrevido.

No bolso de trás da calça, meu celular vibrou e o peguei.

Mensagem de texto de Bram para todos os integrantes do Clube Mary Shelley.

Dizia simplesmente: *Minha vez*, e então havia instruções relacionadas ao ponto de encontro. Um frio percorreu minha espinha, não sabia se de medo ou entusiasmo.

De súbito, dois caras desceram gritando pela escada, o que me fez desviar do celular. Eles saltaram por cima das mesas de canto e se chocaram contra uns pobres coitados, uivando e causando. Usavam máscaras brancas.

Máscaras de LED para tratamento que provavelmente tinham roubado da mala de uma das garotas, mas a intenção era óbvia.

Meu coração disparou ao vê-los aterrorizar a cabana, provocando um misto de risadas e xingamentos por parte dos demais.

– É o Homem Mascarado! – gritou alguém com animação. – Ou melhor: os *Homens* Mascarados!

Saundra achou legal, pois se endireitou no sofá com um sorriso de boca aberta estampado no rosto. Me virei para Freddie, e nossos olhares se encontraram. Sua expressão era tão sombria quanto a minha.

37

NÃO ESPEREI POR Freddie. Teria sido mais fácil encontrar o local com a ajuda dele, porém quis evitar que o mal-estar dentro da cabana nos seguisse para fora dela. Por sorte havia alguns postes de luz ao longo do caminho, caso contrário eu provavelmente teria me enfiado na floresta sem querer.

A neve farfalhava sob minhas botas. Não estava gostando nada da situação. Normalmente estaria empolgada com a expectativa da Prova do Medo, só que dessa vez tudo parecia um grande erro. Embora ainda não conhecesse o plano de Bram, seu anúncio inesperado, num cenário estranho, num momento em que o clube estava dividido, me fez acender todos os sinais de alerta.

Agora, oprimida pela escuridão, me convenci de que não havia em mim nenhum entusiasmo, apenas preocupação. Conforme avançava, cada forma ao redor adquiria a feição de um homem mascarado.

Um ruído vindo de trás me fez frear. Eu me virei e não vi ninguém. Voltei a caminhar. Não ouvia nada além do barulho da neve sendo esmagada pela sola das minhas botas já encharcadas, porém, a sensação de estar sendo seguida não me abandonava. Sensação que se grudou a mim como uma sombra.

Girei no lugar com a lanterna do celular acesa, e o feixe de luz iluminou um par de botas pretas. Suprimi um grito e dei um salto para trás, erguendo o celular, os dedos trêmulos. O rosto de Felicity me encarou. Ela levantou o braço para bloquear o brilho, como faria uma vampira atingida pela luz do sol.

– Mas que…

Levei um instante para recuperar o pouco de fôlego que ela me roubara.

– Por que você estava me seguindo?!

– Porque queria te dar um susto – falou Felicity, como se fosse óbvio. – É o que a gente faz, dar sustos.

Poxa, Felicity. Por mais que naquele momento eu não sentisse a mínima vontade de conversar com ela, a garota parecia conhecer o caminho, de modo que me restou acompanhar seu passo.

– Pronta pra hoje? – perguntou.

Neguei com a cabeça.

– Nenhuma preparação, nenhuma instrução, nenhuma tarefa. Onde foi parar o protocolo?

– O Bram está querendo se mostrar. Ou então está com preguiça. Seja como for, estou sedenta por uma nova prova.

Energia vampiresca, sim ou com certeza?

– Você de fato parece animada.

– A Prova do Medo é a razão de ser do clube, claro que estou animada. E por que você não está?

As palavras pairaram entre nós, até que o prolongado silêncio espichou seus longos dedos e os apontou para mim. A expressão de Felicity, que me observava de canto de olho, se arreganhou num rosnado sarcástico.

– Parou de gostar da Prova do Medo depois de falhar na sua, é isso?

– Eu não falhei, a Lux gritou.

– Sim, por causa do Homem Mascarado, que não fazia parte do seu plano. Ou fazia?

– Só quero que isso acabe logo.

– Já vai acabar. – Não foi Felicity quem falou, e sim Bram, cuja voz ressoou de um ponto à frente.

O restante do Clube Mary Shelley – incluindo Freddie – estava agrupado atrás do mercadinho local, tão silencioso e vazio quanto uma velha caixa de sapatos.

– Por que demoraram tanto? – indagou Thayer, dando pulos no lugar para espantar o frio.

– A Rachel me atrasou – disse Felicity.

– Vamos direto ao ponto – ordenou Bram. – A gente vai para a cabana do Pinsky.

– A velha fórmula da cabana-na-floresta? – comentou Thayer. – Devo dizer que esperava mais de você, Bram.

– Está mais para invasão a domicílio do que cabana na floresta – corrigiu Bram.

A lembrança de *Violência gratuita* me invadiu. Devia ter previsto que ele faria algo parecido.

– A função de vocês é uma só: – continuou ele – provocar o caos.

– Quem é o alvo? – perguntou Felicity.

Bram olhou diretamente para mim ao responder:

– Saundra Clairmont.

Congelei, e não foi devido ao frio. Bram tinha perfeita consciência do que estava fazendo, porém agiu como se não fosse nada. Bem, para ele talvez não fosse mesmo.

– De jeito nenhum – protestei. – Ela é minha amiga.

– Isso não impediu vocês de irem atrás do meu melhor amigo e da minha namorada.

– Prova do Medo: A revanche – disse Thayer. – Que bela reviravolta.

Bram enfiou a mão numa enorme mochila e depois jogou um objeto volumoso e macio para mim e Felicity.

– Vistam isso.

Agasalhos pretos. Não havia notado até então que os garotos já estavam trajando os deles, identicamente vestidos.

– E isso. – O próximo item que nos entregou era branco e emborrachado.

Larguei a máscara assim que a reconheci: a mesma dos sustos em Sim e Lux, a mesma da invasão à minha casa.

– Por quê?

– Porque máscaras estão na moda. E porque a Prova do Medo é minha. – Bram vestiu a máscara, e não pude mais olhar em seu rosto.

FELICITY PÔS A máscara como se estivesse colocando o vestido de formatura perfeito. Thayer examinou a dele por um instante até por fim colocá-la.

Restava apenas Freddie, que buscou meu olhar pela milésima vez na noite, sem dizer nada. Isto é, para mim, pois se virou para Bram e falou:

– Por que você está fazendo isso, cara?

– Não te devo nenhuma explicação – respondeu Bram num tom de advertência.

– Não vou usar – afirmei.

– Regra número dois – disse Felicity, cuja satisfação mal era abafada pela máscara. – É obrigatório realizar a tarefa designada.

Freddie, tão afeito às regras, sucumbiu:

– Vamos acabar logo com isso – sussurrou.

– Não – respondi. – Não vou participar. Estou fora.

– A disputa só termina depois de todos os participantes terem a sua vez – sentenciou Thayer, ecoando o que dissera no cinema.

– Bram, como você é capaz? – questionei, desesperada para inculcar algum discernimento nele, em *algum* deles. – A sua namorada se machucou, e a gente ainda não sabe como isso aconteceu.

– Você não pode desistir – disse Felicity simplesmente.

– Posso, sim.

– Você não pode desistir – repetiu – porque, se desistir, nós vamos contar pra escola inteira que matou um garoto dentro da sua casa no ano passado.

O ar ficou preso na minha garganta, e fui tomada pela sensação de estar sufocando. Pior: sufocando diante de uma plateia de monstros pálidos.

– Quê?!

Felicity não falou mais nada, pois sabia que eu entendera perfeitamente. Olhei de maneira suplicante para os demais. Freddie desviou o rosto para o céu, incapaz de me encarar, mesmo por trás da máscara.

Apelei a Thayer; não era possível que ele concordasse com aquilo.

– Nós precisamos ficar juntos – falou numa voz baixa, com um quê de subserviência. – E isso é uma garantia de que vamos continuar juntos. Que vamos ser uma equipe, nos momentos bons e nos ruins.

– Isso é sério? – Não reconheci minha própria voz, sufocada pelas lágrimas não derramadas.

Bram deu um passo em minha direção e eu recuei, trêmula. Ele deslizou a máscara até a testa e sussurrou de modo que só eu escutasse:

– Você ouviu o que a Felicity disse. Não quero fazer isso tanto quanto você, só que todos passamos pela iniciação, Rachel, você não foi a única. Todos temos segredos capazes de nos destruir.

Ele se abaixou para pegar a máscara que eu descartara e a meteu entre minhas mãos.

Senti a pressão inanimada dos nós de seus dedos enluvados através da repugnante borracha.

– Você escolheu a Saundra porque eu escolhi a Lux? Eu sinto muito, sinto muito mesmo pelo que aconteceu com ela. – Cada palavra minha era carregada de sinceridade, porém Bram agiu como se não as tivesse escutado.

Voltou a vestir a máscara.

– Se você quer acabar com isso, é simples: faça-a gritar.

38

SAUNDRA CLAIRMONT

SAUNDRA CUSPIU UMA gosma preta na pia, e a baba espessa respingou na até então imaculada louça antes de deslizar devagar pelo ralo. Parte do visco escorreu por seu queixo desde os lábios enegrecidos. A coisa manchava as fendas entre seus dentes. Saundra mirou o espelho e foi recebida pela visão de um sorriso de morte. Não de uma reles morte, mas uma morte secular, uma morte marinada no chorume moribundo de uma sepultura. E gostou do resultado. Vinha usando a pasta de carvão ativado fazia um mês, e os dentes estavam brancos como nunca.

Terminou a última série de escovação, depois enxaguou a gosma preta, apagou a luz do banheiro e voltou para o quarto.

Queria estar em sua melhor forma, pois aquela noite seria especial.

Saundra não planejara que a noite seguisse esse rumo. De fato, o máximo que até então esperava da viagem era obter informações privilegiadas sobre quem tinha pegado quem. Entretanto, para sua surpresa – até que enfim! –, ela iria ficar com alguém.

Rachel ultimamente vinha se comportando de um jeito suspeito, o que incomodara Saundra num primeiro momento, afinal, as duas eram amigas e esperava-se que contassem tudo uma à outra. Nessa noite, no entanto, o sumiço desavisado de Rachel foi bem-vindo para Saundra, que faria bom uso da privacidade.

Quando ingressara na Manchester, Rachel era como um passarinho com a asa quebrada. Um minúsculo colibri completamente perdido, com o coraçãozinho disparado. Os pais de Saundra haviam incutido nela um comportamento caridoso e solidário, de modo que, ao notar a situação de Rachel, a garota tomou para si a tarefa de ensinar à novata como a escola funcionava na prática. Surpreendeu-se quando percebeu que gostava de verdade da aberraçãozinha. Saundra era consciente de que (às vezes) falava demais, e muitas pessoas não tinham paciência de escutá-la; já Rachel sempre a escutava.

Ainda assim, há momentos em que uma mulher deve viver por conta própria, e hoje era um deles. Com Rachel fora, Saundra tinha o quarto inteiramente para si, ao menos por um tempo – e o tempo estava correndo. Assim que Rachel deixara a cabana, Saundra entornou o finzinho da bebida e cravou o olhar em Aldie Kirkba. Caminhou até o rapaz, deu um tapinha em seu ombro e, sem dizer palavra, tirou-o do estúpido jogo de tabuleiro e o conduziu para o andar de cima.

Em se tratando de pegação, este era o auge de Saundra – até porque era a sua primeira vez, mas isso não importava. Ela e Aldie se deitaram na cama, sobre as cobertas (por ora), completamente vestidos (não sem relutância), beijando-se (desengonçadamente). Saundra não se importou com a falta de jeito; significava que Aldie estava excitado, o que, por sua vez, reforçava quanto ele estava a fim dela. Não era o cara mais popular do colégio (estavam hospedados na cabana de Pinsky, afinal), nem o mais inteligente (média escolar de 3,1, ou seja, vai precisar se esforçar, Aldie), nem um dos mais ricos (seus pais, Alicia e Baz Kirkba, embora possuíssem uma empresa de artigos de festa, não eram exatamente os Middleton). Apesar disso, Aldie não era de se jogar fora. E era gatinho.

Só que Saundra não estava conseguindo se concentrar nas posses dos pais dele, em sua média escolar ou no próprio garoto, pois seus pensamentos eram dominados pelo... cabelo de Aldie. Ao passar os dedos por sua cabeça, sentiu cada um dos fios pinicar sua pele.

– Você cortou o cabelo recentemente? – ofegou.

– Quê? – foi a resposta abafada de Aldie.

– Seu cabelo está... vivo.

– Quê? – repetiu Aldie, também com dificuldade de se concentrar em uma de duas tarefas: girar a língua na boca de Saundra e abrir o fecho do sutiã.

– Está me cutucando.

– O que está te cutucando? Seu sutiã? – perguntou Aldie sem tirar a língua da boca dela. Então se deteve, se afastou e fitou-a bem nos olhos. – Meu pau?

– Seu cabelo.

Ela não pôde conter o deslumbramento em sua própria entonação. Nunca um cabelo – o cabelo de um *garoto* – fora motivo de tanta glória quanto agora.

– Não será a única coisa que vai te cutucar hoje – disse Aldie.

– Quê?

Aldie parou de se engalfinhar com o sutiã e se descolou dos lábios dela.

– Foi idiota, né? Estou falando demais do meu pau? – Mal esperou a resposta de Saundra e começou a praguejar num murmúrio: – Que idiota, cara, eu sou muito idiota.

– Nãããão – amoleceu Saundra, tentando ser o mais suave possível. Tão suave quanto a sensação do cabelo dele em suas mãos conforme o esfregava como a lâmpada de um gênio. – Eu quero cutucar. Adoro seu cabelo.

Talvez fosse efeito da endorfina por estar se esfregando com um cara que era gatinho e extremamente pesado, mas era realmente impressionante como o cabelo dele parecia brilhar, como se tivesse tomado um banho de glitter.

Aldie sorriu e recomeçou a beijar Saundra com entusiasmo. Saundra pensou que os lábios tinham uma textura de borracha, mas logo concluiu que assim eram os lábios de quem estava se apaixonando. Enquanto se beijavam, decidiu que a partir desse momento o chamaria pelo nome de batismo, Aldous, e não pelo apelido; afinal, sendo seu futuro namorado, o garoto teria de assumir o nome oficial.

Assim que ele voltou a girar a língua dentro da boca de Saundra, ouviu-se um estampido vindo do andar de baixo.

– Que barulho é esse? – perguntou Aldous.

– Jenga. – Saundra o puxou para sua boca.

Apesar de que, para ela, o barulho se assemelhara mais a um objeto quebrando do que a pecinhas de madeira se espatifando. Detalhes! Aquele movimento anti-horário de língua era bem interessante, ela queria mais;

então segurou a nuca de Aldous para mantê-lo no lugar e também porque era um gesto muito sensual. No entanto, Aldous, distraído, puxou a cabeça para trás.

– Não, não pode ter sido Jenga – falou Aldous. – Alguém teria vindo me chamar se fosse Jenga. O Avery e o Donavan sabem que sou *louco* por Jenga.

– Esquece o Avery e o Donavan!

– É. Sim. Mas é que eles são meus melhores amigos…

– Você está em cima de uma garota. Na cama. A sós. Cercado de estrelas!

Estrelas, corações e borboletas. Saundra via borboletas, definitivamente.

O trava-língua que era a boca de Aldous se contorceu num sorriso maroto.

– Sóóó!

Quando dessa vez Saundra colocou a mão na nuca do rapaz, ele obedeceu.

Contudo, o barulho aumentou: terríveis sons vinham do primeiro andar e pareciam fazer o caminho da escada. Ela percebeu que Aldous os escutou, pois seus lábios se enrijeceram contra os dela.

– Haja Jenga – murmurou Saundra sobre os barulhos que com certeza não eram de uma partida de Jenga.

Os ruídos foram se intensificando e logo passaram a ser acompanhados de gritos, cada vez mais próximos do quarto, até que a porta se escancarou.

Tanto Aldous quanto Saundra se sobressaltaram quando uma figura mascarada deslizou pelo chão até parar perto da cama.

– Isso de novo, não – reclamou Saundra. – Não te ensinaram a bater?!

A reação de Aldous foi ligeiramente diferente: pulou da cama como se alguém tivesse acertado sua bunda com uma agulha enorme.

– Que porra é essa?! – berrou.

– É só um babaca com uma máscara – afirmou Saundra.

Entretanto, à medida que o tempo passava e a figura permanecia no quarto, sem dizer nada, Saundra começou a sentir um frio na barriga.

– Sai daqui, cara!

Decidiu encarar o monstro mascarado, porém a silhueta ficou esfumaçada, borrada; de fato, a sensação era de que havia à sua frente dois sujeitos mascarados. Saundra começou a ficar apavorada.

– Não fica aí parado, Aldous! Me defenda!

– Aldous? – repetiu Aldous, confuso.

– Tá... *Aldie*, tanto faz, mas faz alguma coisa!

O indivíduo de máscara saltou sobre Aldous, e os dois caíram engalfinhados no chão, uma confusão de braços, pernas e costas, como se estivessem se fundindo um ao outro. Saundra se ajoelhou na beirada da cama, completamente retraída ante o alvoroço. Então ocorreu-lhe que era exatamente o mesmo que havia acontecido com Lux e Bram. Um louco mascarado os tinha atacado. Ela e Aldous e Lux e Bram agora compartilhavam uma experiência, eram praticamente um. Talvez, pensou, pudesse conversar sobre isso com Bram. Talvez fosse convidada a sentar à mesa com eles para conjecturar quem seria o desgraçado.

Enquanto pensava nisso, porém, Saundra percebeu que o ser mascarado não estava concentrado em Aldous; na verdade, estava tentando se desvencilhar dele, um braço estendido na direção dela.

Certo, ela não ficaria ali.

Imediatamente saiu da cama e, ignorando o emaranhado de homens, correu para longe do quarto. A sala de estar, antes pulsante de vida, estava assustadoramente quieta, tomada por sombras e desordem: cacos de cerâmica no carpete, comida nos tapetes. Onde estava todo mundo?

Saundra olhou para trás e avistou um grupo encolhido atrás do sofá: os companheiros de jogo de Aldous: Avery, Donavan e Julie, cujos olhos se arregalaram para o que viram às costas de Saundra, que virou violentamente a cabeça.

Ali estava o ser mascarado, surgido do nada. Não poderia ter descido a escada, tinha de ter vindo da cozinha. Saundra cerrou os olhos com força e os abriu novamente. Estava vendo coisas? Ele a tinha seguido pela escada? Seus pensamentos ficaram confusos, nada fazia sentido.

O Homem Mascarado olhava para ela – olhava-a com *muita* atenção –, e a reação de Saundra foi apontar para os garotos amontoados no canto.

– São eles que você quer!

O mascarado mal olhou para eles. Era Saundra que ele queria. Muitos rapazes a desejavam nessa noite, mas nenhum a teria.

Saundra disparou na direção da cozinha, com o homem em seu encalço. Ela era o rato e ele, o gato, e as probabilidades não a favoreciam.

Contornou a cozinha, voltou à sala e, no caminho, teve a sagacidade de pegar um pesado suporte para livros em uma estante. Consciente de que o Homem Mascarado estaria logo atrás, ela se virou, e não compreendeu se ele deu de cara com o objeto ou se ela o espatifou em sua cabeça, mas o fato é que o cara foi ao chão sob uma chuva de cacos brilhantes.

Tinha conseguido. Saundra o derrotara.

Parou por um instante para recuperar o fôlego e limpar o suor da testa. O andar térreo estava sombriamente calmo mais uma vez. Por pouco tempo, pois, pelo canto de olho, ela viu um borrão negro atravessar a sala.

Tinha de dar o fora dali. Apressou-se em direção à porta, mas, quando a alcançou, outro ser mascarado surgiu à sua frente.

– Meu deus, quantos de vocês existem?! – gritou.

Era obra de sua imaginação, não havia outra explicação. Eles eram muitos, não podiam ser reais. Saundra piscou repetidamente, porém o novo mascarado não desapareceu. Ela sempre odiou jogar Acerte a toupeira.

Deu meia-volta, se lançou pela sala e subiu a escada: o novo plano era retornar ao quarto, achar um armário e se trancar nele. Aldous estaria lá e saberia o que fazer. No entanto, ao chegar, não encontrou Aldous, mas sim uma figura mascarada – *mais uma* ou a mesma de antes – de bobeira, como que esperando a festa começar.

– Vocês só podem estar tirando com a minha cara!

Saundra caiu de joelhos, cansada, confusa, atônita. Lembrou-se de um episódio de *Grey's Anatomy* em que se dizia que, diante de uma ameaça de morte, a pessoa devia contar sua história de vida para despertar a simpatia do assassino. Felizmente para Saundra, ela era excelente em falar de si mesma.

– Nasci prematura, três semanas antes do previsto, durante um dos verões mais quentes já registrados na Ilha de St. Croix. Arruinou a viagem de aniversário de quatro anos de casamento dos meus pais...

Ela teria continuado se o mascarado não a interrompesse:

– Grita – ordenou o homem.

Exceto pelo fato de que não era um homem. A voz pertencia a uma garota. Mais do que isso, era familiar. Embora soasse ecoante, longínqua, Saundra *conhecia* aquela voz. Escutava-a com frequência, diariamente, no almoço.

– Rachel?

Saundra, de joelhos, e a pessoa atrás da máscara se fitaram, e um grave silêncio se abateu sobre o aposento. Até que elu – Rachel – o quebrou:

– Grita logo!

A pessoa, fosse Rachel ou não, não precisaria pedir uma terceira vez. Saundra olhou para o teto e soltou um berro lancinante, que abalou a estrutura da casa – assim lhe pareceu, pelo menos.

Enquanto Saundra se recuperava, o homem… a Mulher Mascarada… (Rachel?)… se demorou mais um instante antes de sair correndo.

39

Houve um tempo, não muito distante, em que a expectativa que antecedia uma Prova do Medo provocava uma sensação deliciosa em mim: era como se meu sangue borbulhasse numa agitação doce – um barato que droga nenhuma era capaz de produzir. E os momentos depois de uma Prova do Medo – a decantação, quando o medo de ser pega se misturava perfeitamente à euforia do sucesso – eram ainda melhores.

Agora eu descia o íngreme lance de escada tão rápido quanto era capaz, a mão suada escorregando no corrimão. O som da respiração acelerada reverberava em minha cabeça, assim como a culpa.

Essa brincadeira costumava ser açucarada, um doce viciante, porém só haviam restado o gosto amargo e o remorso. A euforia, que antes eclipsava todo o resto, se corroía, consumida pela terrível verdade daquele jogo: sob o pretexto de uma brincadeira, estávamos aterrorizando as pessoas.

Quando cheguei ao fim da escada, olhei para trás, presumindo que encontraria Saundra em meu encalço, ávida por respostas. Não foi ela, no entanto, que vi no patamar do segundo andar, e sim outra figura, um monstro mascarado.

– Acabou! – gritei, a voz abafada pela borracha que cobria meu rosto, irreconhecível para mim mesma. A máscara alimentava a culpa e a repugnância que me consumiam. – Ela gritou!

Tentei descobrir quem era, porém estávamos todos usando o mesmo agasalho de capuz preto e a mesma máscara branca. Do ângulo inusitado em que me achava, olhando de baixo para cima, a pessoa parecia ao mesmo tempo nanica e ameaçadoramente grande. Não passava de um vulto indistinto, a não ser pela máscara, a única parte distinguível, cujo branco sobressaía à escuridão tal qual um farol. Quem quer que fosse, permaneceu imóvel como estátua por um tempo, como se pensasse no que eu tinha acabado de dizer.

– O que você está fazendo? – indaguei. – Vamos!

A figura finalmente se moveu; porém, em vez de me seguir, girou e desapareceu no corredor. Não havia tempo para joguinhos; eu precisava ir para o ponto de encontro, para um lugar seguro no qual pudesse me livrar da máscara. Apressei-me por um corredor, mas então a porta de um armário se abriu, quase me atingindo, e uma mão despontou das sombras, me agarrou e me puxou para dentro.

– Me larga! – gritei.

A porta foi fechada, obrigando-nos a nos espremer no espaço apertado, lotado de casacos que balançavam, alguns grossos o bastante para asfixiar alguém. Meu reflexo foi lançar um braço para trás, porém minha mão foi detida no meio do caminho e escutei um:

– Psiu!

– Freddie? – A única luz no interior do armário vinha da fresta do batente da porta. Não era suficiente para iluminá-lo, mas reconheci seu perfume. – O que é isso? – Arranquei minha máscara. – O que você está fazendo?

Do lado de fora, alguém passou correndo.

– Você ia ser vista – sussurrou Freddie.

Arranquei o capuz também, esbarrando o cotovelo em Freddie e nos casacos. Poucas semanas antes, teria ficado absolutamente entusiasmada com a ideia de estar a sós com Freddie dentro de um armário, rodeada de peças de roupa. Que mudança.

Tirar o capuz não bastou para me aliviar: o pavor rastejava em minha pele como formigas incandescentes, e minha única reação foi esticar os braços, porém eles estavam fracos e pesados. Meus dedos tatearam Freddie em busca de apoio, de sustentação, e se engancharam em sua camiseta.

– Ela me reconheceu – murmurei, a voz entrecortada pelo pânico. – Ela me reconheceu mesmo com a máscara, ela vai descobrir tudo… vai descobrir sobre o clube… ela já está desconfiada de que estou escondendo algo…

Freddie imediatamente me puxou e me abraçou.

– Está tudo bem – falou. – Acabou, eu ouvi a Saundra gritar.

– Ela vai me odiar.

– Ela não vai ter certeza sobre o que aconteceu, ninguém vai. Eu te dou um álibi, que tal? Você pode dizer pra ela que ficou a noite inteira me beijando dentro de um armário.

Não ficou claro para mim se foi uma brincadeira ou não, dado que, em outros tempos, talvez tivéssemos feito exatamente isso. Assim, sua fala escancarou o desconforto existente entre nós, causado pelo fato de nunca termos sentado e conversado. Talvez fosse o universo conspirando para que nos resolvêssemos.

Pelo jeito, Freddie pensou o mesmo.

– Você ainda acha que fui eu? Que eu fiz o que Bram disse, que machuquei a Lux? Ainda acha isso?

Eu já não tinha certeza de nada. Não queria acreditar que tinha sido Freddie.

– Eu *jamais* prejudicaria o clube. Não só porque adoro fazer parte dele, mas porque nós sabemos o que aconteceria se fôssemos descobertos. Bram, Thayer, Felicity… eles se safariam. Já eu e você, não. Nós não temos advogados pra nos livrar de qualquer problema. A gente não pode dar mole.

Concordei fervorosamente.

– Não tem problema nenhum se você não quiser ficar comigo – continuou Freddie. – Mas não posso ficar calado enquanto o Bram tenta te convencer de que sou um monstro. Foi ele quem nos obrigou a usar máscaras hoje. Foi ele quem escolheu a Saundra como alvo pra se vingar de você. É ele quem está agindo como lunático, Rachel.

No escuro, senti a proximidade de seu rosto, o hálito morno. Tudo o que Freddie desejava era que eu acreditasse nele, e a verdade é que eu desejava o mesmo.

– Freddie, eu…

Nós nos sobressaltamos com um estampido, tão forte que reverberou em meus ossos – parecia que a cabana estava desabando.

Nem Freddie nem eu precisamos dizer nada; a intensidade que permeava nosso diálogo evaporou instantaneamente e deu lugar a uma atmosfera mais grave. Ele foi mais rápido em empurrar a porta, e nós disparamos para fora do armário.

No centro do salão havia um grupo reunido, todos fitando o chão, o que achei esquisito, pois não conseguia tirar os olhos do buraco no alto: da claraboia, restavam apenas os cacos de vidro que ainda pendiam da moldura.

– Tinha mais alguém lá em cima! – gritou um garoto. – Eu vi!

O restante do grupo estava estranhamente silencioso, no entanto era um silêncio carregado de tensão, como se observasse uma casa em chamas ou um carro destroçado. Abri caminho entre as pessoas e paralisei ao ver o que elas olhavam.

Reconheci o cabelo antes de avistar o restante. Ela jazia completamente imóvel no chão, encarando-me fixamente. Não lembro o que falei ou solucei. Lembro apenas que meus olhos se inundaram de lágrimas, ao passo que os de Saundra permaneciam vazios.

40

– O QUE ACONTECEU? – perguntei. Minha voz já não soava como minha, atordoada, rouca, talvez de tanto gritar, talvez de tanto chorar, talvez dos dois.

Tampouco sei como cheguei ao ponto de encontro atrás do mercadinho e à companhia do Clube Mary Shelley. Já não éramos os fantasmas sóbrios e estoicos de mais cedo: estávamos desgrenhados, atônitos. Tínhamos feito merda.

Minha última lembrança era o rosto de Saundra, o pavor estampado. Era a última, a primeira, a única imagem que me vinha. Todo o restante – a floresta escura, a neve infindável, a confusão de falas urgentes – se fundira. Felicity, num tom alto, inesperadamente, bizarramente alto, perguntava onde cada um estava no momento do ocorrido.

Thayer, por sua vez, estava pasmo, o rosto manchado de lágrimas.

Bram, o último a chegar, emergiu da floresta sem dizer nada, cambaleando como uma espécie de Frankenstein.

Demorei algum tempo para perceber que os soluços transtornados que escutava vinham de mim mesma.

– Por favor, alguém me diz o que aconteceu.

Freddie segurou meu rosto com as mãos congeladas.

– Você está bem?

Fitei-o sem compreender a pergunta, que ele repetiu insistentemente. A entonação passou de "Você está bem?" para "Você está bem", até que eu finalmente voltasse a respirar.

– Precisamos de um plano – afirmou Felicity. – A polícia vai chegar e fazer perguntas.

– Como você consegue pensar nisso?! – indaguei, quase num grito.

– A Rachel está certa, a gente precisa se acalmar. Ainda não sabemos o que aconteceu – falou Freddie.

Minha atenção foi atraída por um lampejo vermelho-escuro: havia uma mancha nos dedos de Bram, e um pouco também em sua face, no cabelo. Essa visão fez minha mente entrar em curto-circuito, me lançou de volta ao lugar em que Saundra jazia sobre a poça do sangue que se esvaía dela.

– De quem é esse sangue? – questionei, porém ninguém me escutou.

Bram, no entanto, percebendo que eu reparara, limpou a mão no quadril, e o vermelho sumiu, incorporado ao tecido preto.

– Não vamos falar nada – afirmou Felicity, o que me trouxe de volta ao presente.

Ela caminhava rapidamente de um lado para o outro. Eu não sabia se estava se dirigindo a mim ou a si mesma. Parte de mim sentiu vontade de rir; era essa, afinal, a razão de ser do clube, e não as sessões de filme, não as discussões sobre terror.

– Não vamos falar nada – imitei-a infantilmente, as palavras se atropelando.

– Ela está em choque – escutei Freddie dizer. – Acho que ela está em choque.

– Deixa ela pra lá, agora a gente precisa se concentrar em combinar a nossa versão dos fatos! – esbravejou Felicity. – Não podemos expor o clube.

O clube. Você jura? Deixei a cabeça pender para trás e dessa vez não segurei uma sonora gargalhada. Eles me fitaram com olhos arregalados, porém não dei a mínima: ri com tanto fervor que meus dentes se chocaram. Ri com tanto fervor que comecei a tremer. E, trêmula sob seus olhares, falei:

– A Saundra está morta.

Todos ficaram paralisados. Felicity já não falava, Bram já não caminhava de um lado para o outro, Thayer já não chorava, Freddie já não me olhava como se eu fosse uma coisinha frágil. Não compreendi o que em minha fala havia atraído sua completa atenção, afinal nós sabíamos que ela estava morta. Falei em voz alta apenas porque ninguém o fizera ainda, e senti que precisava ser dito. Se continuasse falando, talvez a ficha caísse, talvez o fato parecesse real, pois não parecia.

– Ela está morta.

– Ela é o Capitão Óbvio agora? – ironizou Felicity.

– Cala a boca, Felicity – falou Bram, numa voz sombria e estrondosa.

Aquelas palavras, pronunciadas em voz alta, não tiveram o efeito de me parar, no entanto; de fato, cada pedaço de mim se reanimou. O coração batia tão forte que eu sentia as pulsações nos dedos dos pés. A sensação de anestesiamento se dissipou completamente. Um grito ganhava corpo dentro de mim, preenchendo o meu crânio, um grito tão alto que me fez oscilar.

– Saundra se jogou da claraboia – sugeriu Felicity. – Ela se matou.

Quando me dei conta, estava indo para cima de Felicity.

– Ela não se matou! – berrei em sua cara, que, embora se achasse a um centímetro de mim, eu não enxergava claramente devido às lágrimas. – Ela jamais faria isso!

Saundra tinha caído. Ou sido empurrada.

Assim que esse pensamento me ocorreu, tive a convicção profunda de que era verdade. A figura mascarada no patamar: a lembrança me queimou instantaneamente, como se tivesse bebido álcool puro. Eu avistara uma pessoa no topo da escada pouco antes de entrar no armário com Freddie, a qual permanecera imóvel, mesmo diante do meu chamado. Lembrei que cada pelo do meu corpo se eriçara em sinal de alerta.

– Nós estávamos correndo pela casa tentando assustá-la – falei.

E quem quer que tivesse empurrado Saundra também vestia uma máscara, o que nos tornava culpados. *Eu* era culpada. A sensação de queimação de antes se transformou numa pontada na boca do estômago; de repente me senti nauseada, com ânsia.

– Que tal não mencionar isso se alguém perguntar? – proferiu Felicity com fúria.

– Todo mundo se livrou da máscara, né? – indagou Freddie.

Houve murmúrios e acenos positivos de cabeça. Thayer, que durante esse tempo segurara a dele com força na mão, pareceu se dar conta disso de súbito e tacou a máscara na mata como se fosse uma granada.

– Bram, me dá o seu isqueiro – ordenou Felicity, que, tal qual um cão tentando esconder um osso, bateu com o pé no solo algumas vezes, espalhando neve e pedaços de grama seca.

Deixou sua máscara cair no buraco recém-cavado. Bram sacou do bolso o Zippo dourado e o passou a Felicity, porém não largou a própria máscara. Examinou-a, e, de onde estava, a poucos metros de distância, fiz o mesmo: notei o sangue em contraste com o branco. Bram meteu a máscara no bolso da frente do agasalho, o que me fez franzir o cenho e balançar a cabeça – havia segredos demais.

– A gente precisa contar o que fez.

– A gente não fez nada – disse Thayer, que repetiu a frase inúmeras vezes, como se assim ela fosse se tornar verdadeira.

– Alguém fez, porque a Saundra *está morta* – falei. – A gente precisa contar o que estava fazendo.

Ouvi sirenes ao longe, cada vez mais próximas; era bastante óbvio *para quem* deveríamos contar.

– Por acaso você não me ouviu, Rachel? – questionou Felicity, de repente bem diante dos meus olhos, um dedo em riste, como uma faca, apontado para mim. – Você quer confessar um crime que não existe? Vai ser a única, porque nenhum de nós vai confirmar o que quer que você diga. Se escolher ficar contra o grupo, nós vamos ficar contra você.

– É sério que você a está ameaçando? – perguntou Freddie.

– *Pessoal!* – gritou Thayer.

Nenhum dos dois se contrapôs a Felicity, porém. Nem Thayer, muito menos Freddie.

Virei-me para Bram. Só de olhar para ele, o ódio subiu em mim, pulsou nas têmporas, ameaçou transbordar, vazar pela minha pele, se libertar com suas garras torpes. Era tudo culpa dele, fora ele quem nos fizera usar as máscaras.

Imaginei o corpo *dele* inerte no chão no lugar do de Saundra; minha cabeça pulsante foi tomada pela fantasia de que ele, e não ela, era quem tinha morrido.

– Chega. – Felicity abriu o isqueiro de Bram e uma chama ganhou vida.

Ela então deixou cair no buraco o objeto, que pousou sobre a máscara, produzindo uma pequena língua de fogo. Imediatamente subiu o cheiro de borracha queimada. Observei a máscara, e a face tenebrosamente disforme e branca me encarou de volta, antes de se contorcer e borbulhar, consumida pelo fogo.

As sirenes pareciam vir de dentro da minha cabeça, de tão perto que estavam agora. O frio arranhou meu rosto, áspero contra minhas bochechas. Senti tontura, senti uma absoluta impotência. Quem poderia prever que o jogo terminaria assim? Olhei para os demais para saber se algum deles sentia o mesmo mal-estar, porém só encontrei monstros.

Eu me arqueei e vomitei sobre a neve.

41

Eu estava mais uma vez em minha antiga casa, dentro da mesma cozinha, dentro do mesmo pesadelo. E ali estava ele. Lutávamos sobre o piso e, não importava quanto eu me debatesse, sempre terminávamos na mesma posição: eu com as costas contra a cerâmica, a figura mascarada montada em mim, me prendendo com os joelhos, uma mão contendo os meus braços, a outra apontando a faca.

O sonho que nunca se alterava dessa vez mudou: dessa vez foi diferente, eu parei de resistir. Quando a faca abaixou, deixei-a perfurar meu peito. O homem jogou todo o seu peso no movimento, inclinou-se em minha direção, a cara emborrachada a centímetros do meu rosto. No entanto, por mais fundo que a faca adentrasse, eu não sentia nada. Era ele quem proferia murmúrios guturais. O sangue primeiro vazou de seus encerados lábios brancos, depois jorrou de suas órbitas, pingando em mim.

Despertei com os lençóis enrolados nas pernas e o rosto molhado. Apalpei as bochechas, certamente vermelhas, e só encontrei suor. Ou lágrimas.

Inspirei fundo, porém o ar se deteve em minha garganta quando olhei na direção do pé da cama: ali estavam Matthew Marshall e Saundra, lado a lado, fitando-me como se eu fosse o topo de bolo de casamento mais desastroso de todos os tempos. O único movimento vinha do sangue que se esvaía de ambos, primeiro num fio, depois em cascatas.

– Grita – ordenou Saundra, que pousou um joelho sobre o colchão, na sequência o outro, e começou a engatinhar até mim, pingando sangue no cobertor. Quando me alcançou, esbugalhou os olhos e abriu um sorriso largo cheio de dentes manchados de vermelho. – GRITA LOGO.

Assim eu fiz.

Gritei tão alto que minha mãe entrou no quarto para me conter. Ela me segurou pelos ombros e me sacudiu. Talvez eu tenha me sacudido por conta própria, não sei. Não sabia se tinha sido um sonho, se eles eram espíritos, se eu havia morrido e ido para o inferno. Não sabia de nada, soube apenas, olhando novamente para o pé da cama, que Matthew e Saundra tinham sumido.

– Foi culpa minha– falei, as palavras inundadas de lágrimas e ranho.

Minha mãe esquadrinhou minha expressão, e a sua própria foi tomada de preocupação e desnorteio.

Eu precisava ser mais clara, precisava fazê-la entender.

– A morte deles é culpa minha!

– Não, querida, não.

– É, sim. Primeiro o Matthew, e agora a Saundra. A Saundra morreu por minha causa. Ela morreu…

O abraço apertado de minha mãe me interrompeu. Ela me acalmou, alisou meu cabelo e sussurrou em minha orelha para me confortar.

Contudo, ela não compreendia.

NUMA CRUEL IRONIA do destino, Saundra conquistou o que sempre desejara: tornou-se o assunto de todas as conversas no colégio. Alguns alunos especularam que ela estava drogada (por que outro motivo teria subido no telhado?) e que provavelmente tropeçara e caíra. Outros, que havia se jogado através da claraboia num, sei lá, ato final de angústia teatral. A maioria, no entanto, acreditava em outra versão: que havia no telhado uma segunda pessoa, com uma máscara de borracha branca, que a empurrara.

Naquela noite, muitos seres de máscara foram vistos, e, mais do que isso, alguns alunos juravam que, depois que Saundra despencara no meio da sala, olharam para cima e avistaram um rosto fantasmagórico e inexpressivo encarando-os de volta.

Eu acreditava em tudo e em nada ao mesmo tempo; imaginava cada roteiro possível para a queda de Saundra, até que não conseguisse pensar em outra coisa. Eu estava fisicamente presente no colégio, porém percorria os corredores como um ser saído de um dos filmes de George A. Romero, imitando involuntária e perfeitamente um caminhar zumbi.

Uma assembleia para falar sobre o ocorrido com Saundra foi convocada. Não seria a única. Antes de subir ao palco, o diretor-assistente me puxou de canto e avisou que haveria outra reunião, esta para celebrar a memória dela. Disse que eu deveria fazer um discurso se assim desejasse.

– Sei que vocês eram muito próximas – falou, franzindo o cenho.

Devo ter concordado vagamente, pois o diretor-assistente respondeu com um "perfeito" antes de subir ao palco para discursar sobre a perda, pela Manchester, de uma de suas "luzes mais brilhantes" no trágico acidente.

Meu celular vibrou no bolso frontal da mochila, e o peguei; mais uma mensagem de Freddie perguntando como eu estava e se queria conversar. A mais recente de uma infinidade de mensagens que me mandara, nenhuma das quais foi respondida. Eu não era capaz de olhar na cara dele, nem na de nenhum membro do clube. Qualquer resquício da leveza e da alegria do Clube Mary Shelley havia se extinguido junto com Saundra. Se é que alguma vez houve de verdade qualquer leveza ou alegria.

Eu me arrastei de aula em aula, em dúvida se não deveria ter ficado em casa, como minha mãe tinha aconselhado. Em Artes, o professor, Paul, sugeriu que liberássemos nossas emoções, quaisquer que fossem, expressando-as livremente, por qualquer meio. À minha esquerda, uma menina que não tinha parado de chorar desde o início da aula recortava um coração partido numa folha colorida. À minha direita, um garoto desenhava o Deadpool.

Fui até a saleta da despensa como se precisasse pegar mais materiais, mas na verdade só queria achar um canto tranquilo onde não precisasse fazer nada. Onde não precisasse demonstrar ânimo nem tristeza. Fixei os olhos nas prateleiras, anestesiada pela culpa e pela dor. Demorou um tempo até que outra pessoa entrasse – Lux, claro.

– Ah – falou. – Você.

– Ah – repeti inexpressivamente. – Eu.

Achei que ela diria algo para me provocar – por exemplo, que as minhas sardas estavam contrastando grotescamente com a minha cara pálida, ou que o meu uniforme estava tão amassado que parecia ter sido pego direto do chão do quarto –, porém Lux apenas ajeitou o gorro de modo que repousasse exatamente na metade de sua testa. O acessório, que ela não abandonava mais, acentuou minha culpa.

– Sinto muito pelo que aconteceu com você – falei.

Foi o que consegui dizer sem admitir que era uma das principais responsáveis pelo acidente. Por mais maldosa que fosse, Lux não merecia ter se machucado. Saundra não merecia ter morrido. E eu não merecia continuar ilesa, sendo que estava no centro da confusão.

Lux foi surpreendida por minha fala e então me surpreendeu com sua resposta:

– Só pra constar: eu não ia, tipo, contar pra todo mundo sobre o garoto que você conhecia, o que morreu.

Foi como entrar num universo diferente, ou pelo menos numa despensa diferente – nossa última conversa naquele mesmo lugar tinha sido o oposto da atual. Daquela vez, Lux entoara o nome dele com o intuito de me provocar e, agora, evitara pronunciá-lo. Talvez o acidente a tivesse feito refletir.

Ou então eu me enganara quanto a ela, que talvez não fosse nenhum arquétipo de filme de terror, nem a Babá, nem a Vítima, nem a Patricinha, mas apenas Lux, perversa num dia, nem tão perversa no seguinte.

– E sinto muito pela sua amiga também – acrescentou.

Minha reação foi querer dizer "Não sinta", mas não me pareceu certo. "Obrigada" também não. Não precisei dizer nada, já que Lux continuou:

– Deve estar sendo traumático pra você. Sei como é, também passei por um trauma, e é difícil esquecer. – Apontou para o gorro. – Ainda bem que sobrevivi e tal, mas ainda tenho que usar esse troço ridículo até meu cabelo crescer.

Soltei o ar pelo nariz. Tudo precisava ser sobre ela, mesmo quando pretendia ser simpática. Sem falar que o gorro ficava incrível em Lux, a ponto de várias outras garotas terem adotado o estilo.

Ela pigarreou.

– Quando você passa por uma experiência traumática, é importante ter alguém com quem conversar, e é por isso que estou falando com você, caso esteja se perguntando.

Testemunhar a tentativa de Lux de ser amigável era como testemunhar os primeiros passos de um bebê girafa. Ainda assim, ela merecia crédito por estar se esforçando.

– É, traumas são uma merda – falei. – Pelo menos você tem o Bram pra te apoiar.

– Você está me tirando? – Seus olhos se estreitaram, lembrando a Lux de sempre.

– Quê?! Não!

– O Bram e eu terminamos.

– Terminaram? – Eu não fazia a menor ideia, nem tinha como fazer. Bram não era o que se pode chamar de livro aberto; estava mais para um volume antigo de uma tonelada fechado com um cadeado igualmente antigo. – Por quê?

– E no que isso te interessa? – Na sequência, porém, Lux olhou por cima do ombro, para conferir se havia alguém próximo à despensa, e se voltou para mim. – Isso fica entre mim e você, ok? Todo mundo acha que ele é um herói porque me salvou na noite em que fui atacada pelo Homem Mascarado, mas não foi nada disso, tipo, nada mesmo.

Ah. E era motivo para terminar? Acho que, para Lux, se o rapaz não aparecesse na casa e nocauteasse o depravado, não era merecedor de seu amor. Bem, quem era eu para julgar?

– Mas ele não merece pagar pelo que aconteceu com você – observei. – Não tinha como ele chegar tão rápido.

– Não, não é isso. Ele chegou rápido. Rápido demais, eu diria. Por quê?

Encarei-a, sem entender.

– Não s…

– Num instante, tinha um louco de máscara tentando me matar, bati a cabeça e desmaiei. No instante seguinte, acordo e o Bram está bem ali, com uma máscara e um casaco jogados no chão?

Senti um vinco se formar lentamente entre minhas sobrancelhas, e então passei a escutar os batimentos do meu coração como se fossem o tiquetaquear de um relógio analógico. Fiquei em dúvida se o que estava ouvindo era o que Lux de fato me dizia ou se era, mais especificamente, o que ela estava tentando me dizer sobre o seu antes amado e agora ex-namorado, Bram.

– Você acha que a máscara e o casaco eram dele?

Lux me encarou por alguns segundos que decorreram bem devagar.

– Não falei isso.

– O que você está dizendo, então?

Lux de repente considerou muito importante examinar as latas cheias de lápis de cor e carvão e reordenou os objetos como se fosse tarefa sua dar uma geral no espaço.

– Nada. Só fiquei assustada – falou por fim. – Vi um homem mascarado num instante e logo depois o Bram. Não foi uma associação agradável de fazer.

Engoli em seco. Por que Lux decidira me confidenciar isso? A garota me desprezava fazia meses. Até que me dei conta de que era exatamente essa a razão. Afinal, quem acreditaria na minha palavra?

42

Eu tinha deixado de ser um zumbi. Meu cérebro não só havia ressuscitado perfeitamente como estava trabalhando além do expediente, na tarefa de repassar cada mínimo detalhe da revelação de Lux. Não era possível que ela não tivesse percebido que entregou fatos demais – fatos graves – sobre Bram. Fiquei inquieta com a ideia de que não era a única a suspeitar dele, de que Lux, a pessoa que melhor o conhecia, parecia acreditar que ele fosse capaz de machucá-la – *se* é que foi isso mesmo que ela insinuou.

Fosse como fosse, eu agora tinha uma missão: chegar ao fundo dessa história.

No almoço, peguei a bandeja e, evitando a mesa de sempre com o assento vazio de Saundra, caminhei até estar diante de Sim Smith.

– Oi – falei. – Posso sentar aqui?

Ele estava sozinho, e eu não sabia se era porque o almoço havia acabado de começar ou porque o garoto ainda não superara seu colapso. Fitando-me desconfiado, consentiu com um gesto de cabeça, e me sentei.

Sim era a única pessoa que eu sabia que tinha visto o indivíduo mascarado. Tratava-se de uma missão de reconhecimento; eu precisava de mais informações antes de sair apontando o dedo para Bram.

– Posso fazer uma pergunta?

Ele concordou mais uma vez, embora deixasse transparecer certa apreensão de que eu fosse começar a tacar guardanapos – infelizmente para ele, Felicity tinha dado início a uma tendência.

– O que aconteceu na noite em que você viu o cara de máscara?

Sim soltou uma mistura de suspiro com murmúrio.

– Acredito em você – emendei rápido.

– Acredita?

Ele me observou tal qual um passarinho diante de uma mão cheia de alpiste: queria um pouco, mas poderia voar para longe a qualquer momento. Fiz que sim com a cabeça.

– Sei que você viu alguém de máscara. Queria saber se viu algo mais, algo específico.

Sim refletiu por um instante, antes de negar e encolher os ombros, desanimado.

– Só um cara de máscara mesmo. Ele me seguiu, mas eu lutei contra ele.

– Vocês lutaram?

– Sim. Ele tentou me matar, mas eu reagi, não deixei.

Perdi um tanto do entusiasmo – ele se referia ao momento em que abriu a porta do carro e derrubou Felicity. Talvez Sim gostasse de exagerar os fatos mesmo.

– Fiz três anos de caratê quando era menor – continuou. – Só cheguei à faixa laranja, mas... – Ele dobrou o braço e o contraiu, como se o seu bíceps contivesse alguma evidência do passado marcial. (Não continha.) – Na real, foram três meses de férias em anos diferentes, e não três anos, mas o corpo não desaprende. O meu chute fez aquele otário cair de bunda.

Chute?!

– Onde?

– Na loja do meu padrasto...

– Em que parte do corpo dele, Sim?

– Ah. Na costela, bem aqui do lado.

Uma lembrança me atingiu como um raio.

– Valeu, Sim, preciso ir.

ENCONTREI FREDDIE JÁ no fim do horário de almoço. Embora o refeitório estivesse esvaziando, ainda havia muitas pessoas ali, por isso o puxei até o primeiro lugar isolado que encontrei.

No armário do zelador havia baldes, esfregões e o fedor antisséptico de alvejante. Comecei a sentir tontura, não por causa dos vapores tóxicos num espaço sem qualquer ventilação, mas sim porque, ao me ver num cubículo com Freddie, fui transportada à noite na cabana – que era exatamente o que eu precisava esquecer e também o motivo da conversa.

– Você está bem? – perguntou Freddie, sem esperar pela resposta: – Por que não está respondendo às mensagens? A gente pode conversar... Você pode se abrir comigo. Foi por isso que me trouxe aqui?

– A Saundra não caiu. E também não pulou.

O som do primeiro sinal se espalhou pelos corredores, gerando uma procissão do outro lado da porta do cubículo, porém nenhum de nós dois fez menção de seguir para a aula.

– O que você está dizendo?

– Foi o Bram, ele a empurrou.

Fui acometida por uma inusitada sensação de alívio ao proferir essas palavras. Bram era o culpado, e, agora que tinha convicção disso, eu seria capaz de lidar com ele, de confrontá-lo, de desmascará-lo.

– Quê?! – Freddie se escorou na prateleira de metal abarrotada de rolos de papel higiênico, alguns dos quais ameaçaram cair.

O espaço não permitia caminhar de um lado para o outro, mas eu precisava liberar a energia que havia acumulado, então comecei a fechar e abrir o punho enquanto organizava os pensamentos.

– Na noite seguinte ao Teste do Medo de Felicity, com o Sim Smith de alvo, vi o Bram tentando recolher a pipoca do chão.

– Ok – falou lentamente Freddie. – E...?

– Ele precisou se esticar para alcançar a pipoca, e percebi que fez cara de dor. Até colocou a mão na costela.

A expressão de Freddie transparecia confusão, e comecei a ficar frustrada por não conseguir explicar em poucas palavras.

– Acabei de falar com o Sim, e ele contou que lutou com o Homem Mascarado na loja de carros e deu um chute na costela dele.

O segundo sinal tocou, e continuamos indiferentes a ele. Deixei minhas palavras pairarem no ar e observei o rosto de Freddie para saber se elas tinham sido absorvidas. Precisava fazê-lo entender que não era uma teoria da conspiração: a costela machucada era a prova mais contundente, porém não a única – desde que a história começara, Bram vinha se comportando de um jeito sombrio, tendo chegado a acusar Freddie, provavelmente para desviar qualquer suspeita.

– Até a Lux desconfia que foi ele quem a atacou.

– *Como assim?!*

Assenti com firmeza, satisfeita com o impacto que essa revelação tinha causado em Freddie.

– Como é possível que o Bram tenha chegado tão rápido na casa e não tenha visto ninguém fugindo?

– Você está dizendo que o Bram entrou na casa antes, colocou a máscara e atacou a própria namorada?

– Sim.

– Por que ele faria isso?

– Pra mexer com a nossa cabeça. Pra mexer comigo. As peças se encaixam, Freddie.

– Não sei se elas se encaixam mesmo.

Não compreendi a reação dele. Não era como se os dois fossem melhores amigos – na verdade, Bram nunca se referia a Freddie de uma maneira positiva, tinha inclusive me dito para me afastar dele.

– Por que você está defendendo ele?

– Não estou defendendo ninguém. Na verdade, estou aliviado por você não achar mais que fui eu quem atacou a Lux. Mas a gente não pode sair acusando o Bram de assassinato.

Recostei nas prateleiras, e dessa vez um rolo de papel tombou e eu o chutei tão longe quanto o diminuto espaço permitia.

– O Bram tem sangue nas mãos. – O que era simples força de expressão me fez lembrar da literalidade daquela observação. – Quando a gente se encontrou nos fundos do mercadinho, depois do ocorrido na cabana, o Bram tinha manchas de sangue.

Freddie se enrijeceu e lentamente se afastou da estante.

– Não vi sangue nenhum.

– Tinha, nos dedos e na máscara.

– Por que você não falou nada?

– Não sei, era muita coisa pra lidar, eu estava confusa. – A agitação me fez também desencostar da estante e diminuir pela metade a distância entre mim e Freddie. – Mas é evidência, evidência forense.

– Talvez não fosse da Saundra, o sangue. E a esta altura a empregada dele já lavou as roupas.

– Não a máscara. E ele não a descartou na mata, acho que ficou com ela.

– Pode ser, mas ele mesmo a teria limpado depois.

– Talvez, mas ainda poderia ter traços de algo.

Freddie tinha resposta para todas as afirmações que eu vinha despejando, porém não para esta. Minhas palavras preencheram o pequeno ambiente, criando uma atmosfera carregada de tensão.

– Então a gente precisa descobrir – afirmou Freddie.

Meu coração começou a bater mais rápido ao som de "a gente". Lembrei da noite em seu quarto, em que comentamos quão diferentes nós dois éramos do restante do clube. Naquela ocasião, eu sentira que formávamos um time, e voltei a me sentir assim agora.

– Como? – perguntei.

– Não vai ser fácil, mas acho que sei por onde podemos começar.

43

Tivemos de esperar uma semana até surgir a oportunidade perfeita.

Nosso uniforme dessa noite consistia em camisa branca e calça social preta. Freddie, nada confortável, não parava de se remexer e de enfiar o dedo na gola como que para alargá-la. Não era preciso ser um gênio para entender a razão de seu desconforto: ele passara a frequentar a casa de Bram como filho da faxineira, depois fora alçado à posição de convidado, até, por fim, se tornar amigo de Bram; e nessa noite o ciclo se fecharia com Freddie rebaixado à posição de serviçal.

Era o aniversário de dezessete anos de Bram, e, por mais que ele estivesse ficando velho para esse tipo de coisa, seus pais sempre davam uma festa para comemorar. Os comes e bebes costumavam ser fornecidos pelo bufê da mãe de Freddie, a qual aceitou de muito bom grado nossa oferta para trabalhar de graça como garçons.

Por isso nos encontrávamos na cozinha de Bram.

Como o Clube Mary Shelley não vinha realizando seus encontros, Freddie concluiu que a melhor oportunidade para entrar na casa dos Wilding a fim de procurar evidências seria durante a festa, pois haveria tantos convidados que nosso sumiço passaria batido.

E esse era basicamente o plano; não era o mais elaborado, mas era o melhor que tínhamos conseguido bolar no pouco tempo. Eu precisava encontrar algum podre sobre Bram, e não havia local mais promissor para tanto do que a casa dele. Estava grata por ter Freddie ao meu lado; ainda que fosse evidente seu desgosto com a ideia de servir os amigos de Bram – nossos colegas de escola –, ele não dera para trás.

– Ei. – Fitei-o nos olhos e pincei a ponta de sua gola. Mesmo depois do que ocorrera, era atraída por sua presença; meus dedos procuravam pretextos para tocá-lo, como agora, ao acariciar o tecido que cobria seus ombros. – Obrigada por estar do meu lado.

Meu toque fez Freddie parar de se remexer, e eu senti seu peito subir e descer numa respiração profunda. A gravidade que tensionava seu rosto se afrouxou para permitir um sorriso.

– Imagina! Não estou fazendo nada de mais.

– Está, sim. E significa muito pra mim – falei, pressionando seus ombros mais uma vez.

A cozinha da casa de Bram era toda de mármore branco reluzente e, no momento, transbordava de alimentos e empregados correndo de lá para cá conforme preparavam os aperitivos. Cada centímetro da superfície brilhante estava ocupado por bandejas repletas de uma variedade de saborosas entradas. A mãe de Bram adentrou a cozinha para uma última checagem, e a sra. Martinez imediatamente foi até ela.

Até então, eu nunca tinha visto a mãe de Bram. Sabia que havia sido modelo quando mais nova, e o fato era que ainda poderia ser se quisesse: a pele era impecável, o cabelo, mais brilhoso do que o da maioria das mulheres com metade de sua idade, e as roupas eram tão elegantes e chiques quanto a decoração da casa. Porém, eu poderia afirmar que ela era rica independentemente das roupas, apenas pela postura, pelo jeito como inclinava a cabeça, como movimentava as mãos. A mulher se portava como alguém que transita sem embaraço por um mundo de portas abertas para ela. Uma cliente de vida. Bram se portava do mesmo modo.

– Vocês sabem como devem servir a bebida? – Dan, irmão de Freddie, surgiu à nossa frente.

Freddie e eu estávamos fazendo um bico como garçons, mas aquele era o trabalho fixo de Dan nos fins de semana, e hoje ele fora encarregado de nos ensinar os segredos da função, com o que, a julgar pela cara fechada, não estava muito contente.

Ele tinha a mesma pele marrom-clara de Freddie, e as feições eram similares também, mas era como se tivesse sido montado errado: os olhos, que em Freddie se mostravam afáveis através dos óculos e emoldurados por longos cílios, se situavam muito perto um do outro no rosto alongado de Dan; o lábio inferior – carnudinho em Freddie – se retesava numa constante carranca. Mas a maior diferença entre os irmãos era mesmo o cabelo: o de Freddie era fantástico, grosso e volumoso, bom de pegar, o de Dan era preto e lambido para trás, como se o rapaz tivesse adquirido sua noção estética vendo *Família Soprano*.

– Servir bebida? – perguntou Freddie. – Não, Dan, eu nunca, jamais servi um drinque na minha vida.

– Essas pessoas gostam de ser servidas de um jeito específico – sussurrou Dan, embora a sra. Wilding não estivesse prestando atenção nele. Dan ergueu o antebraço esquerdo, no qual pendia um impecável guardanapo de tecido; depois posicionou sobre ele o gargalo de uma garrafa de vinho fechada e, com o dedão atuando como alavanca na concavidade do fundo, demonstrou o movimento correto. – Consegue fazer isso?

Freddie e eu nos entreolhamos – nunca que iríamos servir bebida daquele jeito.

– Mãe, você viu meu suéter marrom? – Vestindo calça de alfaiataria e uma camisa social de um branco resplandecente, Bram surgiu na porta da cozinha, porém se deteve assim que pôs os olhos em mim e em Freddie. – O que vocês estão fazendo aqui?

– Olha que maravilha! – disse a sra. Wilding, posicionando-se atrás de nós e pousando uma mão no ombro de Freddie. – O Freddie veio ajudar a Maria. Vocês crescem tão rápido, parece que foi ontem que viviam jogando videogame.

– Parece, né? – O olhar de Bram se fixou em mim. – Está trabalhando para a Maria também?

A sra. Wilding voltou sua atenção para mim; certa curiosidade perpassou por sua expressão, porém a entonação encantadora da voz não sofreu qualquer alteração.

– Você conhece o Bram?

– Estudo na Manchester também.

– Ah, uau. Bram, por que você não convidou seus amigos para a festa?

– O Freddie disse que tinha compromisso – falou Bram com tranquilidade.

– Minha mãe estava precisando mesmo de ajuda hoje – emendou Freddie.

– Bem, se vocês dois conseguirem um respiro, se juntem a nós, vamos ficar felizes de tê-los conosco – convidou a sra. Wilding.

– Obrigada – respondi.

Nós dois com certeza não iríamos nos juntar a eles.

A sra. Wilding abriu um sorriso brilhante e magnânimo e, com isso, concluiu aquele desconcertante cruzamento entre amigos e criados. Soltou o ombro de Freddie e se virou para o filho:

– Nada de suéter hoje, querido. Você vai usar a gravata que deixei separada.

Bram nos lançou um olhar frio antes de se dirigir à escada para seguir as ordens da mãe, que também deixou a cozinha.

– As pessoas estão começando a chegar! – avisou Dan. – Vá recebê-las com bebidas. – Com cuidado, depositou uma bandeja cheia de taças sobre as minhas mãos espalmadas e apontou para a porta.

No salão, a sra. Wilding cumprimentava os primeiros convidados, entre os quais um belo casal que parecia ter a mesma idade dela e certamente não estava ali por causa de Bram, porém havia trazido o filho adolescente.

– Garota Nova? – surpreendeu-se Thayer.

Como assim, Bram e Thayer tinham uma amizade pública e eu não sabia?

– O que você está fazendo aqui? – sussurrei.

Ele retirou o sobretudo e revelou um estiloso terno preto sobre camisa e gravata também pretas –, uma cor que eu nunca o vira usar com tanto ardor. Entregou o casaco a outra criada como se fosse algo corriqueiro; foi um gesto pequeno, desimportante, mas me lembrou que, embora fizesse cosplay de pobre no cinema comigo, na realidade Thayer pertencia a um mundo dourado.

– Não ficou sabendo que nós somos os Obama da vez? – ironizou. – Somos convidados pra tudo.

Examinei seus pais, que continuavam conversando com a sra. Wilding. Então aquele era o procurador-geral do Estado, provável futuro senador. Thayer pegou uma das taças da bandeja e a entornou; na sequência, pegou outra.

– Me falaram que era pra oferecer só pros adultos.

Thayer gargalhou, talvez pela primeira vez desde a noite na cabana. Soou como uma imitação de felicidade.

– Pelo jeito você nunca frequentou esse tipo de festa, né? Apenas não pare de servir.

Bram desceu a escada com um sorriso pregado no rosto como a gravata ao colarinho: completamente tenso e forçado.

Pelo jeito, Freddie e eu não éramos os únicos a vestir fantasia.

Bram parou ao meu lado e se arqueou em minha direção.

– Não sei o que você está pretendendo fazer, mas, se quer meu conselho, não faça.

Pegou um drinque, virou-o na boca e devolveu a taça vazia à bandeja. Se antes eu desconfiava que ele estava escondendo algo, agora tinha certeza absoluta.

44

HAVIA VELHOS DEMAIS para uma festa de aniversário de dezessete anos.

O andar térreo da mansão dos Wilding consistia de diversas áreas de entretenimento espaçosas. Por todos os cantos espalhavam-se convidados resplandecentes, com copos e taças igualmente resplandecentes à espera de que eu os reabastecesse. Dan tinha exagerado sobre a importância da maneira de servir a bebida – ninguém ali ligava para isso; todo mundo só queria encher a cara. E a minha função era fazer o álcool fluir.

Embora tenha interagido com praticamente todos os presentes, nunca me senti tão invisível. A monotonia em preto e branco do uniforme de garçonete me mesclou ao pano de fundo; eu não passava de uma mobília ambulante – ou seja, meu comportamento habitual em festas, só que com o acréscimo das bebidas.

Em grande medida, era como uma festa normal de adolescentes: as pessoas estavam ali para relaxar e conversar; só que ali eu entreouvia fofocas murmuradas sobre a alta sociedade, diálogos insanos sobre o mercado imobiliário e até algumas apresentações profissionais. Só coisas chatas, porque praticamente só tinha velhos. Fiquei com certa pena de Bram; apesar de ser uma festa extravagante – eu nem podia imaginar o nível dos presentes –, não tinha mais do que vinte garotos da nossa idade.

E Thayer não estava na companhia de nenhum deles.

Além de invadir o quarto de Bram, eu agora tinha uma missão secundária: ficar de olho em Thayer. Eu tinha parado de lhe servir bebidas, mas alguém certamente fazia isso, pois ele meio que cambaleava. Com o decorrer da noite, seu comportamento havia se alterado: os braços ficaram mais soltos, assim como as risadas. Era preciso culhão para ficar bêbado perto dos pais, porém a enorme casa possibilitava que o sr. e a sra. Turner se mantivessem alegremente alheios.

Eu estava prestes a oferecer um copo de água a Thayer quando meu olhar foi atraído a outro ponto. A panelinha de Bram estava ali em peso, a não ser pela notável ausência de Lux: Trevor, Lucia e um babaca chamado Tanner eram o centro das atenções próximo do piano Steinway na sala de estar. Embora fossem muito mais jovens do que os convidados adultos, não se diferenciavam em nada deles, com seus ternos e vestidos de alta-costura – um ensaio geral para a próxima geração dos donos do universo.

Freddie tentou passar rapidamente por eles, porém Tanner se colocou à sua frente, cutucou sua camisa e soltou uma gargalhada. Era exatamente o que Freddie temia que acontecesse. Não se tratava do uniforme, ou do fato de nunca ter trabalhado como garçom antes, e sim da consciência de que, não importava quanto se misturasse na Manchester, no mundo real eles sempre trajariam terno e gravata e Freddie, um uniforme. O maior receio de Freddie estava se tornando realidade, sendo que ele só estava ali para me ajudar.

Caminhei diretamente para o grupo.

– Ei, estão pedindo mais canapés na... sala de música, é isso?

Embora sua expressão dissesse que não sabia o que era uma sala de música, Freddie me lançou um olhar agradecido antes de desaparecer. A essa altura, a roda de Bram já estava entretida demais numa conversa com um convidado mais velho para me notar.

– Existem rumores, mas ninguém sabe quem é – dizia Lucia.

– Vocês acham que é alguém da própria escola? – indagou o mais velho. Em vez de terno ou camisa social, ele vestia um colete de couro surrado sobre uma camiseta puída que pareciam ter sido pegos numa caixa de doação, mas que provavelmente custavam mais do que todas coisas do meu armário somadas. Se tivesse que chutar, eu diria que era um dos autores da editora do sr. Wilding. – Daria um ótimo livro.

– Jamais – garantiu Trevor. – Ninguém da Manchester seria capaz de fazer isso.

– Na escola, estão chamando o cara de Maníaco Mascarado – contou Lucia.

Minha intenção era continuar circulando, mas a conversa me grudou no lugar. Peguei o copo da mão de Trevor sem que ele pedisse e o reabasteci tão lentamente quanto possível, os ouvidos alertas.

– Muito me agrada a aliteração – comentou o escritor. – O Maníaco Mascarado do Liceu Manchester de Manhattan.

– Manchester Prep – corrigiu Lucia.

– Teria de ser adaptado para publicação.

Os olhos de Lucia cintilaram, e ela se aproximou do escritor.

– Posso fazer parte da história?

O escritor respondeu com um sorriso malicioso, e eu quase vomitei.

– E esse Maníaco Mascarado faz o quê, aterroriza os alunos? – questionou ele.

– Tem gente que acha que é alguém fazendo pegadinhas – falou Tanner.

– Não são simples pegadinhas – afirmou Lucia.

– Algumas pessoas que estavam na cabana daquele otário do Pinsky juram que viram vários homens mascarados – explicou Trevor. – Mas ouvi dizer que tinha um monte de droga rolando lá, então vai saber, né?

– Afinal, a menina se matou ou foi empurrada pelo Maníaco Mascarado, o que vocês acham? – perguntou o escritor.

– Se matou – afirmou Trevor. – Provavelmente a Saundra tinha usado drogas também.

– A Saundra não usou drogas.

O grupo silenciou e se voltou para mim – eu havia furado a bolha que os envolvia, rompido a obstinada alienação que mantinha aqueles indivíduos de olhos e ouvidos fechados para as castas mais baixas. Eu era a selvagem a, de repente, me comunicar em sua língua.

Um rubor logo invadiu meu rosto, mas eu não permitiria que eles falassem de Saundra daquela maneira. Era assim que lembrariam dela – justo ela, que os idolatrava? Discutiam hipóteses sobre uma morte como se listassem estatísticas de golfe. A morte de Saundra não iria servir de pasto para um bando de mauricinhos.

Tanner retomou a conversa num tom um tanto alto demais – um gesto impaciente para ignorar a minha existência.

– Aposto que o Gunnar Lundgarten é o Maníaco Mascarado – falou Tanner. – Aquele babaca tem transtorno de agressividade.

– E o Thayer Turner, hein? – falou Lucia. – Está sempre soltando piadinhas nas aulas. Olha só pra ele, o que ele acha que está fazendo?

Todos nos viramos para o outro lado do aposento, onde Thayer gargalhava tanto que estava com a testa apoiada no ombro de uma senhora. A mulher, incomodada, se afastou, o que quase o fez tropeçar. Abandonei a corte de Bram e rapidamente cruzei o salão, parando ao lado de Thayer a tempo de escutar o fim da conversa.

– Uma tragédia, o que se passou – disse um dos homens. – Tão jovem.

O assunto Saundra estava se espalhando como fogo no palheiro; agora que todos estavam relaxados e sob efeito do álcool, os temas chatos como fusões e aquisições deram lugar ao empolgante mundo das mortes adolescentes.

– A polícia decretou oficialmente que foi acidente – assegurou Thayer.

– Ouvi dizer que uns adolescentes de máscara causaram tumulto no local – observou outro homem. – Há rumores de que…

– A polícia decretou oficialmente que foi acidente! – sustentou Thayer, soltando uma gargalhada. – Eles não têm nada contra a gente. Ninguém vai acabar com o clube!

Quase derrubei a bandeja, que ainda assim balançou o bastante para deixar cair a única taça que carregava. O tinido provocou um silêncio ao redor.

– Que desastrada! – disse Thayer, apontando para mim e dando uma risada histérica.

Ele estava indo longe demais. O vidro no chão iria esperar; encaixei a bandeja na axila e, com a outra mão, agarrei Thayer pelo braço. Ignorando o olhar mortífero de Dan, conduzi-o de forma obstinada pela escada e depois até a biblioteca, onde o empurrei no sofá.

– Selvagem, ela! – disse Thayer.

– O que deu na sua cabeça?

– O quê? Eu só estava conversando.

A porta se abriu, revelando Freddie com a bandeja em uma mão; ele rapidamente entrou e a fechou.

– O que está acontecendo? Vi vocês dois vindo pra cá.

– O Thayer está bêbado e falou do clube.

– É o que se chama de *estratégia de recrutamento*. De nada.

Freddie colocou a bandeja, que ainda tinha alguns canapés, na cara de Thayer.

– Come pra ficar sóbrio – ordenou, antes de atravessar o aposento e destampar a garrafa de água que pegou no carrinho. Voltou e também a entregou a Thayer.

A porta se abriu novamente, dessa vez para exibir a cabeça de Dan.

– O que vocês estão fazendo aqui?! Os convidados estão *morrendo* de sede! E eu tive que limpar o vidro no chão.

– Já estou indo – falei.

Dan bufou e começou a murmurar em espanhol com Freddie. Eu só consegui entender algumas palavras, algo sobre como ele descontaria isso do nosso pagamento.

– Isso só funciona quando você está pagando as pessoas pelo trabalho. – Freddie caminhou até a porta e a fechou na cara do irmão.

Assim que Dan se foi, abri a porta e gesticulei a Freddie para se juntar a mim do lado de fora, para que Thayer não nos escutasse.

– Vou ficar – sussurrei. – Estou preocupada com ele.

– Vou ficar com você.

– O Dan vai ficar maluco se não tiver ninguém dando comida pro gado.

Freddie concordou com a cabeça.

– Tem razão. Me encontra depois.

Esperei Freddie descer a escada e, ao entrar de novo na biblioteca, não encontrei Thayer no sofá. Um vento frio cortava o ambiente, vindo da porta agora aberta da sacada. O medo me tomou junto com o pior pensamento possível: Thayer estatelado na calçada. Corri até a sacada.

Thayer apenas observava a rua. Quando se virou, notei que não estava tão bêbado quanto eu pensava – ou talvez tivesse recuperado instantaneamente a sobriedade, pois já não tinha a postura e o riso soltos. A expressão era grave, sombria. Lembrei da última vez que estivera na sacada com o restante do clube, quando precisei retomar o ar de tanto que ria das palhaçadas de Thayer na rua; dessa vez respirei de alívio.

Aproximei-me dele com cautela, o que o fez franzir o cenho.

– Por que você está agindo como se eu fosse pular? – perguntou.

"Porque você não parou de beber a noite inteira, e está contando nossos segredos, e não está normal desde o evento na cabana, e estou preocupada com você." Entretanto, não falei nada disso.

– Só não fica tão na beirada assim, por favor.

Ele não moveu um músculo. Minto: ele se inclinou sobre o parapeito, deixando os braços penderem no vazio.

– É um andar só, Rachel.

Ao seu lado agora, me debrucei para olhar para baixo: ele tinha razão, estávamos apenas no segundo andar e, se caísse, Thayer não quebraria nem um braço, quanto mais o pescoço. Cerrei os olhos com força para evitar pensar em Saundra, na maneira como ela encarava o nada, deitada sobre a cama de cacos de vidro.

Então tive de abrir os olhos para afastar a lembrança. Eu me virei para Thayer, que se balançava de leve, e um pensamento me ocorreu.

– Você me chamou de Rachel.

Thayer ficou sem resposta, sem qualquer tirada espirituosa, sem sorriso; continuou com o olhar perdido sobre as casas do outro lado da rua, o parque à esquerda, o farol piscante à direita, sem realmente prestar atenção em nada. Tudo o que eu queria era que ele voltasse a me chamar de Garota Nova.

– Você sabe o que aconteceu com o primeiro Clube Mary Shelley? – perguntou. – Quero dizer, com os membros originais naquele vilarejo suíço?

Neguei com a cabeça.

– Lord Byron morreu aos trinta e seis anos defendendo a Grécia numa guerra. Ainda assim, viveu mais do que Percy Shelley, que morreu afogado antes dos trinta. Pelo menos os dois viveram mais do que Polidori, que era apaixonado pelo Byron, diga-se. Ele tinha um talento incrível, escreveu um livro seminal sobre vampiros bem antes do Stoker. Mas se matou quando tinha vinte e cinco. Já a Mary até que viveu bastante, até os cinquenta e poucos. Teve uma pessoa do grupo, no entanto, que viveu mais do que todas as outras, passou dos oitenta. Levou uma vida solitária, nunca se casou, trabalhou como cuidadora e como professora. Era a única entre eles que não tinha talento criativo, e eu duvido até que tenha participado do jogo naquela noite.

– Claire Clairmont.

Irmã adotiva de Mary; amante de Lord Byron, mãe da filha dele; além de apaixonada, diz-se, pelo marido de Mary, Percy. Teve um papel fundamental na vida de Mary. Não obstante, quando li sobre ela pela primeira vez, chamou minha atenção apenas porque coincidia de ter o mesmo sobrenome da minha melhor amiga. Saundra.

– A personagem feminina que sobrevive – disse Thayer, pousando a mão no parapeito de pedra.

Suas unhas tinham uma coloração roxa esbranquiçada, o que me puxou de volta à concretude da varanda gelada e da festa ardente que transcorria no andar inferior.

– Por que você está me contando isso?

Ele encolheu os ombros.

– Estou pensando no nosso grupo, em quem vai partir primeiro. Quando. Como.

– Thayer.

– A polícia está tratando como "morte acidental".

– Tem pessoas alegando que viram alguém de máscara no telhado.

Thayer me lançou um olhar enigmático.

– Alguma coisa aconteceu com a Saundra naquela noite, alguma coisa estranha, e eu vou descobrir o quê.

– Thayer, é exatamente o que estou tentando fazer – falei avidamente. – Nós podemos nos unir. – Entretanto, quando dei um passo em sua direção, ele se retraiu.

– Eu não sou um fraco. É normal, viu? Quando morre alguém que você conhece, é normal pensar essas coisas.

– Eu sei.

– Estou falando sério.

– Eu também estou.

– Olha só pra gente. – Ele abriu os braços para indicar a rua e a festa. – Uma garota acabou de *morrer*, e eu estou de terno e gravata numa festa podre. Nós somos monstruosos. – Thayer balançou a cabeça e esfregou com força o cabelo curto, como se quisesse arrancá-lo. – Eu não devia estar aqui. Nem você, aliás.

– Eu só vim pra investigar o Bram, tenho certeza de que ele está por trás do que aconteceu.

Thayer me fitou como se estivesse prestes a rir de algo que não tinha a menor graça.

– Boa sorte com isso.

Ele então passou por mim e se dirigiu à porta da biblioteca.

Era agora ou nunca: eu precisava invadir o quarto de Bram e encontrar alguma evidência, alguma pista, qualquer coisa que confirmasse minha suspeita. Quando pisei fora da biblioteca, no entanto, meu caminho foi bloqueado.

– O que você está fazendo aqui? – interrogou Bram.

– Nada. Já estava saindo.

– Não, fica. – Sua entonação não foi nada hospitaleira, porém ele continuou: – Sério. Você queria saber como funciona o meu mundo, e o único jeito de fazer isso é participar do *after*.

Soou mais como uma ameaça do que como um convite, mas eu não recusaria de jeito nenhum.

45

A TRANSIÇÃO FOI tão suave que chegou a ser bizarra. A festa de Bram com o selo de aprovação adulta foi finalizada rigorosamente às onze da noite; os convidados foram embora na hora, gentilmente postos para fora pelos funcionários do bufê. Não os convidados mais jovens, entretanto; estes permaneceram. Sem exceção, os membros da mesa mais popular do refeitório se despediram de seus pais e se arrastaram escada acima, deixando uma trilha de risadas que foram desaparecendo como as borbulhas de um champanhe.

– Nem os pais do Bram vão ficar? – perguntei a Freddie.

No salão, ele e eu devolvíamos os casacos aos últimos convidados. O sr. e a sra. Wilding estavam indo embora com Millie a tiracolo.

– Os pais dele não vão participar do *after* – falou Freddie como se fosse algo óbvio, o que, beleza, era mesmo. Mas eles precisavam ir embora da própria casa?

– Por que gente rica é tão estranha?

Freddie deu de ombros.

– Deixar o Bram se divertir depois da festa oficial é tradição entre eles. Eles dão permissão pros moleques fazerem merda, mas na verdade estão a dois quarteirões daqui, na casa dos avós do Bram. Ou seja, deixam o Bram perder o juízo, mas mantêm a rédea curta.

– Então os pais do Bram e dos outros estão de boa com uma casa cheia de adolescentes bebendo?

– É a versão deturpada dos pais que preferem que os filhos bebam em casa do que fora. Aqui, a festa fica restrita à biblioteca. E não se resume a beber.

Bem, aquilo soava um tanto sinistro.

– Você já participou alguma vez? – perguntei a Freddie.

– Uma, muito tempo atrás. Foi ridículo.

Que vago. Bem, eu teria que ver com meus próprios olhos.

– Estou ansiosa.

– Como assim?

– O Bram me chamou.

A surpresa na expressão de Freddie não me desceu bem; era tão inacreditável assim que Bram tivesse me convidado para a festa depois da festa? Ou isso, ou Freddie suspeitava, como eu, que o convite de Bram não tinha sido motivado pelo espírito da amizade.

– Olha, eu vim pra descobrir algum podre sobre o Bram – continuei. – Se ele ficar bêbado, vai baixar a guarda, e minhas chances de capturá-lo vão aumentar.

Um vinco se formou entre as sobrancelhas de Freddie, e me dei conta de que poderia ter me expressado de um jeito melhor.

– Essa festa do Bram não é o tipo de coisa que você curte – disse Freddie. – Ouve o que estou dizendo, Rachel.

Meu objetivo não era me divertir. Eu estava ali por Saundra. E já estava cansada de ter garotos me dizendo com que outros garotos eu deveria ou não passar meu tempo.

– Eu vou – afirmei.

Dessa vez Freddie não tentou argumentar.

O HABITUAL PONTO de encontro do Clube Mary Shelley havia sido transformado. A biblioteca, sempre tão acolhedora, com as paredes escuras e os revestimentos de couro, estava sufocante agora, preenchida por corpos, uma música ensurdecedora e o vapor opressivo dos cigarros eletrônicos e não eletrônicos. Os indivíduos que até então não passavam de atores coadjuvantes nas mesas centrais do refeitório flutuavam pela sala: o rosto perfeitamente delineado das garotas resplandecia devido à maquiagem iluminadora e à desinibição; a boca dos garotos se escancarava para mostrar incontáveis dentes brancos demais. É claro que, no dia a dia, sob as lâmpadas fluorescentes do colégio, eu percebia o brilho que advinha do privilégio, porém agora ele parecia em brasa.

A festa depois da festa parecia ser o momento em que o acúmulo de tensões das conversas pesadas e dos nós apertados das gravatas se extravasava. Os jovens espumavam pela boca como bêbados raivosos, babando pelas faces líquidos borbulhentos, os quais escorriam pelas fendas do sofá em que eu costumava me sentar nas noites de sessão de cinema. Não havia apenas álcool, claro: pequenos sacos e frascos eram passados de mão em mão como lembrancinhas de festa. Não era possível que os pais de Bram estivessem de acordo com isso. Ou talvez estivessem. Compreendi que eu não fazia mesmo a menor ideia de como operava o mundo de Bram.

Todos riam selvagem e estridentemente como hienas maníacas, talvez energizados por mais do que uma simples alegria. Jogavam canapés uns nos outros – os canapés que a sra. Martinez montara com tanto esmero e que Freddie dispusera com cuidado em bandejas de ardósia. Só conseguia pensar em quem limparia aquela zona. Uma empregada sem rosto que ninguém ali veria, de cuja existência ninguém ali jamais saberia.

Eles entornavam dinheiro. Não literalmente, se bem que um grupo se juntou para competir quem conseguia beber mais Dalmore 64. Só soube como a bebida se chamava porque os demais apontavam para a garrafa e gritavam com um espanto ensandecido, até que decidi perguntar à pessoa ao meu lado o que era um Dalmore 64. A garota me olhou de cima a baixo no meu uniforme de garçonete e respondeu como se eu fosse uma tapada:

– Um uísque que custa 160 mil dólares.

Me senti enjoada e ao mesmo tempo com sede.

– Traz mais bebidas agora! – gritou em meu ouvido um garoto.

Esse menino, T. J. Epps, estava na minha turma de Artes. Ele não desenhava, pintava ou esculpia outra coisa senão peitos.

– Te dou cem dólares pra você pegar uma bebida pra mim neste exato segundo. – Ele se engasgou com a própria risada. – Beleza, quinhentos dólares. – Não me deu nem sequer a oportunidade de rejeitar ou aceitar, e me odiei por sentir vontade de pegar o dinheiro e lhe entregar a garrafa.

– Tá bom, tá bom. Te dou mil dólares se você pegar uma bebida pra mim e me deixar lamber sua…

Não o deixei terminar: enterrei o calcanhar em seu pé e saí de perto, mas seria questão de tempo até outra pessoa me fazer uma proposta indecente.

Nenhum dos incontáveis monstros que eu vira nos filmes de terror se comparava aos que estavam diante dos meus olhos. Freddie tinha razão. Aquilo era ridículo. Eu não pertencia àquele lugar. Devia ter ido embora, porém estava petrificada. Eu me sentia dentro de *Uma noite de crime*.

Será que Bram estaria sentindo a mesma repulsa? Como poderia, se a festa era dele? As regras eram dele. Era fácil encontrá-lo – o canto em que estava era sempre o mais agitado. Os outros brindavam com ele, os garotos o cumprimentavam com tapinhas nas costas, as garotas guinchavam e ficavam na ponta dos pés para lançar os braços ébrios ao redor de seu pescoço.

Ele já não usava a gravata que sua mãe deixara separada. A camisa estava para fora da calça e desabotoada perto da gola, desdobrada. O cabelo estava bagunçado e as faces, vermelhas como pimentão. Cavalheiro que era, caminhava lentamente até as garotas com cigarro e se oferecia para acendê-lo com o isqueiro Zippo dourado. Conversava, flertava, jogava a cabeça para trás, ria com os amigos, puxava-os para um abraço.

Era mais uma máscara, no entanto.

Máscara que ninguém mais enxergava, porque aquele Bram era o único que conheciam. Para mim, porém, era gritante: o Bram que eu tivera a oportunidade de conhecer preferiria ouvir a falar e era obcecado por limpeza, a ponto de pegar cada grão de pipoca que caísse no chão. Mesmo agora, se via um garoto bêbado fazer menção de agarrar uma menina, Bram o distraía e o mantinha em sua órbita, sem que o outro tivesse a menor consciência de sua interferência. E conferia as horas no relógio de pulso sempre que pensava não ter ninguém olhando. Eu já o tinha visto fazer isso: significava que queria sair daquele lugar.

O que, segundo entendi, só aconteceria após o evento principal.

Duas garotas se pegavam na enorme mesa em frente à porta dupla da varanda, mas Bram as afastou com um movimento resoluto – provocando risos gerais, inclusive nas duas –, para então subir no móvel.

– Quero expressar meus mais profundos agradecimentos. – Bram pousou uma mão sobre o peito e fez uma mesura com a cabeça. – É uma honra poder comemorar o meu aniversário com os meus melhores amigos. Ainda que todos sejam uns otários.

Suas palavras mais sinceras. Seus "melhores amigos" receberam o insulto de maneira calorosa. Era o Bram Carismático em cena. O Bram Encantador, o Bram Mandachuva. Bram, o Rei da Manchester. Ele exalava essa aura. E era mesmo difícil não cair em seu charme.

– Dezessete – continuou. – Em breve, seremos oficialmente adultos. – Um misto de vaias e aplausos. – E sobre nós recairão *responsabilidades* e *expectativas*, nós carregaremos *o peso do mundo inteiro* nos ombros. Ora, a quem estou enganando? Já carregamos. Então, seus filhos da puta, façam esta noite valer a pena!

Aplausos.

– Vamos ficar completamente loucos! – Mais aplausos. – E me deem logo meus presentes ou vão pra puta que pariu!

Bram saltou da mesa e, como que carregado pelo clamor, sentou em sua poltrona, transformada em trono. Ao meu redor, com o copo para o alto, todos entoavam sem parar uma única palavra:

– Presentes! Presentes! Presentes!

Era sério aquilo? As pessoas iriam fazer fila para entregar enormes embrulhos a Bram? Era mais um ritual?

– E aí, galera, quem vai ser o primeiro? – perguntou Trevor Driggs, cujo olhar vagou pelo aposento em busca de voluntários. Muitos gritaram e ergueram as mãos, mas então alguém apontou para mim e berrou: – A garçonete!

– A garçonete! – falou Trevor animado, aproximando-se e batendo em meu ombro.

Era a terceira vez que interagíamos cara a cara, e ele ainda não fazia a menor ideia de quem eu era.

– Eu não trouxe nada – comecei, porém quando dei por mim já estava diante da poltrona de Bram.

Que coisa estúpida. Os olhares de todos, inclusive o de Bram, me queimavam. Eu me recusei a deixá-los perceber minha ansiedade.

Tateei o uniforme: levava comigo apenas as chaves, o celular e o bilhete do metrô. Peguei as chaves, conectadas a meu chaveiro favorito: uma plaqueta vermelha alusiva ao Quarto 237 do Hotel Overlook. Tirei as chaves da argola e entreguei o chaveiro a Bram.

– Parabéns.

Bram o examinou, e, quando seu olhar encontrou o meu, pensei que fosse dizer algo, porém o único barulho que ouvi foi o de vidro se estilhaçando no fundo da biblioteca. Me contraí, enquanto Bram permaneceu impassível.

Trevor se meteu entre nós e pegou a plaqueta da mão de Bram.

– Que porra é essa, garota? – falou, erguendo o chaveiro pinçado entre o dedão e o indicador. – Por que o Bram iria querer um negócio desses?

Porque adorava Stanley Kubrick. E sabia de cor cada fala de *O iluminado*. Porque certa vez, numa discussão com Felicity, sustentou que era um dos poucos filmes baseados em livro que era melhor do que o próprio livro. E porque fazia ótimas imitações de Jack Nicholson e Shelley Duvall.

Só que Trevor não sabia nada disso.

– Calma aí – guinchou ele. – A garçonete acabou de dar pro Bram a chave do quarto em que está hospedada? Caraaaalho!

Trevor soltou uma gargalhada e jogou a plaqueta de volta para Bram. Enquanto o aposento explodia em assobios e uivos eu me afastei, a fim de esconder o rosto ardente no meio da multidão, e a festa prosseguiu como antes.

E Bram continuou na poltrona, recebendo os presentes. Vi Sebastian Santamaria puxar o queixo de Bram para baixo e depositar um tablete amarelo em sua língua. Seth Gebahard meteu um bolo de notas de cem em sua mão. Lucia Trujillo e Emily Vilford, numa espécie de "pague um, leve dois", se colocaram à frente de Bram e começaram a se beijar.

Definitivamente, eu tinha dado o presente errado. Estava na hora de dar o fora dali.

– Aonde você pensa que vai? – Um garoto bloqueou o meu caminho. Pete Qualquer Coisa.

Dei um passo para o lado, e ele fez o mesmo. Estava alterado – com certeza drogado – e sem camisa.

– Você é a única garota aqui que não está de vestido, sabia?

– A conversa está muito agradável, mas estou indo embora, então se você me der...

– Que dilema – disse Pete. – Mas eu sei como a gente pode resolver.

Ele apalpou meu seio. Reagi de maneira irracional, inconsequente. Agarrei sua mão e a torci, e só a largaria quando ouvisse um estalo.

Pete caiu de joelhos e logo se curvou sobre a barriga, enquanto eu segurava o braço em suas costas.

– Para! Para! Me larga! – gritou.

Suas palavras afastaram de mim o ódio cego, e a percepção do que eu estava fazendo, ou do que estava prestes a fazer, me fez recuar. Três garotas em vestido de gala que tinham assistido ao desenrolar da cena colocaram o cigarro na boca para balançar positivamente a cabeça e bater uma palma espirituosa para mim.

– Eu... Eu sinto muito – gaguejei. – Mas você não pode...

– Você quase quebrou meu braço! – berrou Pete, que exibia uma expressão transtornada, os olhos esbugalhados, os dentes à mostra.

Como um animal selvagem, tentou agarrar meu tornozelo.

– Você está batendo em uma menina? – disse Trevor Driggs, triunfante, surgindo do nada.

Pete riu uma risada defeituosa e então cravou os pés no chão e se lançou contra mim.

– Ei! – De repente, Bram apareceu e derrubou Pete no chão.

Trevor continuou gargalhando, quase ofegante, enquanto Bram e Pete lutavam a seus pés. Pete empurrou Bram contra uma estante com tanta força que alguns livros caíram sobre a cabeça de ambos. À minha volta, as pessoas celebravam a briga como se cantassem o "Parabéns pra você".

Observei a luta, observei as pessoas, e meu estômago revirou. Aquela festa estúpida – tão elitista e exclusiva – era um pesadelo feito dos impulsos mais primitivos, dos instintos mais animalescos. Eu não queria fazer parte de seus rituais e jogos. Para mim, bastava.

Estava cheia de *todos* os rituais e jogos, e isso incluía o Clube Mary Shelley.

Saí da biblioteca. O glamour havia me cegado temporariamente, porém agora meu foco estava claro. Eu tinha uma missão. Em vez de descer a escada em direção à saída, me dirigi ao terceiro andar, onde ficava o quarto de Bram. Estava determinada a acabar o que tinha ido fazer.

46

O QUARTO DE Bram não era o típico quarto de um adolescente. As paredes eram pintadas de um verde-militar profundo, e a iluminação calorosa vinha das arandelas e luminárias de mesa com cúpula também verde. A mobília castanha parecia saída de uma revista de decoração e era adornada com graciosos itens que provavelmente faziam mais o estilo de um decorador do que de Bram. O carpete parecia ter sido recém-aparado. Tudo perfeitamente arrumado, nada fora do lugar, como se uma faxineira vivesse no closet.

Havia algo, no entanto, que denunciava que o quarto era de Bram: uma coleção de pôsteres gigantes de filmes de terror dos anos vinte e trinta, emoldurados de maneira elegante. Em fundos verde-radioativos, Lobisomem, Drácula e, claro, Frankenstein me fitavam de forma ameaçadora por baixo de seus nomes em letras grandes e chanfradas. Admirei-os por um instante, porém breve, pois tinha trabalho a fazer.

A primeira parada seria o closet. Os filmes e seriados haviam me ensinado que é onde as pessoas costumam guardar segredos. Se o restante do quarto de Bram era impecável, essa parte pertencia a um típico adolescente do gênero masculino, com roupas e equipamentos esportivos espalhados – por pouco não fui acertada no rosto por um taco de lacrosse. Na prateleira mais alta, havia caixas do tamanho perfeito para guardar uma máscara. Peguei a primeira, que só continha cabos e aparelhos eletrônicos velhos. A segunda guardava bonés e chapéus que eu jamais o vira usar. A terceira, a mais caótica, tinha cadernos e folhas soltas. Revistei-as todas, porém não encontrei nenhuma máscara.

Procurei no restante do quarto, debaixo da cama (nada) e nos compartimentos da escrivaninha (papéis e canetas). Restava apenas o laptop de Bram, no centro da mesa, como que me chamando. Não era a máscara, mas talvez escondesse alguma informação útil. Pressionei uma tecla, e o monitor ganhou vida, me solicitando uma senha.

Sem esperança, digitei tudo o que me veio à mente. "Senha" não funcionou. Assim como "123abc". Tentei a data de seu aniversário, e nada. "Lux" tampouco deu certo. Não, Bram escolheria como senha algo pessoal. Um dos filmes favoritos, talvez. Entretanto, "Violência_gratuita" se mostrou um tiro n'água. Olhei ao redor em busca de uma dica enquanto murmurava seu nome como se fosse um encantamento. Do que Bram gostava? O que Bram amava acima de todas as coisas?

Meu olhar foi fisgado pelo pôster clássico de *Drácula*, e então me ocorreu: o que Bram amava acima de tudo era ele mesmo. Digitei "Stoker" e, com isso, ganhei acesso.

A pasta de documentos. Lembrei que Bram enterrava a coleção de filmes a sete pastas. Poderia ter enterrado segredos também. Examinei o nome dos arquivos, de olho em algum que soasse inofensivo e igualmente sugestivo. Não demorei a encontrar uma pasta chamada "CMS".

Clube Mary Shelley.

Só podia ser ali. Dentro da pasta, havia outra chamada "Subs".

Ouvi um barulho vindo do corredor; alguém se aproximava. Fechei o arquivo e rapidamente me escondi no closet. Pela fresta, vi Bram entrar no quarto e quase deixei escapar uma exclamação. Sangue escorria de seu supercílio, pingando na bochecha, no maxilar, na roupa. Com uma expressão de dor, de ódio, ele arrancou a camisa, embolou-a na mão e a usou para limpar o rosto.

Parado, segurando a camisa ensanguentada, respirava tão pesadamente que o peito nu subia e descia. Desejei ardentemente saber o que se passava em sua cabeça. Estava aborrecido por causa da briga? Estava aborrecido por causa da própria festa?

Fazia muito tempo que queria vê-lo exatamente assim. Havia vislumbrado facetas de Bram – o cuidadoso irmão mais velho, o aluno mais popular, o fanático por filmes de horror, o namorado instável –, e sempre me perguntei quem ele era quando ficava a sós. Um assassino?

Pensei que a qualquer momento seu verdadeiro eu se manifestaria, que soltaria um berro gutural e derrubaria os livros da estante num ataque de raiva. No entanto, só o que fez foi sentar na beira da cama e se curvar para a frente, a cabeça pendurada. Ele esvaziou os bolsos da calça, jogando dinheiro e pílulas na cama, até pegar o meu chaveiro.

Examinou-o por um longo instante, e provavelmente teria continuado a fazê-lo se eu não tivesse batido sem querer o cotovelo contra a porta do closet. Congelei, e Bram ergueu a cabeça no mesmo instante para analisar a fresta da porta entreaberta – se pensou que pudesse ser um monstro, não demonstrou qualquer sinal de medo. Levantou-se e se aproximou, e eu abri a porta antes que ele a alcançasse.

Bram não pareceu tão surpreso em me ver, mas talvez estivesse segurando as emoções.

– Eu deveria ficar bravo por você estar aqui…

"Deveria", pensei, "afinal você acabou de me pegar bisbilhotando seu quarto. Fique bravo. Mostre quem você é de verdade." Entretanto, Bram apenas caminhou até uma das gavetas, puxou uma camiseta básica branca e a vestiu.

– Mas eu entendo – continuou Bram. – Você acabou de perder a sua amiga. Está perturbada, quer respostas. O que não entendo é essa obsessão pela ideia de que *eu* sou o vilão.

Ele não podia estar falando sério. Desde o início, Bram me tratara com frieza. Nunca me quisera no clube – palavras dele. Saundra morrera durante a Prova do Medo *dele*. Não importava quanto negasse ser o vilão, o fato era que nunca tinha me mostrado nem um traço de bondade.

– A excursão na quinta série.

– Quê?!

– Vocês foram ao Empire State Building. A Saundra ficou assustada e você a acalmou, ficou de mãos dadas com ela até o fim do passeio.

Bram me encarava sem expressão.

– A Saundra tinha medo de altura. – Minha voz ameaçou falhar, porém eu não podia parar. – Ela só teria subido naquele telhado se fosse com você.

– Do que você está falando?

Sequei uma lágrima.

– Ela me contou. Você nem lembra, não é mesmo?

– Rachel. – A entonação de Bram era a de quem sente pena.

– O Freddie estava comigo quando a Saundra morreu. Já você, eu não faço ideia de onde estava ou o que estava fazendo. Estou tentando descobrir o que aconteceu, é por isso que estou na sua festa, no seu quarto... Preciso descobrir.

Fui traída por minha voz, áspera, desesperada. Estava prestes a desabar diante daquele garoto que não se importava com nada nem ninguém além dele próprio. E a pior parte era que seu olhar não retribuía o meu, nem mesmo agora, nem mesmo comigo completamente exposta.

– Olha pra mim, Bram. – Para a minha surpresa, minha entonação não continha raiva, apenas cansaço. – Por que você nunca olha pra mim?

Bram então olhou para mim. Pela primeira vez, a máscara que usara desde nosso primeiro encontro caiu, e vislumbrei algo de real, de verdadeiro. Sua fisionomia estava diferente, menos grave, talvez. Não parecia sentir ódio de mim; de fato, parecia até ser alguém capaz de empatia. Caminhou até a cama e ergueu a ponta do colchão, sob o qual estava a máscara. Aproximou-se de mim e perguntou:

– Era isso que você estava procurando?

Não precisei brigar por ela – Bram a depositou em minha mão. Estava limpa, a não ser por uma parte na altura da testa do monstro, onde a borracha apresentava uma mancha escura. Ele indicou com o olhar o ponto no qual eu me fixava.

– Sangue – falou. – Mas não é da Saundra, é meu.

Puxando para trás a mecha que caía sobre a testa, revelou um corte na entrada do cabelo. Diferentemente do machucado recente no supercílio, este estava cicatrizado, embora ainda exibisse uma coloração rosada.

– A Saundra me acertou com um suporte de livro. Caí inconsciente. Foi merecido.

Dei um passo à frente para tocar o ferimento causado por Saundra; era tão recente, indelével, como se ela ainda estivesse entre nós. Retraí a mão assim que me dei conta do que estava fazendo, e meus olhos se deslocaram da cicatriz para os dele.

– O que você está dizendo?

– Só recuperei a consciência depois que ela já tinha caído. Sinto muito pelo que aconteceu com ela, Rachel, de verdade. Mas não fui eu.

Eu não podia admitir. Novas e indesejadas lágrimas brotaram em meus olhos. Saundra estava morta, e alguém precisava levar a culpa.

– Foi você.

– Não.

– Então como você se machucou no dia seguinte à Prova do Medo da Felicity?

– Como assim?

– Vi você apalpar a costela e fazer cara de dor. E o Sim me contou que deu um chute na costela do cara mascarado. Como você se machucou? – Eu me esforcei para manter a entonação firme e calma, tão clara quanto um sino.

– Não faço ideia do que você está falando.

Ele estava mentindo. Eu percebia a mentira em sua voz, em seu olhar. De repente, sua fisionomia inteira se cobriu de sombra. E ele percebeu que eu sabia, pois se aproximou como se precisasse conter a situação, me conter.

– Você é um mentiroso – falei.

– Rachel, não precisa acreditar em mim sobre o restante, eu aceito, mas acredite no que estou dizendo sobre a Saundra. Independentemente do que pensa de mim, você sabe que eu não a machuquei.

Neguei com um gesto de cabeça.

– Não sei de nada disso.

– Sabe, sim. No fundo, você sabe. Você só deseja que eu seja o vilão da história porque assim pode negar a verdade.

Balancei de novo a cabeça, expulsando as lágrimas. Bram tinha de ser o culpado. *Tinha de ser*, todos os indícios apontavam para ele. Despejar a culpa em Bram era confortável, me permitia me eximir de parte dela e, mais do que isso, me permitia não admitir a verdade relegada a um canto tenebroso da minha mente. A verdade sobre a identidade do Homem Mascarado.

Tentava engolir porções cada vez maiores de ar, porém não me livrava da sensação de sufocamento. Bram estava tão próximo que senti o calor que vinha por baixo da camiseta limpa dele, e o intoxicante cheiro amadeirado e cítrico do seu cabelo. De repente notei que seus braços me envolviam, e que os meus estavam ao redor dele. Não entendi por que estávamos nos abraçando, se é que estávamos, já que mais parecia que Bram me sustentava em pé.

Seu dedo se posicionou sob meu queixo e gentilmente ergueu meu rosto.

– Você sabe a verdade, Rachel. Sempre soube.

Ele estava tão próximo que a linha entre repulsa e atração se borrou. A sensação de seu toque era elétrica, o ar, inflamável.

Pisquei e me afastei. O encantamento que sem querer nos envolvia se desfez imediatamente. Saí do quarto e não parei até deixar a festa, sem olhar para trás.

47

Eu não parava de pensar nas palavras de Bram.

"No fundo, você sabe."

Quando Sim me contou ter visto um Homem Mascarado, eu pensei: "E se?". Quando o Homem Mascarado apareceu na balada de Halloween, me convenci de que era apenas imaginação, mas ainda assim a área racional do meu cérebro se perguntou: "E se?". E, desde que Lux afirmou tê-lo visto também, a indagação martelava em minha cabeça como um mantra.

"E se? E se? E se?"

Depois do que aconteceu com Saundra, ficou bem óbvio.

"Foi ele."

A outra pessoa que participou da invasão à minha casa. Matthew Marshall não tinha agido sozinho; havia dois indivíduos mascarados, e, enquanto um deles ficou na casa, o outro escapou.

E se esse que fugiu tivesse retornado?

E se estivesse se infiltrando nas Provas do Medo do Clube Mary Shelley como forma de dar um aviso?

E se estivesse atrás de mim?

E o que faz a pessoa que está convencida de que há um assassino mascarado em seu encalço? Vai normalmente à escola na segunda de manhã.

Nem poderia permanecer em casa, pois haveria a cerimônia em homenagem a Saundra, e eu prometera ao diretor-assistente que falaria algumas palavras. Fazendo uma imitação até que aceitável de garota normal cuja vida não era ameaçada por um maníaco mascarado, sentei no auditório com uma folha de papel na mão – meu discurso. O texto manuscrito era praticamente ilegível, até mesmo para mim. O clube de coral estava no final de uma canção que falava sobre graça ou algo assim; atrás dos cantores, havia uma cortina que escondia uma suposta grande surpresa que o diretor-assistente preparara para nós. Deduzi que só poderia ser uma gigantesca placa em homenagem a Saundra. Me peguei pensando se ela teria adorado ter o nome gravado eternamente em uma superfície de ouro ou se teria odiado ser associada à escola para sempre – e senti raiva de mim mesma por não saber a resposta.

Assim que a apresentação do coral terminou, o diretor-assistente entrou no palco e enxotou os cantores. Ele incentivou uma salva de palmas, à qual aderi com atraso e concluí também com atraso – quando abaixei as mãos, o diretor-assistente já tinha um dedo apontado para mim.

– E agora vamos ouvir uma das amigas de Saundra, Rachel Chavez.

Percorri os três degraus que levavam ao palco e me posicionei atrás do púlpito. Ganhei alguns segundos alisando a folha; minhas mãos tremiam, e minha pele começou a coçar sob o colarinho da camisa. As luzes eram brilhantes demais, eu sentia como se fossem me levar dali.

Fui tomada de um ódio súbito pelo diretor-assistente e pelas pessoas na plateia por me obrigarem a fazer aquilo. Mas então avistei minha mãe no fundo do auditório, ao lado dos demais professores. Ela já estava em lágrimas, e eu nem sequer tinha começado. E depois vi Freddie, que fez um gesto encorajador com a cabeça quando nossos olhares se cruzaram.

A coceira em minha pele se atenuou. As luzes já não pareciam tão fortes. Fitei a folha de papel e comecei a ler:

– Quando soube que subiria aqui para falar sobre a Saundra, comecei a pensar no que poderia dizer que fizesse jus a ela. Pois ela iria querer algo grandioso. E Saundra merece. Tentei enumerar suas melhores qualidades. Sua generosidade, por exemplo; ela se prontificava a ajudar quem quer que fosse, da maneira que fosse. E era ousada, puxava conversa como se fosse fácil, sendo que é a coisa mais difícil do mundo. E odiava filmes de terror.

Soltei uma risada triste, lacrimosa; tirei os olhos da folha por um instante e enxerguei um sorriso sombrio nos lábios de Freddie.

– Mas, no fim das contas, o principal motivo do meu amor por ela é bastante egoísta. Eu amava a Saundra porque ela era minha amiga. – Inspirei profundamente e soltei o ar, que produziu um estalido no microfone. Li a próxima frase em silêncio antes de proferi-la em voz alta, a tinta borrando sob as lágrimas. – Ela foi minha amiga quando ninguém mais quis ser, e não merecia o que aconteceu.

Corri os olhos pela plateia em busca dos membros do clube: Felicity, entediada, olhava para o teto; Thayer, afundado em sua cadeira, apático como um cadáver, também não parecia estar prestando atenção; já Bram me encarava, os olhos fixos nos meus. Ainda faltavam algumas linhas do discurso, porém as lágrimas não me permitiam enxergar. Pensei que Saundra não gostaria de uma chorona no púlpito.

– É isso. À Saundra.

O corpo discente da Manchester bateu palmas, e o diretor-assistente se juntou a mim no púlpito. Eu estava prestes a voltar ao meu assento, mas ele me deteve.

– Você me ajudaria com isso? – perguntou, indicando a cortina atrás de nós.

Eu me posicionei a um lado dela e ele, do outro.

– O que se passou com Saundra Clairmont foi uma tragédia – ressoou a voz do diretor-assistente no microfone. – Ela era querida por todos, amiga de todos, e certamente sua ausência será sentida por todos. No entanto, Saundra não será esquecida. Atrás de mim, está algo que será instalado no refeitório. Uma placa em homenagem não apenas a Saundra, mas também aos beneficiários do Fundo Saundra Clairmont, que, de forma generosa, foi criado por seus pais. Os alunos que forem agraciados com a bolsa terão o nome permanentemente gravado na placa.

O diretor-assistente puxou seu lado da cortina, enquanto fiz o mesmo do meu. A revelação foi recebida por gritos sufocados. Comecei a bater palmas, pois me parecia a reação esperada. Só que as exclamações foram se avolumando até se transformarem em murmúrios e sussurros de espanto.

Virei-me para dar uma olhada apropriada na placa. Imediatamente parei com as palmas.

O objeto estava coberto de spray vermelho. Precisei me afastar para ler o que a tinta anunciava.

Freddie Martinez

Felicity Chu

Thayer Turner

Bram Wilding

E então li o meu próprio nome em vermelho-sirene.

O diretor-assistente começou a dizer algo no microfone, porém sua voz se despedaçou em meu ouvido, as palavras sem qualquer sentido, fundidas numa estática incompreensível. Procurei com o olhar os membros do clube. Nós nos fitamos atônitos.

O pior: cada um dos presentes no auditório nos fitava também.

48

Nós cinco nos achávamos apinhados no escritório do diretor-assistente, cada um tentando passar despercebido sob seu olhar. Foi estranho ficarmos ombro a ombro depois de tanto esforço para não sermos vistos juntos. No entanto, não havia mais como nos dissociar; tínhamos sido identificados nome a nome.

– O que significa aquilo? – perguntou o diretor-assistente.

Nenhum de nós disse nada, claro, já que não sabíamos o que dizer.

– Acho bom vocês começarem a falar. Por que razão o nome de vocês estava pichado na placa?

"Porque formávamos uma sociedade secreta que foi responsável pela morte de Saundra." Me perguntei qual de nós seria o primeiro a confessar. Contudo, permanecemos em completo silêncio, mirando os sapatos, de repente tão interessantes. Até porque o diretor-assistente fizera a pergunta errada; deveria ter questionado quem havia escrito nossos nomes na placa. No entanto, se eu contasse que tinha sido o Homem Mascarado, receberia uma suspensão por bancar a engraçadinha.

– Acho bom vocês...

– Eu não sei – afirmou Felicity. – Não tenho nenhuma relação com estas pessoas.

Devo dar o braço a torcer: a garota era boa em mentir. Parecia realmente sentir repulsa por ser associada a nós, chocada mesmo por ter sido chamada à sala do diretor – talvez porque não fosse de todo fingimento.

– Quem pichou a placa?

– Eu não sei – repetiu Felicity, desta vez bem devagar.

– Não me venha com insolência, mocinha. Vocês todos constavam naquela lista, e tem de haver um motivo. Senhorita Chavez?

Minha cabeça se ergueu num espasmo, meu corpo ouriçado.

– Na última vez que você esteve aqui, deixei bem claro que não queria saber de pegadinhas.

Fiquei sem saber o que dizer. Como poderia sequer começar a me explicar? Meus pensamentos se revolveram com as muitas maneiras como eu poderia pôr tudo a perder para mim e para o restante do clube – inclusive pelo mero ato de hesitar. Foi Freddie quem veio em meu socorro.

– Senhor Bráulio, está claro que nenhum de nós sabe o que está acontecendo. E nenhum de nós desrespeitaria a memória de Saundra desse jeito. Pense: por que alguém colocaria o próprio nome na placa? Seria o mesmo que pedir pra ser expulso.

– Já que não sabem nada sobre o que aconteceu, presumo que não saibam também sobre um certo jogo, correto? – O diretor-assistente esquadrinhou-nos um a um, e, se até ali ainda não tinha surgido um momento ideal para aprendermos a fazer cara de nada, a hora era agora.

Como ele tinha descoberto sobre o jogo?

Pegou uma folha de papel solta e a exibiu.

– Estava colada na parte de trás da placa. – Então a leu: – "Terminem o jogo." Alguma ideia do que isso quer dizer?

Devolveu a folha à mesa. Embora eu não tenha me atrevido a olhar para os demais, com medo de nos denunciar, senti uma onda de pânico se espalhar entre nós, como um coração coletivo ameaçando explodir no silêncio que se seguiu.

– Eu vou descobrir por que o nome de vocês estava na placa e também vou descobrir do que se trata esse jogo – sentenciou o diretor-assistente.

Apenas continuamos fingindo que não nos conhecíamos. No entanto, eu conhecia os membros do clube bem o bastante para, ao olhá-los de relance, saber que estavam todos preocupados. Assim como eu.

***

Depois da escola, Bram enviou uma mensagem de texto ao grupo, convocando para uma reunião na biblioteca de sua casa. Houve um tempo em que eu ansiava por ir à biblioteca dos Wilding, quando deixava de lado qualquer outro compromisso, mentia para minha mãe e para Saundra. Agora a ideia apenas me deixava apreensiva.

Só que precisávamos entender o que estava acontecendo.

– Tem alguém nos perseguindo. – Thayer estava no centro do aposento.

Lembrei da primeira noite em que eu estivera na biblioteca, quando ele narrara de maneira teatral a história segundo a qual Mary Shelley e seu grupo de amigos desajustados decidiram criar lendas de terror. O ciclo havia se completado. A luz áspera da tarde atravessou as portas de vidro do terraço e, como um véu pálido, se derramou sobre Thayer.

– Alguém está atrás de nós. – Thayer estava no centro da sala. A luz do dia entrava pelas portas de vidro do terraço e banhava Thayer com seus tons pálidos. – Alguém está atrás de nós, alguém está tentando nos expor.

– Deixa de ser paranoico – falou Felicity.

– Nossos nomes foram pichados na porra de uma placa dourada, Felicity! – berrou Thayer.

– Que tal se acalmar? – perguntou Freddie.

– Que tal se acalmar? – repetiu Thayer. – Ah, sim, claro, e que tal você *tomar no meio do seu cu*?!

– Beleza – disse Freddie, levantando-se. Não parecia estar bravo nem na defensiva. Embora Bram fosse o líder natural do grupo, era Freddie quem mantinha a sensatez sempre que dava merda. E não era diferente naquele momento. – Não podemos ficar nos acusando, temos que agir como uma equipe. O fato é: alguém fez uma lista com nossos nomes, o que significa que está atrás de nós.

Bram se pronunciou:

– O que a gente tem que fazer é parar com o jogo.

Felicity lhe lançou um olhar espantado.

– Você escutou o que acabou de dizer? O jogo só termina depois que todos jogarem.

– O jogo deu o que tinha que dar – falou Bram.

– Você ouviu o recado – disse Felicity. – Nós precisamos terminar o jogo.

– O que nós precisamos é descobrir quem escreveu aquele recado – afirmou Freddie.

Mais uma vez, as palavras de Bram me vieram à cabeça: "Você sabe a verdade, Rachel. Sempre soube".

– Eu sei quem foi.

Todos se voltaram para me encarar, na expectativa.

– Na minha iniciação, quando contei sobre o ataque que sofri, omiti um fato. Falei que havia uma única pessoa, Matthew Marshall, mas na verdade eram duas. Tinha outro homem de máscara.

Seus rostos exibiam diferentes tons de assombro, exceto pelo de Bram, que já sabia. Felicity se inclinou para a frente e me fuzilou com o olhar.

– Uma omissão e tanto.

– Quem era ele? – indagou Freddie, que, se ficou incomodado por eu não ter lhe contado antes, não o demonstrou.

– Não sei. Ele fugiu. Nunca apareceu depois do que aconteceu com Matthew, e a polícia não tem nenhuma pista. – Engoli em seco e cutuquei a cutícula do dedão esquerdo. Levei alguns instantes para erguer o rosto, receosa da reação do clube. – E se for ele?

– Mas por que ele…? – começou Thayer.

– Pra se vingar de mim por ter matado seu amigo?

– Peraí, deixa eu entender – falou Felicity. – Um cara xis do seu passado está nos aterrorizando com a ameaça de expor nosso segredo a não ser que terminemos a competição, sendo que provavelmente isso vai causar a nossa morte?

Dito assim, era ridículo, mas continuei:

– Sim. – Levantei; já não podia continuar parada, sem tomar uma atitude. – Vocês não precisam mais se preocupar, ele está atrás de mim.

– Tá, e agora, o que a gente faz? – perguntou Thayer.

– A gente precisa terminar o jogo – decretei.

Nunca pensei que concordaria com Felicity sobre algo tão absurdo, mas ela tinha razão. Para que eu pudesse pôr um ponto-final na história, nós precisávamos pôr um ponto-final no jogo.

– Não, espera aí. – Freddie se levantou também. – A gente não sabe se é esse cara mesmo.

– Quem mais poderia estar fazendo isso com a gente? – perguntei.

– Quem quer que seja, a gente não pode simplesmente fazer o que ele está mandando – retorquiu Freddie. – Ele quer nos atrair para uma armadilha.

– Não – falei. – Nós é que vamos atraí-lo.

A ideia me veio enquanto falava, e, ao dizê-la em voz alta, fiquei convencida de que era a única maneira de pôr um fim à história.

– Pensem: se esse cara me seguiu até aqui, é porque está muito determinado – argumentei. – E, se ele se infiltrou em todas as Provas do Medo anteriores, é óbvio que vai se infiltrar na última.

Todos me encaravam com a mesma expressão das crianças de *Colheita maldita*. Fui atingida pela culpa por arrastá-los para o meu pesadelo, mas a essa altura não havia saída senão obrigá-los a embarcar comigo.

– Agora que sabemos que ele vai estar lá, podemos ditar as regras do jogo – afirmei. – Podemos desmascará-lo e acabar com isso de uma vez por todas.

Ainda não sabia exatamente o que isso significava, nem o que eu mesma estava disposta a fazer para sairmos vencedores. Sabia apenas que a única maneira de acabar com aquele jogo demoníaco era jogar até o final.

Eu tinha de encarar o monstro de frente.

NAQUELA NOITE, SONHEI que estávamos na cozinha. De novo. Nosso campo de batalha oficial. Como sempre, sentia o frio do piso contra a nuca. Não enxergava nada através da máscara, nem os olhos por trás das órbitas de plástico. Ele estava calmo. Preparado. Só que dessa vez eu também estava.

Dessa vez era eu quem empunhava a faca, que enfiei em seu peito.

49

A PREVISÃO PARA a noite era de medo. Eram quase duas da madrugada, e fazia silêncio no Upper West Side. Mais silêncio do que costuma fazer em Nova York, pelo menos. As únicas pessoas a vagar pelas ruas estavam em busca ou de diversão ou de confusão. E ali estava eu, participando de um jogo que havia muito deixara de ser divertido.

Caminhava junto à mureta de pedra que cercava o Central Park. A neve caía, preenchendo o ar com chumaços brancos, como se o céu fosse um travesseiro de penas rasgado no meio. A beleza do evento não me escapou; e pensar que o teria perdido se tivesse ficado na cama. Minha mãe nunca me flagrara em nenhuma das minhas escapadas anteriores, e hoje não tinha sido diferente. Por sua vez, entrar escondido no Central Park não fora tão simples; eu nunca estivera no parque tão tarde da noite, porém sabia que ele permaneceria fechado por uma hora. Tinha pesquisado no Google. Haveria guardas nas entradas? Os portões estariam trancados? Eu seria levada de viatura até a delegacia se fosse pega?

Deveria estar com medo, afinal estava indo direto para a boca do lobo. O Ser Mascarado planejava nos pegar – *me* pegar –, e eu iria a seu encontro. Contudo, me sentia mais tranquila do que em qualquer outro momento do último ano. Dessa vez não permitiria que ele se escondesse nas sombras; estava determinada a confrontá-lo, a desmascará-lo, a detê-lo.

Avistei uma figura solitária parada na entrada da Rua 81, os ombros e a cabeça cobertos de orvalho. Um poço de medo se abriu em meu estômago e foi se aprofundando à medida que me aproximava, até que finalmente o semblante escuro ganhou a forma de um rosto conhecido.

– Thayer?

Ele piscou como se tivesse se sobressaltado, muito embora me observasse de longe.

– Ei.

– Quer entrar comigo?

– Quero. – Ele meteu os punhos nos bolsos da pesada jaqueta da Canada Goose. – Vamos acabar logo com isso.

No fim das contas, não havia guardas para nos impedir, nem mesmo os cavaletes azuis da polícia para contornar. Atravessamos a entrada desobstruída como em qualquer passeio durante a tarde.

Normalmente, veríamos a grama e a rede de trilhas e passeios pavimentados, porém a vasta branquidão os soterrava. Somente os postes de luz, pequenas luas na noite escura, denunciavam o caminho.

A instrução de Freddie para sua Prova do Medo não poderia ser mais simples: nos encontrar no Delacorte Theater.

O anfiteatro ao ar livre erguia-se acima das torretas do Castelo Belvedere. Essa seção do parque se abrigava entre árvores, ruínas e lagos, como num cenário saído de um conto de fadas dos Irmãos Grimm.

Só havia pisado ali uma vez, dois anos antes, quando eu e minha mãe viéramos de carro de Long Island para assistir ao festival de apresentações de Shakespeare. Naquela ocasião, mesmo com a iluminação completa, com os mapas espalhados pelo parque e com os grupos de pessoas, nós duas nos perdemos entre os gramados e os caminhos sinuosos. Comecei a digitar no Google Maps, mas meus dedos anestesiados pelo frio deixaram cair o celular, que deu uma indelicada barrigada na neve. Peguei-o e comecei a limpá-lo, porém Thayer já estava longe e eu não podia perdê-lo de vista. Guardei o celular no bolso e o alcancei.

O parque era completamente diferente à noite. Sob a resplandecente luz do dia, o Central Park era o coração pulsante da cidade. Não importava que houvesse um milhão de pessoas em seu interior, ele sempre parecia capaz de se expandir infinitamente para fazer caber mais. Já às duas da manhã, não se viam corredores nem ciclistas; nem funcionários em seus carrinhos verdes, nem ambulantes vendendo sorvete ou água superfaturada. Durante a madrugada, o coração pulsante da cidade era um buraco negro.

– O Freddie já chegou? – perguntei.

– Não sei.

– Você sabe o que ele vai fazer na Prova do Medo?

Thayer negou com a cabeça, e o silêncio que se seguiu foi tão intenso que escutei o contato dos flocos de neve com nossos casacos. Os minutos sussurraram na escuridão. Não fazia muito tempo que havíamos entrado no parque, e ainda assim a sensação já era a de estar em outro mundo, a cidade se esvaindo num borrão. Dentro do globo de neve que era o Central Park, os contornos pareciam se fundir em um vasto nada.

Dedos afiados roçaram meu braço, me fazendo saltar, porém era apenas uma árvore cujos galhos caídos estenderam suas garras para mim. Tentei controlar a respiração, mas meu coração parecia o motor de uma serra elétrica. Foi assim que me dei conta do quanto estava (desde que entrara no parque, na verdade) com medo: os mais mundanos elementos se revestiram de uma aura sinistra. Era apenas uma árvore, era apenas o parque, e, no entanto, a totalidade que eles formavam estava me dando arrepios. Se fosse um conto de fadas dos Irmãos Grimm, estaríamos na parte em que a ardilosa excentricidade da história desvelava-se na abominação até então oculta.

O silêncio de Thayer não estava colaborando. Mais do que nunca, desejei que ele voltasse a ser o palhaço de antes, com suas piadas obscenas. O garoto que existia antes de Saundra morrer. Tinha a sensação de estar lado a lado com um conhecido que eu desconhecia absolutamente.

Ao notar que nossos passos deixavam uma trilha inconfundível na neve, senti alívio num primeiro momento – pensei que, se a Prova do Medo desse errado, ainda assim alguém poderia nos encontrar. Em seguida, porém, atinei que essas pegadas poderiam levar o monstro direto para nós. Lembrei da cena do labirinto em *O iluminado*: eu era o Danny, e em meu encalço havia um Jack Nicholson com um machado.

É provável que certas pessoas considerassem o cenário sereno, um calmo contraste em preto e branco à loucura da cidade que se erguia além da borda. Eu, entretanto, não conseguia me livrar da sensação de que havia algo *estranho*. Olhei para trás e enxerguei escuridão e nada mais. A escuridão também se estendia à minha frente, mas eu podia jurar que ela tomou forma ao longe.

Me detive no lugar.

– Você está vendo aquilo? – perguntei. – Lá na frente, parece que tem alguém ali.

– Não estou vendo nada. – Porém Thayer nem olhou na direção em que eu apontava.

De qualquer maneira, o que quer que eu tivesse visto, ou imaginado, se afastou ou evaporou, pois o horizonte voltou a ser um negrume indivisível.

A inquietação não me abandonou. A cada passo, intensificava-se a sensação de que Thayer sabia de algo que eu não sabia – de que meu amigo, em quem eu devia confiar, estava me guiando a um destino indesejado.

– Thayer, o que está rolando?

Ele nem se deu ao trabalho de responder dessa vez. Um galho estalou, porém me mantive sob controle. Pousei a mão em seu braço, e Thayer finalmente parou e, pela primeira vez na noite, olhou em meus olhos.

– Não precisa ter medo – falei. – O Homem Mascarado só quer a mim.

Thayer desviou o olhar para o chão, mas eu me inclinei, obrigando-o a me fitar.

– Estou pronta para ele. Não importa o que aconteça, nós vamos acabar com isso de uma vez.

Quando Thayer de fato ergueu o rosto, seus olhos pareciam feitos de vidro.

– A Saundra usava drogas?

– Quê?!

– Drogas pesadas.

A aleatoriedade da pergunta me fez gargalhar, uma explosão súbita.

– Não. Jamais.

Thayer fez que sim com a cabeça, como se soubesse tão bem quanto eu que aquela sugestão era ridícula.

– Eu tive acesso ao laudo da autópsia dela – falou.

Meus ouvidos se aguçaram. Não era novidade o fato de que ele tinha acesso a esses documentos graças ao pai, ainda que à revelia deste.

– Tinha LSD no sangue dela. Muito. Alguém a drogou.

– O quê?

– Ela estava tendo uma viagem. – Ele olhava para baixo, o queixo encaixado no pescoço, de modo que foi pela voz que notei as lágrimas. – Estava vendo coisas, delirando.

– Me conta tudo o que você sabe, Thayer. O que você descobriu?

– A pessoa pode realmente se dar mal se tiver uma viagem ruim. Com aquela quantidade de ácido no sangue, se tem uma viagem ruim, a pessoa pode fazer coisas muito arriscadas. E a Saundra estava tendo uma viagem muito ruim…

Ele estava se repetindo, falando cada vez mais rápido, o que me fez freá-lo e conduzi-lo ao ponto que interessava.

– Como você sabe? Não daria pra saber que ela teve uma viagem ruim pela autópsia.

Thayer por fim levantou a cabeça e me encarou; parecia surpreso por eu ainda não ter entendido.

– Eu estava no telhado com ela.

Escutei um ruído, um zunido no tímpano. Perdi o ar e, por mais que tentasse puxá-lo, não conseguia. Não devo ter parado de respirar, contudo, pois continuava em pé, o coração pulsando.

– Como… como… O que você quer dizer?

– Não é ninguém do seu passado, Rachel.

Os pelos dos meus braços se eriçaram. Tive a sensação de que havia outra pessoa por perto, nos observando, nos vigiando. Mais um galho estalou, ainda que Thayer e eu não tivéssemos movido um músculo. Olhei ao redor e me senti tonta, como se as palavras de Thayer tivessem me drogado.

– Você… empurrou a Saundra?

– Não! – Embora se mostrasse resoluto, frustrado, ele não conseguia colocar para fora o que queria dizer, como se fosse volumoso demais. – Eu não… Isso é muito maior do que eu. É maior do que nosso jogo.

O ruído já não se restringia à minha mente: tornava-se cada vez mais audível e próximo.

– Nós não somos os únicos jogando esse…

– Thayer, cuidado!

O barulho na mata se metamorfoseou em uma figura mascarada, surgida do nada. Ela empunhava uma faca, com a qual cortou o ar: um movimento repentino que cessou com um som de algo entrando nas costas de Thayer.

A boca de Thayer, aberta numa sentença inacabada, permaneceu escancarada num uivo afônico enquanto ele desabava.

50

Com as mãos, cobri minha boca igualmente escancarada, as lágrimas pinicando os olhos. A figura mascarada aproveitou os segundos nos quais me mantive em estado de choque para descravar a faca de Thayer e se lançar contra mim.

Tentei correr, porém não fui ágil o bastante, e ele se jogou em minha direção, fazendo-nos cair no chão. Me virei para poder vê-lo, para me antecipar a seus movimentos. Visões da cozinha em Long Island me inundaram. A neve em minha nuca se transformou perfeitamente no piso frio, e as mãos da pessoa se transmutaram nas de Matthew, os joelhos comprimindo dolorosamente meu quadril.

A memória serviu como uma injeção de adrenalina, como se os pesadelos tivessem sido um ensaio para esse exato momento. Ele empunhou a faca com ambas as mãos e as ergueu acima da cabeça, porém o bloqueei com um antebraço e, com a mão livre, tateei a massa úmida até encontrar uma pedra. Do tamanho de um coração. Agarrei-a e o golpeei.

A pedra produziu um som surdo contra a têmpora do Homem Mascarado. O medo e a adrenalina haviam me tornado forte – mais forte do que ele, ao menos, pois perdeu a consciência e despencou sobre mim.

Eu me debati até me livrar completamente dele e me arrastei para chutar para longe a faca. Sentada agora, respirei ofegante. A poucos metros achava-se Thayer, o rosto virado para o chão. Engatinhei até ele, as palmas escorregando na neve, que umedecia meu jeans. Apalpei-o, tentando achar o ferimento – e também seu pulso, porém o tremor tornava minhas mãos imprestáveis.

Vasculhei meus bolsos furiosamente em busca do celular. Finalmente o saquei e pressionei a tela com o dedão, porém ela continuou preta. Havia riscas de umidade na superfície – gotas residuais da queda na neve, mais cedo. Sacudi o celular, bati-o contra a coxa, quase quebrei o dedo de tanto pressionar o botão de ligar. Sem resposta.

Sem celular, sem ajuda; o Homem Mascarado ainda ali.

Precisava chamar alguém. Precisava ajudar Thayer. Embora eu tivesse consciência de que deveria fugir, meu corpo se moveu por vontade própria na direção do Homem Mascarado.

Caminhei lentamente e me agachei perto dele, estendendo o braço para tocá-lo. Virei-o de costas. Parecia mais leve agora, menor. Prendi os dedos na lateral da máscara e a arranquei num gesto rápido. Era Felicity.

51

CORRI.

Avistei uma das torretas do castelo que se erguiam para além do Delacorte, a qual passou a ser minha estrela guia. Freddie já devia estar lá, pensei, e, mesmo que não estivesse, haveria algum vigilante nas proximidades, alguém a quem eu poderia pedir ajuda.

No entanto, quando cheguei ao anfiteatro, não encontrei ninguém. Contornei o perímetro, socando cada guichê de atendimento fechado, na esperança de que alguma pessoa viesse em meu auxílio, porém o espaço estava interditado com placas de madeira devido ao inverno. Parei em frente a uma entrada lateral, cuja porta cedeu quando a empurrei. Percorri a nave, passando pelas fileiras de assentos, até chegar ao grande palco circular, inabitado, a não ser por uma figura solitária.

Quase caí aos prantos ao ver Freddie no centro da plataforma, de costas para mim. Embora não distinguisse mais do que uma silhueta, soube que era ele.

– Freddie! – gritei conforme caminhava em sua direção, os passos cada vez mais rápidos.

Ele se virou ao me escutar, e não parei até estar quase em cima dele, até colidir com seu corpo. Freddie me segurou pelos ombros e me sustentou, pois meus joelhos cederam.

– Rachel, o que foi?

– A Felicity. – Eu tentava recuperar o fôlego e ao mesmo tempo botar tudo para fora. – Foi a Felicity, ela está por trás de tudo, ela é o Homem Mascarado.

– Como assim, do que você está falando?

– Eu arranquei a máscara com minhas próprias mãos. Ela atacou o Thayer.

– *O quê?*

– Agora mesmo, ela o esfaqueou. Ele precisa de ajuda.

Freddie me puxou para um abraço apertado.

– Está tudo bem – sussurrou com a boca em meu cabelo. E então perguntou: – Você está com medo?

– Sim – falei, tremendo.

– Ótimo.

– Quê?! – Me afastei para encarar Freddie e dei de cara com um sorriso.

Ele retirou um objeto do bolso e o colocou sobre a cabeça. A máscara de borracha branca me fitou de volta. Freddie a ostentava como um troféu.

– Não tem graça, Freddie.

– A prova está quase no fim, Rachel. – De outro bolso, retirou um canivete e habilmente abriu a lâmina. – Tudo o que você precisa fazer é... gritar.

52

Virei-me para fugir, porém os dedos de Freddie envolveram meu pulso, a ponta da lâmina de repente pressionando meu esterno. Quando tentei tomá-la com a mão livre, Freddie fez ainda mais pressão e balançou a cabeça. O garoto que segurava a faca contra o meu peito não poderia ser Freddie. Embora a aparência fosse a mesma, não o reconhecia. Eu havia cruzado o Vale da Estranheza e agora desejava desesperadamente sair.

– As regras – falei freneticamente. As regras eram a única coisa que fazia sentido agora, e algo me dizia que também eram a única coisa que persuadiria Freddie. – Um membro do Clube Mary Shelley não pode ser o alvo.

Não eu, não poderia ser eu. Tinha acabado de perguntar a Thayer quem era o alvo, e então me dei conta lentamente de que ele não me respondera não porque não sabia, mas justamente porque *sabia*.

– Você ainda está em período de teste, lembra? – disse Freddie. – Você nunca foi integrante do Clube Mary Shelley. A minha Prova do Medo começou no instante em que te conheci. Antes mesmo de você saber sobre ele.

A faca era desnecessária; suas palavras eram por si sós uma punhalada no coração. Era um pesadelo? Eu estava dormindo? Tentei acordar, enterrei as unhas na palma das mãos, a ponto de tirar sangue. No entanto, nada me despertou, nem mesmo a faca que continuava apontada para meu peito.

– Eles não acreditavam que eu ia conseguir, especialmente o Bram. Achavam que eu iria cometer algum erro ou que você iria descobrir, por isso me deixaram seguir em frente. Acho que pensavam que assim teriam mais chances de vencer.

A voz de Freddie, abafada pela máscara, assumiu um tom anedótico, como quando conversava comigo sobre as curiosidades dos filmes de terror. A lembrança de tais ocasiões, nas quais éramos capazes de passar horas falando nos mínimos detalhes sobre nossos psicopatas favoritos, me atingiu como um soco no estômago.

Tudo não passara de uma mentira. Eu tinha me aberto para ele, e ele vinha usando isso contra mim.

– Você está entendendo? – perguntou. Agora havia certa urgência em sua entonação, assim como mais pressão na faca. – A Felicity, o Bram, até mesmo o Thayer, tão querido, eles estavam mentindo pra você. Enquanto você quebrava a cabeça pra descobrir quem era o Homem Mascarado, nós todos sabíamos a resposta. Porque nós todos vestimos a máscara, e nós todos giramos a faca. Você é capaz de reconhecer o valor disso? O tempo que demandou? A entrega? Eu servi uma refeição em cinco atos, Rachel, especialmente para você. – Retirou a máscara e a exibiu para mim como se eu nunca a tivesse visto. – Você nunca reparou no rosto? Alongado, com covas nas bochechas, cicatrizes por toda parte. É o Frankenstein, só que pintado de branco.

Claro que sim. Era o monstro de Mary Shelley que me encarara por todo esse tempo, sem que eu o enxergasse. Somente um obcecado por filmes de terror poderia ter se inspirado na máscara de *Halloween* para ressignificar uma face conhecida e inofensiva, dando a ela um caráter horrível. Freddie provavelmente estava muito orgulhoso disso.

– Me diga – disse ele –, me saí bem ou não?

Tentei afastá-lo, porém ele me segurava com muita força. Nunca o tinha visto daquela maneira. Em nossos momentos juntos – no caminho até o metrô, nos cantos escuros, aos beijos –, jamais percebera quão intimidador ele era capaz de ser. Quão ameaçador era seu sorriso. Era como assistir a uma encenação cujo enredo eu não conseguia acompanhar.

– Este não é você – falei. – Você é uma pessoa boa. – Não era mera tática, uma tentativa de apelar para sua compaixão. Eu acreditava em minhas palavras. – Sei que você não matou a Saundra.

– Por quê? Só porque eu estava com você quando ela morreu?

– Porque o Thayer me contou. – Meus dentes rangiam, e não por causa do frio. – Antes de ser atacado pela Felicity, ele me contou que estava com ela no telhado.

Irritado, Freddie exalou o ar e cerrou os olhos.

– É por isso que ele precisava ser eliminado, estava dando com a língua nos dentes. Você sabe que ele acabaria confessando o que sabia sobre a morte da Saundra. Que estava no telhado quando ela perdeu o controle. Que eu a droguei.

– Você o quê?!

– Ah, ele não contou essa parte? A Saundra *caiu*, Rachel. O Thayer a seguiu até o telhado, quer dizer, ela basicamente o atraiu até lá e então se assustou, tropeçou nos próprios pés e caiu na claraboia. O Thayer até tentou segurá-la, mas… Bem, você sabe.

Agora fazia sentido a brusca mudança no comportamento de Thayer após a morte de Saundra: ele se culpava.

– A morte dela não fazia parte do plano – explicou Freddie num tom quase de lamento.

– Você a drogou!

– Apenas para deixar as coisas mais interessantes.

"Eu desejo o caos", ele me dissera muito tempo atrás, e somente agora eu me dava conta de quão sério falava.

– Thayer não queria deixar quieto, continuou cavoucando, ficou com peso na consciência. Eu não poderia permitir que ele abrisse o bico.

– E então resolveu mandar a Felicity atacá-lo?

– Se ele confessasse sobre a morte da Saundra, acabaria confessando sobre o jogo e sobre o clube, e a Felicity compreende isso.

Abominei a frieza com que ele falava de violência, de morte e de traição, como se fossem as respostas predeterminadas de uma de suas colas.

– Compreendia, no passado – falei. – Eu esmaguei a cabeça dela.

Freddie me analisou minuciosamente.

– Você está blefando.

– Não estou.

Deve ter captado algo em minha voz ou em minha expressão, pois seu semblante mudou, como se estivesse achando divertido.

– Você acha que eu sou o malvado, mas, de nós dois – ele me cutucou com a faca –, só você matou alguém.

Apesar da pressão da faca que ameaçava atravessar meu casaco, desejei um desfecho diferente; procurei no fundo da alma algum vestígio de esperança, algo que me tirasse daquela situação – uma palavra mágica que desse fim a ela.

– Tatu.

Minha voz saiu tão fraca que me perguntei se ele havia escutado. Eu mesma mal me ouvira. Num primeiro momento, Freddie pareceu não entender, e então seu olhar se ofuscou conforme um véu negro de compreensão desceu sobre seu rosto. Estávamos de volta ao beco, instantes antes da Prova do Medo de Thayer, combinando uma palavra de segurança enquanto eu pintava seu rosto com os dedos, certa de que jamais precisaria usar uma com ele. De volta a um tempo em que eu ainda não sabia quão perverso esse jogo poderia ser.

Soltei um suspiro trêmulo ao sentir a pressão da faca diminuir conforme Freddie deixava a mão cair ligeiramente. Entretanto, sua expressão se endureceu em seguida.

– Sinto muito, Rachel, não posso quebrar as regras, não posso deixar você ir embora.

Aquilo não era bom o suficiente para mim.

Talvez minha mãe tivesse razão, talvez eu devesse entrar no time de hóquei na grama, porque a joelhada que dei no saco de Freddie o fez gemer de dor e soltar a faca. Ele cambaleou e tentou alcançá-la, porém fui mais rápida, peguei-a e, com o cabo, acertei seu nariz, que se quebrou com um satisfatório ruído de trituração. Ele caiu de costas.

E eu disparei para longe.

Torcia para que as árvores e a escuridão bastassem para me manter escondida. Mesmo depois da revelação, depois de ver a verdadeira pessoa por trás da máscara, eu não conseguia parar de pensar que tudo não passava de uma brincadeira infantil – não apenas o clube, mas o momento atual, em que me vi correndo para me salvar, arquejante, num pega-pega estúpido. Com a diferença de que, se fosse pega, acabaria morta.

Dominada pelos pensamentos antagônicos, pelo coração acelerado, pelo negrume do parque, só percebi o obstáculo quando trombei com ele.

Uma pessoa. Cambaleei para trás, já golpeando com os braços à espera de ver Freddie, mas era Bram.

Eu me retraí, porém lembrei que não havia motivo para ter medo: a faca continuava em minha mão. Empunhei-a acima da cabeça, como Norman Bates me ensinara.

– Calma, Rachel. – Bram recuou, com as mãos espalmadas para me mostrar que estavam vazias.

– Eu sei de tudo! – ladrei, a voz áspera. – Eu sei que sou o alvo!

– Rachel, eu estou do seu lado.

– Mentiroso! – Era óbvio que ele diria isso. Mirei a faca em sua boca cheia de mentiras. – Não acredito em você.

– E não deveria mesmo! – gritou Freddie, surgindo dentre as árvores e se aproximando, uma mão sobre o nariz sangrento. – O Bram participou de tudo desde o começo. Se eu sou o Billy Loomis, ele é o meu Stu!

Freddie se colocou ao lado de Bram, e eu brandi a faca na direção dos dois garotos para mantê-los afastados – um gesto tão inútil quanto brandir um galho para assustar dois leões. Ambos eram perigosos, e nenhum era confiável. Ainda assim, havia algo que eu podia fazer, uma tentativa derradeira de descobrir se Bram estava mentindo ou não.

– O Thayer me disse que nós não somos os únicos que estamos jogando. O que isso quer dizer?

– Vou te contar tudo – afirmou Bram.

No entanto, antes que ele pudesse dizer qualquer outra coisa, Freddie me atacou e me derrubou. Quando dei por mim, a minha boca estava cheia de neve, e a faca havia desaparecido. Tateei o solo à procura dela, que a essa altura já se achava na mão de Freddie, como se nunca tivesse saído dali. Ele estava tão próximo que, quando investiu impetuosamente, não tive tempo de correr, apenas ergui os braços para me proteger da inevitável ferroada que cortaria as grossas mangas do meu casaco. Por instinto, cerrei os olhos.

E ouvi um gemido.

Quando reabri os olhos, vi que a faca de Freddie tinha um brilho vermelho. E vi Bram com a mão sobre o próprio peito. A cena que se desenrolava diante de mim não fez sentido até que o sangue escorreu entre os dedos de Bram, que cambaleou para trás com uma expressão atônita que espelhava perfeitamente o meu sentimento. Olhou para Freddie como se quisesse perguntar por que tinha feito aquilo, porém de sua boca saiu apenas uma golfada de sangue.

Assim que Bram desabou no solo, Freddie se virou para mim.

– É assim que as coisas vão acontecer – falou, ofegante e molhado de suor. – Vou dizer à polícia que você estava aterrorizada, que não parava de repetir que um dos invasores da sua casa tinha te seguido até aqui e que você achou que ele ia te matar. E que esse invasor se revelou ser o Bram e eu tentei detê-lo, tentei salvar você, tentei muito, mas era tarde demais. Ele te alcançou e te matou.

A narração da minha própria morte pela boca de Freddie me deu vontade de chorar.

– E depois ele veio atrás de mim, mas... – Freddie secou a testa com o dorso da mão, sem soltar a faca. – Nós dois sabemos como é simples mentir sobre legítima defesa.

Balancei a cabeça, os ouvidos tinindo, os olhos pinicando por causa das lágrimas.

– Eu não menti sobre isso.

– Mentiu, sim. – A força de suas palavras parecia impulsioná-lo. – Quer saber por que isso tudo aconteceu? Por que eu escolhi você? Foi porque você mentiu, Rachel. Você matou o Matthew Marshall.

Senti como se caísse em um abismo. O nome de Matthew era alienígena na boca de Freddie, não pertencia a ele. Tive vontade de esticar o braço, metê-lo dentro da boca dele e puxar sua língua, cravar minhas unhas nela. Iria puxá-la até arrancar fora, até deformar seu rosto.

Seria capaz de fazê-lo. E, em outra vida, talvez o tivesse feito. Entretanto, ao ver Freddie reacomodar a faca na mão, reconheci algo nele: o monstro que o habitava.

Freddie e eu éramos dois lados da mesma moeda. O medo havia me criado, despertado o monstro que reagia de modo inconsequente, o mesmo que matara Matthew. Já Freddie fora produzido pela raiva. Era tão claro agora... Freddie era um bonequinho nas mãos de seu ódio. Só que eu não me deixaria mais ser controlada pelo medo, não seria inconsequente.

Iria lutar – iria usar todas as minhas forças para tentar pará-lo. Eu agora sabia do que era feita. O fato de ter cometido um ato monstruoso não fazia de mim um monstro. Era uma sobrevivente, e isso era muito mais poderoso.

Freddie chegou bem perto de mim e ergueu a faca. Quando foi me golpear, porém, ela foi subitamente tirada de sua mão.

Bram, ressurgido da morte, segurava a lâmina, que enfiou nas costas de Freddie.

Os dois despencaram ao chão.

53

Acordei com meus próprios gritos. Não houve pesadelo, apenas trevas. Engoli o ar e me estiquei para acender o abajur ao lado da cama, mas meu braço angustiado chicoteou como um fio desencapado e acertou a luminária, que balançou e só não caiu porque minha mãe impediu.

– Aqui, aqui – sussurrou ela, acendendo a luz, que de imediato se derramou calorosamente sobre o quarto.

Sentou-se na beira da cama e alisou meu cabelo.

Quase caí em lágrimas ao vê-la. Ela falou que tinha passado a noite ali, no meu quarto, mesmo eu tendo avisado que a única cadeira que tinha ali, e que vivia amontoada de roupas sujas, era velha e barulhenta. Ainda bem que não me deu ouvidos.

– Desculpa pelo abajur. Sou tão desastrada. Não era pra você ter que passar a noite acordada ao meu lado, como se eu fosse uma criança.

– Rachel, não aconteceu nada com o abajur. E é perfeitamente normal que você esteja agitada. Afinal, acabou de passar por uma experiência... inacreditável.

Ela suspirou, e um vinco se formou em sua testa. Eu conhecia seus trejeitos tanto quanto ela conhecia os meus: o jeito como fitava as mãos para esconder as lágrimas; o jeito como os lábios se comprimiam numa linha fina para reunir força e determinação. Eu os reconhecia pois eram os meus também.

– Desculpa, mãe.

Ela me olhou exasperada.

– Mas você não quebrou o abajur, menina.

– Não por isso.

Minha mãe exalou o ar.

– Jamonada, você não precisa pedir desculpa. Eu sinto tanto que coisas horríveis assim continuem acontecendo com você. Realmente achava que a cidade seria um recomeço.

Eu não merecia sua compaixão. Era responsável pelo que tinha acontecido, havia praticamente implorado para ter problemas. E agora minha mãe se culpava.

– Afinal, o que aconteceu? – perguntou.

Ela havia esperado até esse momento para tocar no assunto. Quando recebeu a ligação da polícia, foi me buscar e voltou comigo para casa no banco de trás do táxi, conforme a noite virava dia, me dando todo o tempo necessário.

Os policiais lhe informaram os fatos, ou melhor, as peças que encontraram espalhadas no diminuto trecho do Central Park em que meu pesadelo ganhara vida: o corpo de Freddie, que usava uma máscara de borracha, a qual associaram ao ataque a Lux. A investigação sobre a morte de Saundra também seria reaberta. Bram e Thayer, ambos vivos, embora Thayer em condições críticas. Felicity não fora encontrada, no entanto, e eu não mencionei sua participação.

E, por fim, havia eu, curiosamente sem nenhum machucado grave. Os investigadores ficaram desconfiados, o que me dizia que não eram fãs de filmes de terror nos quais sempre sobra alguém no final – a garota sobrevivente.

Contei para a minha mãe uma versão da história relatada à polícia: Freddie me atacou; atacou Bram; e Bram fez o que fez porque Freddie ia me matar.

Eu detestava deixá-la triste, mas ela merecia saber a verdade, ainda que eu tenha relutado em contar.

– Não consigo acreditar – falou finalmente. – Freddie Martinez. Ele sempre foi tão comportado nas minhas aulas. Jamais imaginaria que pudesse ser tão violento.

Nem eu. Eu não usaria o adjetivo "violento". Freddie era mau. Ficar frente a frente com os próprios monstros é difícil, mesmo quando você os conhece; evocá-los sem ter a menor ideia de quais sejam esses monstros é muito pior. Freddie tinha me enganado desde o instante em que o vira pela primeira vez. Eu me sentia uma idiota agora ao pensar que havia me entregado a seus sorrisos, os quais sempre tiveram a intenção de me cegar.

A morte de Freddie só serviu para me deixar com mais dúvidas. Quando me contou seus segredos mais íntimos, mais sombrios, estava apenas seguindo seu plano para me iludir? Ele tinha odiado cada um de nossos beijos? Seu único intuito ao me fazer cair de amores era largar a minha mão na queda?

A única resposta que parecia fazer sentido era: *sim*. Para todas as questões.

Minha mãe passou os braços em torno de mim, para que eu chorasse em seu ombro.

– Desculpa – falei novamente.

– Chega disso. Você está segura agora, não precisa mais ter medo. Mas vou ficar aqui com você pelo tempo que for preciso.

– Vai pra cama, mãe.

– Tem certeza?

Ela beliscou minha bochecha enquanto esquadrinhava cada sarda do meu rosto. Normalmente eu surtaria se uma pessoa olhasse assim para mim, certa de que enxergaria meu verdadeiro eu, o ser horrível que me tornara na noite do ataque. Não mais. Eu agora sabia que não era um monstro.

Na verdade, eu tinha vencido o monstro.

– Estou acabada – falei, e era verdade. – Preciso dormir.

Minha mãe hesitou, com medo de me deixar sozinha. Então puxou o cobertor até meu queixo.

– Você tem um anjo da guarda. Ainda bem que o Bram estava lá.

A última notícia sobre Bram era que estava sendo operado, mas que provavelmente iria sobreviver.

Ele tinha de sobreviver, pois nós dois precisávamos conversar.

54

Na última vez que vira Bram, minhas mãos estavam cobertas com seu sangue. Usara seu celular para chamar a ambulância e fiquei com ele até a ajuda chegar. Tentei conter o sangramento com as mãos primeiro, depois tirei meu casaco e o pressionei com força contra o ferimento em seu peito. Quando os paramédicos chegaram, meus braços doíam. Estar sozinha com Bram naquela situação, inconsciente, perdendo sangue, foi uma experiência aterrorizante.

Não sabia em que estado exatamente ele se encontrava agora; qualquer que fosse, imaginei que não seria simples visitá-lo. Talvez seu quarto estivesse sendo vigiado por guardas, talvez as visitas estivessem sendo controladas, ou talvez os visitantes fossem tantos que eu não teria a oportunidade de conversar com ele. O fato é que só precisei dizer seu nome no balcão para a atendente me informar o número do quarto.

Minha mãe tinha me deixado faltar à escola – na verdade, me *obrigara* a faltar. No entanto, não conseguira ficar em casa fazendo nada e, quando falei que queria visitar Bram, ela foi compreensiva.

Encontrei o quarto dele e bati na porta. Após um instante, escutei sua voz, o distinto rugido grave:

– Pode entrar.

Abri a porta lentamente e espiei o interior do aposento. Era um quarto privativo, e Bram estava sozinho, sentado na cama hospitalar, as costas apoiadas em dois travesseiros. Uma bandagem envolvia seu ombro, lembrando uma toga, e no carrinho ao lado havia uma jarra de plástico rosa com água. Dei um passo adiante e o vi se esticar na direção da jarra, fazendo cara de dor ao pegar o copo. Fui direto até ele e tomei o copo de sua mão. O gorgolejo da água sendo vertida foi o único som a quebrar o silêncio. Entreguei-lhe o copo, e ele gesticulou um agradecimento antes de beber. Bram não parecia surpreso com a minha presença – como sempre.

– Você está sozinho – comentei.

– Meus pais passaram a noite aqui. Falei pra eles voltarem pra casa. Minha mãe disse que vai trazer meu pijama favorito.

– Você tem um pijama favorito?

– Com estampa de sushi.

Embora fosse um detalhe mínimo, era de Bram que estávamos falando ali, e ele nunca revelava detalhes, mínimos ou não. Entendi como um sinal; talvez passasse a ser mais aberto comigo, talvez deixasse de haver segredos entre nós. Foi o que desejei, pelo menos.

– Como você está?

– Como se tivesse levado uma facada no pulmão.

O peso de sua fala me fez afundar na poltrona ao lado da cama, comprimida pela crueldade dos acontecimentos, pela sorte que ele tinha de estar vivo e pela minha gratidão por sua presença no parque.

– Obrigada – falei.

As palavras não bastavam, mas eram o que eu tinha a oferecer.

Bram encolheu os ombros, ou tentou, fazendo outra careta.

– Obrigado a você também.

Balancei a cabeça, confusa. Era ele quem se encontrava numa cama hospitalar, era ele quem quase tinha perdido a vida.

– Pelo quê?

– Por ter salvado a minha vida. Você conteve o sangramento.

Não soube o que responder, porém um entendimento tácito se formou entre nós. Ele agora compreendia a sensação de tirar uma vida, de cometer o pior ato possível contra outro ser humano. Compartilhávamos isso. Ainda assim, Bram não era uma pessoa ruim; ele tinha feito o que precisava fazer.

Eu finalmente estava aprendendo a olhar para mim com a mesma benevolência que agora estendia a Bram. Éramos ambos guerreiros, tínhamos salvado um ao outro.

– Bram, preciso perguntar um negócio. Você não estava mesmo de conluio com o Freddie?

– O Freddie escolheu você como alvo, e nós permitimos – falou lentamente. – Mas nunca imaginei que fosse chegar a esse ponto, nenhum de nós imaginou. Quando ele contou seus planos para a Prova do Medo, nós aceitamos porque achamos que jamais iria conseguir. A gente não acreditava que ele fosse capaz de te enganar por meses.

Essa fala foi como uma ferroada, e meu rosto devia ter me denunciado, já que Bram acrescentou:

– Não quis ofender. – E abriu um ligeiro sorriso, como se percebesse o ridículo da frase.

Ofendida, eu? Por ter sido feita de idiota por um maníaco? *Imagina.*

– O Thayer também?

– O Thayer realmente acreditava que você conseguiria virar o jogo. Ele também não achava que as coisas tomariam essa proporção. Eu e ele queríamos cair fora.

Eu me dei conta de que, quando me dissera para sair do clube, Bram na verdade estava me alertando.

– Você devia ter me falado.

– Eu não podia. Mentir e usar a máscara sempre que Freddie mandava fazia parte das nossas obrigações na Prova do Medo.

Fui tomada pela curiosidade de saber sobre os planos de Freddie para me enganar e não me contive:

– Me conta do plano dele.

Bram inspirou profundamente o ar, a despeito do incômodo.

– A ideia do Freddie era introduzir a máscara em cada oportunidade possível. Ele queria que você ouvisse falar dela. Acho que com isso esperava te provocar, te tirar do eixo, por causa da invasão e tal.

E tinha dado certo.

– E a pessoa mascarada que a Lux afirmou ter visto na minha Prova do Medo?

– Era o Freddie.

Só podia ser. Como o nó em meu estômago havia denunciado. E como o próprio Bram dissera.

– Eu sabia da máscara, mas ele foi longe demais quando perseguiu a Lux, e eu fiquei verdadeiramente puto com o que aconteceu. Ele alegou que ela tropeçou, jurou que não encostou nela.

– E na Prova do Medo da Felicity? Eu estava certa, não estava? Foi você que levou um chute do Sim, não foi?

Nesse ponto, Bram pareceu ainda mais arrependido.

– Sim.

Concordei com a cabeça, legitimada e de certo modo aliviada por perceber que as peças, tão espalhadas até então, estavam se encaixando. No entanto, a percepção veio acompanhada de uma raiva incômoda, e precisei lembrar a mim mesma que Bram havia se colocado em risco para me salvar e que, se existia alguém em quem eu podia confiar, esse alguém era o cara que agora tinha uma perfuração no pulmão por minha causa.

– Então, foi o Freddie que pichou a placa da Saundra?

– Ele preferia nos colocar numa situação arriscada do que acabar com o jogo antes da hora. A Prova do Medo dele era a única que faltava, e ele faria o que fosse necessário para concluí-la. Nenhum de nós sabia que ele faria aquilo com a placa, ficamos tão surpresos quanto você de ver nossos nomes pintados.

– Por que você seguiu jogando? – indaguei. – Depois do que aconteceu com a Lux, não passou pela sua cabeça que a Saundra pudesse se machucar?

– Passei a acreditar que a Lux tinha sofrido um acidente. Não achava que o Freddie fosse capaz de machucar alguém. Eu me enganei.

Fiquei estranhamente aliviada ao saber que não fora a única a ser enganada por Freddie. O alívio durou pouco, porém.

– Como você pôde continuar?

– As regras...

– Danem-se as regras! – explodi.

Freddie persistira naquele jogo diabólico porque estava fora de si, mas Bram? Mesmo agora ele continuava se defendendo, e eu não conseguia compreender a razão.

– O clube era importante para mim – falou finalmente. – Minha vida... Meus pais, Lux, os amigos da escola, eu sempre vivi de acordo com as expectativas deles, e o clube era um espaço onde eu sentia que podia respirar.

Embora não me identificasse com a angústia de Bram em possuir absolutamente tudo e ainda assim se sentir encurralado, seu comportamento na celebração com os amigos em seu aniversário de repente fez sentido: ele havia encenado um papel, e só agora entendi a razão.

Já com a parte do refúgio me identifiquei imediatamente, pois sabia quão importante, vital mesmo, era ter um escape. De maneira até egoísta, pensava que ninguém precisava do Clube Mary Shelley mais do que eu – pelo conforto de estar entre pessoas parecidas, que me entendiam, que me aceitavam. Pelo jeito, Bram necessitava tanto daquilo quanto eu.

– Eu amava o clube – continuou Bram. – Só queria que ele voltasse a ser o que sempre tinha sido. Tudo o que estava fazendo era no sentido de recuperá-lo. Quando o Freddie começou a contaminar o clube, me vi reagindo com ainda mais força.

Eu era capaz de compreender sua motivação, mas no fim das contas...

– Não passava de um jogo, Bram, um jogo estúpido.

– Era mais do que isso. Sei que você encontrou a pasta no meu computador, aquela chamada "Subs".

Tinha me esquecido dela.

– E?

– Abreviação de "subdivisões". – Bram me fitou nos olhos com a típica expressão implacável, um lembrete de que continuava sendo o mesmo Bram de sempre. – Existem subdivisões do clube espalhadas pelo país; não fomos nós que inventamos o jogo.

– Quê?!

– O jogo é muito maior do que o nosso clube, sempre foi. O Matthew Marshall fazia parte de um Clube Mary Shelley de Long Island.

O que aconteceu com Matthew pertencia a outra parte da minha vida, ao meu passado, a um tempo anterior à minha vinda para a cidade, antes de eu conhecer qualquer pessoa do clube.

– Não é verdade.

Bram fez que sim com a cabeça.

– É verdade, Rachel. A invasão à sua casa fazia parte de uma Prova do Medo, a Prova do Medo do Matthew.

A informação me deixou em choque. Sempre me perguntara o que tinha levado Matthew à minha casa naquela noite. Por que um garoto popular e seu amigo invadiriam uma residência usando máscaras? Era uma loucura, uma atitude absurda – embora não tão absurda quanto as que eu testemunhara nos últimos meses.

– Então, o Freddie me escolheu para vingar o Matthew?

– Apenas em parte – disse Bram. – Quando você terminou com a Prova do Medo, quando Matthew morreu, o jogo saiu do seu curso, e o Freddie não podia permitir isso.

– Então ele tinha que me punir.

– Ele achou que essa era a única maneira de restabelecer a ordem e garantir que nada assim acontecesse de novo. O clube era a coisa mais importante do mundo para o Freddie.

As palavras de Bram me prostraram – era para ser ele, sob efeito dos analgésicos, o incoerente, porém a cama do hospital passou a parecer mais adequada a mim, de tão esgotada que me sentia mental e emocionalmente. Não conseguia formular palavras, pensamentos. Só o que conseguia era fitar, atônita, minhas próprias mãos, inutilmente largadas sobre as pernas, até que Bram as envolvesse nas dele. Quando ergui o olhar, eu o vi inclinado em minha direção, mais perto do que eu esperava.

– Senta direito, você vai se machucar.

Não que tivesse sido minha intenção falar em tom de ordem, porém Bram simplesmente me ignorou. Sua expressão grave dera lugar a certa complacência.

– Eu sinto muito – falou.

Não era um pedido de perdão feito por Freddie, mas era o mais próximo disso que eu poderia obter, e era importante para mim.

– O Freddie escolheu ser leal a um clube que é muito maior do que nós todos – disse Bram.

Passei mais um tempo com Bram, até ele dormir; ainda esperei sua mãe retornar com o pijama com estampa de sushi. Permaneci para lhe fazer companhia, mas também porque não queria ficar sozinha. Entretanto, quando recebi mensagem da minha mãe querendo saber do meu paradeiro, pensei que já tinha dado sustos demais nela e fui embora.

Do lado de fora, o Upper East Side seguia sua movimentação habitual: pacientes e familiares deixavam o hospital, enfermeiros de uniforme retornavam do intervalo, ambulâncias obstruíam o trânsito carregado. Caminhei entre eles como se fosse um dia normal – porém não era, nem nunca voltaria a ser.

Enquanto caminhava, pensei no jogo e nas mortes causadas por ele. Pensei em Saundra, em Freddie, até mesmo em Matthew.

Passara o último ano tentando não pensar no incidente em Long Island, evitando revisitar o momento mais tenebroso da minha vida. Estava pensando nele agora, mas sob a perspectiva do Clube Mary Shelley.

Dois adolescentes vestidos com uma máscara modificada do Frankenstein. Um fugiu, o outro ficou. Sempre deduzi que o intuito de Matthew era me machucar, mas, se estava ligado ao jogo, então seu único objetivo era me fazer gritar – era provocar um berro gutural, selvagem. E não devo ter soltado um único grito naquela noite.

Achava que só estávamos nós dois, caídos no chão da cozinha, porém me ocorreu que mais pessoas do Clube Mary Shelley de Matthew deviam estar presentes em minha casa, pessoas que testemunharam o horrível desastre que se tornou a Prova do Medo. Talvez estivessem escondidas nos arbustos do jardim, talvez tenham observado pelas janelas, em silêncio, por trás de suas máscaras.

Um pavor incontrolável correu por minhas veias: se o que Bram dissera era verdade, não havia motivo para acreditar que o pesadelo tinha chegado ao fim.

Conforme caminhava em direção à estação do metrô, na esquina, fui invadida pela sensação de estar sendo observada.

Olhei assustada por cima do ombro.

Agradecimentos

OBRIGADA:

Às minhas agentes literárias: Jenny Bent, que abraçou a história desde o instante em que lhe contei a ideia do enredo e que trabalhou incansavelmente para encontrar o lar perfeito para ela; Gemma Cooper, que, com todo amor e carinho, a levou até o outro lado do Atlântico, e Debbie Deuble Hill, que adorou a história antes mesmo de ler a primeira palavra e, antes também que outras pessoas tivessem a chance de lê-la, a colocou nas mãos de alguém que entende tudo de TV.

À minha maravilhosa editora, Tiff Liao, cujas sugestões e ideias (oferecidas enquanto comíamos queijo de castanha vegano) tornaram o livro muito mais impactante. Se não fosse pela Tiff, não existiria o *after* do Bram, o que teria sido uma lástima.

E a Sarah Levison, por amar filmes de terror e por considerar esta história uma homenagem digna ao gênero.

À minha família: minha mãe, Sonia, e minha sogra, Irina, que assumiram a inestimável função de babás e assim me propiciaram tempo para escrever. Ao Alex, pelo tempo dedicado, pelo estímulo e por ser uma máquina de ideias. Você me ajudou a desvendar quem era o assassino! Afirmou muito certeiramente que Bram devia aparecer sem camisa em algum momento! E tenho quase certeza que foi quem pensou nos nomes de Freddie e Rachel. Por tudo isso e muito mais. É muito bom ter um companheiro que valoriza e exalta o meu trabalho. Obrigada. À minha irmã, Yasmin, que talvez seja minha maior fã. Minha parceira de filmes de terror desde a época em que éramos novinhas demais para assistir a filmes de terror. Espero muito que você goste do livro! E à minha Tove, sempre linda, engraçada, esperta e fofa! Oi, Tove.

Esta obra foi composta em Baskerville e Albertus MT
e impressa em papel Pólen Natural 70 g/m²
pela Gráfica e Editora Rettec